# Zirkusschuhe

Noel Streatfeild, geboren 1895 in Sussex, England, war jahrelang als Schauspielerin tätig, bevor sie sich ganz ihrer zweiten Leidenschaft, dem Schreiben, widmete. Ihr erstes Kinderbuch *Ballettschuhe*, in das sie ihre Erlebnisse am Theater einfließen ließ, war gleich ein Riesenerfolg. *Zirkusschuhe*, ein weiteres ihrer zahlreichen »Schuh-Bücher«, erhielt 1938 die Carnegie Medal. Bis heute zählt sie zu den beliebtesten Kinderbuchautoren der englischsprachigen Welt.

Noel Streatfeild

# Zirkusschuhe

*Aus dem Englischen von*

*Irmela Brender*

CARLSEN

Außerdem von Noel Streatfeild im Carlsen Verlag lieferbar:

*Ballettschuhe*

*Filmschuhe*

*Reiseschuhe*

*Theaterschuhe*

FSC
www.fsc.org
MIX
Papier aus verantwortungsvollen Quellen
FSC® C083411

Veröffentlicht im Carlsen Verlag
August 2015

Originalverlag: Jane Nissen Books
Originaltitel: »Circus Shoes«
Erstausgabe: J. M. Dent & Sons, unter dem Titel »The Circus Is Coming«

Umschlagbild: Almud Kunert
Umschlaggestaltung: formlabor
Corporate Design Taschenbuch: bell étage
Druck und Bindung: CPI books GmbH, Leck
ISBN 978-3-551-31410-9
Printed in Germany

I

# *Tante Rebecca*

Peter und Santa waren Waisen. Sie waren noch Babys gewesen, als ihre Eltern bei einem Zugunglück ums Leben kamen, seither lebten sie bei ihrer Tante. Die Tante hieß Rebecca Possit, aber natürlich nannten die Kinder sie Tante Rebecca. Früher war sie Zofe bei einer Herzogin gewesen. Das war gut, denn die Herzogin hinterließ ihr eine lebenslange Rente, und dies wiederum war wichtig, weil weder Tante Rebecca noch die Kinder ein anderes Einkommen hatten. In anderer Hinsicht war es nicht so gut. Als Zofe war Tante Rebecca zu der Überzeugung gekommen, dass nur Herzöge und Herzoginnen, vielleicht auch noch Könige und Königinnen Recht haben konnten. Sie sagte oder tat nie etwas, ohne zuerst darüber nachzudenken, wie »Ihre Gnaden« das getan oder gesagt hätte. Da die Sprüche und Handlungen der Herzogin ziemlich öde gewesen waren, langweilten die von Tante Rebecca ebenfalls.

Was Tante Rebecca sagte und tat, hätte für Peter und Santa keine große Bedeutung haben können, denn sie waren natürlich mit ihren eigenen Angelegenheiten beschäftigt, aber unglücklicherweise hatte die Herzogin viele Enkel gehabt, die oft in Plyst (Pliet ausgesprochen) zu Besuch gewesen waren, wo die Herzogin die meiste Zeit verbrachte. Was mussten Peter und Santa wegen dieser Enkel leiden!

»Ich glaube, diese grässliche Lady Marigold oder Lady Moira oder diese fürchterlichen Manliston-Kinder haben es nie lustig gehabt«, stöhnte Santa.

»Du kannst froh sein, dass du dir nicht den ganzen Tag Geschichten von diesem erbärmlichen Lord Bronedin anhören musst«, entgegnete Peter.

Santa hatte blondes Haar, das ihr bis zur Taille reichte. Es lockte sich ein wenig, aber nicht genug, deshalb brauchte es, wie Tante Rebecca sagte, »Nachhilfe«. Santa konnte ihr Haar nicht leiden. Sie hätte es gern kurz geschnitten oder wenigstens zu Zöpfen geflochten, aber stattdessen musste sie es offen tragen. Schließlich hatte die Herzogin immer gesagt: »Das Haar ist die Zierde der Frau.« Sie hatte auch gesagt: »Wie das Haar aussieht, hängt davon ab, wie man es bürstet. Sechshundert Bürstenstriche am Abend. So halte ich es.« Santa fand diese Äußerung sehr verdrießlich.

Dass Lord Bronedin das Vorbild für Peters Erziehung war, erwies sich als das Schlimmste, was er ihm antat, auch wenn Peter das nicht merkte. Lord Bronedin besuchte eine private Vorbereitungsschule und war schon in Eton angemeldet, der feinsten Oberschule für Jungen in ganz England. Tante Rebecca konnte weder die eine noch die andere bezahlen, doch sie wollte Peter nicht in eine normale öffentliche und kostenlose Schule schicken. Stattdessen sorgte sie für Privatunterricht.

Ihre Rente reichte natürlich nicht für einen richtigen Privatlehrer, doch sie ermöglichte es ihr, verschiedenen Leuten, die sich hier und da ein wenig auskannten, ein bescheidenes Honorar zu zahlen. Zum Beispiel Mr Stibbings. Er war pensionierter Pastor. Er konnte sehr gut Latein, verstand aber nicht, es zu lehren. Zu ihm musste Peter zweimal pro Woche für eine Stunde. Dann war da Madame Tranchot. Peter und Santa gingen beide zu ihr. Sie unterrichtete Französisch für einen Shilling die Stunde oder achtzehn Pence für zwei Stunden. In den Grundfächern Lesen und Rechnen wurden die Kinder von Mrs Ford unterwiesen, einer Freundin der Tante. Ihr Mann war früher Lehrer gewesen. Mrs Ford wusste selbst nicht viel, doch sie benutzte für ihren Unterricht die Bücher ihres Mannes.

Außer zu Madame Tranchot gingen Santa und Peter auch zu Mrs Ford zusammen, zudem hatte Santa Musikunterricht. Sie lernte Geige. Nicht weil sie musikalisch gewesen wäre, sondern weil Lady Marigold Geige spielte. Einen dümmeren Grund kann man sich kaum vorstellen. Da Tante Rebecca arm war, war der Unterricht bei einer gewissen Miss Lucy Fane nichts als Geldverschwendung. Die Geige mussten sie sogar auf Raten kaufen. Jemand hatte Miss Fane einmal gesagt, sie sehe aus wie ein Bild des Malers Rossetti aus dem neunzehnten Jahrhundert, und das hatte sie nie vergessen. Sie kleidete sich wie die Frauen auf Rossettis Gemälden, aber da sie fast immer erkältet war, trug sie ständig ein rotes Schultertuch und verdarb damit die Wirkung. Teils weil Miss Fane immer zu erkältet und zu krank zum Unterrichten war, teils weil sie sowieso keine gute Lehrerin war, lernte Santa nicht viel. Selbst wenn sie für das Geigenspiel begabt gewesen wäre – und das war sie bestimmt nicht –, hätte sie hier nicht viel gelernt. Miss Fane mochte »entzückende kleine Schlaflieder«, wie sie es nannte, und sie mochte Kirchenlieder, oder vielmehr ein Kirchenlied. Es hieß »O Traurigkeit, o Herzeleid! Ist das nicht zu beklagen?«. Es hatte einen einfachen Fingersatz und drückte sehr zutreffend aus, wie Santa sich beim Geigenunterricht fühlte, so dass sie diese Melodie schließlich ganz gut spielen konnte.

Diese Ausbildung durch Leute, die nicht viel wussten oder das, was sie wussten, nicht weitergeben konnten, hatte natürlich zur Folge, dass Peter und Santa in völliger Ahnungslosigkeit aufwuchsen. Dass sie weder Freunde noch Verwandte hatten, verstärkte ihre Unwissenheit, in der sie auf Grund ihrer sonderbaren Erziehung ohnehin lebten. Auf viele Freunde und Verwandte könnte man natürlich gern verzichten. Aber die meisten Leute haben ein paar nette Menschen in ihrer Umgebung. Peter und Santa hatten niemanden. Jedenfalls kannten sie niemanden. Sie wussten, dass sie irgendwo einen Onkel hatten, weil er Tante Rebecca zu jedem Weihnachtsfest eine Karte schickte. Aber sie durften nie lesen, was daraufstand, und erfuhren weder, wie er hieß noch wie er war. Denn sobald die Karte kam, lief Tante Rebecca dunkelrot an, schnalzte missbilligend mit der Zunge, lief die Treppe hinauf und steckte die Karte an den Spiegel auf ihrer Frisierkommode, wo sie blieb, bis nächste Weihnachten eine weitere eintraf. Peter und Santa fanden es merkwürdig, dass Tante Rebecca die Karte überhaupt dort aufbewahrte, da sie sich doch offensichtlich nicht darüber freute. Aber sie bekam sehr wenig Post, und die Kinder nahmen an, es geschehe aus Eitelkeit.

Weil Peter und Santa weder Freunde noch Verwandte hatten, machten sie wenig von dem, was die meisten anderen Kinder tun. Sie gingen nie zu Festen oder besuchten auch nur jemanden zum Tee, denn Tante Rebecca fand, niemand in der Nachbarschaft sei würdig, die Familie einer Frau kennenzulernen, die Zofe einer Herzogin gewesen war. Die Kinder hatten keine Tanten oder Onkel, die sagten: »Ich würde die beiden gern mit ins Theater nehmen, damit sie den *Sommernachtstraum* sehen.« Sie hatten keine Cousins oder Cousinen auf dem Land oder am Meer, die sie besuchen konnten. Sie kannten niemanden außer ihrer Tante, Mr Stibbings, Madame Tranchot, Mrs Ford und Miss Fane, und das waren sehr langweilige Menschen.

Weil ihre Tante und die Leute, die Peter und Santa unterrichteten, als Gefährten nicht in Frage kamen, waren die Geschwister sehr enge Freunde. Natürlich stritten sie hin und wieder, aber keiner von beiden konnte es ertragen, wenn der andere außer Sicht war.

Tante Rebeccas Haus stand in London, südlich der Themse in einer kleinen Straße nicht weit von der Battersea-Brücke. Es war eine angenehme Gegend, denn in der Nähe befindet sich der Battersea-Park, in mancher Hinsicht der schönste Park in London, weil er am Fluss liegt. Aber davon hatten Peter und Santa nicht viel, denn die Herzogin hatte einmal gesagt, dass Kinder in London nicht allein umherspazieren dürfen. Tante Rebecca, die kochte und sich um den Haushalt kümmerte, hatte nicht viel Zeit auszugehen, und so blieben die beiden meistens im Haus und wurden blass und dünn wie Pflanzen, die in der Dunkelheit eines Kellers aus Zwiebeln gezogen werden.

Das Schlimmste in Peters und Santas Leben, etwas, das sie selbst nicht erkannten, war, dass Tante Rebeccas Haltung auf sie abfärbte. Wenn man bei jemandem lebt, der einen für zu großartig hält, um Kontakt zu seinen Mitmenschen zu pflegen, ist es fast unmöglich, nicht selbst ein bisschen so zu werden. Peter hätte es nichts ausgemacht, wie andere Jungen zur Schule zu gehen, aber er nahm an, dass Tante Rebecca gute Gründe hatte, ihn zu Hause zu behalten. Santa wäre gern in eine Mädchenschule gegangen, aber sie sprach es nie an, weil sie das Gefühl hatte, es wäre nicht angemessen. Zu diesem Gefühl der Überlegenheit trug auch ihre Kleidung bei. Die Herzogin hatte häufig zu Tante Rebecca gesagt: »Was du auch brauchst, kaufe nur beste Qualität, Possit. Billiger Kram lohnt sich nie.«

Natürlich konnte Tante Rebecca nicht nur beste Qualität kaufen, doch sie achtete auf gute Ware. Lady Marigolds Enkel hatten in Plyst immer Reitkleidung getragen, aber wenn sie in London waren, hatten sie großen Wert auf gute Kleidung gelegt. Tante Rebecca konnte Santa nun offensichtlich nicht in Reitkleidung stecken, schließlich befand man sich in Battersea – deshalb folgte sie dem Rat der Herzogin und bemühte sich um eine elegante Stadtgarderobe: zueinanderpassende Hüte und Jacken und immer Handschuhe. Das gleiche Prinzip wurde bei Peter angewandt. Lord Bronedin war auf dem Land eher nachlässig angezogen gewesen, doch in London trug er feine Sachen. Peter durfte nie alte Sachen anziehen, sondern musste immer gute Anzüge tragen und im Winter eine feine Überjacke. Deshalb wussten Peter und Santa nicht, wie es ist, Kleider anzuziehen, in denen man alles Mögliche machen kann, weil es egal ist, was mit ihnen passiert. Ihre Kleidung hatte Auswirkungen auf alles, was sie taten, auch auf ihre Spiele: Wenn man die ganze Zeit an seine Anziehsachen denken muss, kann man nur leise und behutsam spielen.

Dann, eines Tages Ende März, als Peter zwölf war und Santa gerade elf, starb Tante Rebecca. Und wie es so geht, ging zusammen mit Tante Rebeccas Leben auch ihre Rente zu Ende.

## 2

## *Die Weihnachtskarte*

Peter und Santa waren unglücklich. Irgendwie vermissten die beiden Tante Rebecca. Doch sie fehlte ihnen aus seltsamen, komischen Gründen, und da der eine wusste, was der andere dachte, war es nicht nötig, dass sie darüber redeten. Tief im Inneren aber – auch darüber redeten sie nicht – machten sie sich Sorgen. Schließlich waren sie nicht dumm, sie wussten, was mit Renten geschah, wenn ihre Empfänger starben. Und obwohl sie natürlich auch wussten, dass irgendjemand sich schon um die Kinder kümmern würde, konnte es ja sein, dass sie diese Art des Kümmerns nicht mögen würden.

Das Unangenehmste war, dass sie notgedrungen abwarten mussten. Sofort nachdem Tante Rebecca gestorben war, hatte Mr Stibbings den Testamentsvollstreckern der Herzogin geschrieben, erklärt, was geschehen war, und angefragt, ob etwas für Peter und Santa getan werden könne, bis sie alt genug seien, ihren Lebensunterhalt selbst zu verdienen. Wenn die Bitte abgelehnt würde, mussten Peter und Santa ins Waisenhaus.

Der Brief kam eine Woche nach Tante Rebeccas Tod. Zur Teezeit lag er im Briefkasten. Mrs Ford, Madame Tranchot und Miss Fane saßen am Tisch, doch keine von ihnen öffnete den Brief, weil er natürlich an Mr Stibbings adressiert war. Er wurde auf den Kaminsims gelegt, und alle starrten ihn an. Peter und Santa wollten unbedingt wissen, was in dem Brief stand, und brachten keinen Bissen mehr hinunter. Das war schade, denn es gab ausgesprochen guten warmen Toast mit Butter.

»Soll ich ihm den Brief gleich bringen?«, schlug Peter vor.

Mrs Ford sah Madame Tranchot an, die Miss Fane anschaute. Alle ihre Gesichter sagten das Gleiche: »Das dürft ihr nicht zulassen, ich will auch wissen, was drinsteht.« Aber keine von ihnen wollte es aussprechen. Mrs Ford umging die Schwierigkeit, indem sie anfing zu weinen.

»Es käme mir schrecklich vor, wenn das Schicksal des Neffen und der Nichte meiner ältesten Freundin« – hier schniefte sie heftig – »über meinen Kopf hinweg entschieden werden sollte.«

Peter trat Santa unter dem Tisch gegens Schienbein. Sie sah ihm an, dass er wegen der Heulerei wütend und verlegen war und drauf und dran, etwas Unhöfliches zu tun. Sie überlegte schnell.

»Peter und ich könnten zu ihm gehen und ihm sagen, dass der Brief da ist.«

Das hielten alle für eine gute Idee, also liefen Peter und Santa schnell hinaus, bevor jemand seine Meinung ändern konnte. Vor Mr Stibbings' Haus blieben sie einen Moment stehen.

Santa keuchte, denn sie waren die ganze Strecke gerannt. »Ich habe ein schlechtes Gefühl bei der Sache. Du auch?«

Peter nickte. »Wie wenn man zum Zahnarzt geht. Was steht wohl drin? Stell dir vor, wir sollen ins Waisenhaus.«

Zum Glück war Mr Stibbings zu Hause und sagte, er werde sofort kommen. Aber »sofort« dauerte bei Mr Stibbings fast so lange wie »bald« bei anderen Leuten. Obwohl es April war und überhaupt nicht kalt, gab es bei ihm erstaunlich viel umständliches Getue, bis er schließlich fertig war. Fast fünf Minuten lang suchte er seinen Schal, und Peter, Santa und seine Haushälterin halfen dabei. Schließlich fiel der Haushälterin ein, dass er ihn neulich Nacht im Bett getragen hatte, sie lief hinauf und fand den Schal, zu einer schwarzen Wollschleife gebunden, an einem der Bettpfosten. Als das ganze Kleidungsstück (und es war sehr lang) um Mr Stibbings geschlungen war, reichte Peter ihm den Mantel. »Bitte, Mr Stibbings.«

Mr Stibbings schaute ihn über die Brille hinweg gekränkt an. »Langsam, langsam, mein Junge. Eile mit Weile. Ein alter Mann ist kein D-Zug.«

Peter sah aus, als würde er gleich etwas Grobes sagen, und Santa wusste, dass Mr Stibbings zu den Männern gehörte, die unter Zeitdruck erst recht langsam werden, also schaltete sie sich ein. Sie sprach ihn auf ein Straußenei an, das auf dem Tisch in der Diele lag. Damit hatte sie den gewünschten Erfolg: Peter kam nicht mehr zu Wort und Mr Stibbings fühlte sich nicht mehr gedrängt. Aber es dauerte weitere sechs Minuten, bis sie die Strauße Strauße sein ließen und Mr Stibbings angezogen und aus der Tür hinaus war.

»Du bist vielleicht doof«, flüsterte Peter. »Gerade jetzt davon anzufangen!«

Santa antwortete nicht, weil Peter bestimmt wusste, warum sie es getan hatte und dass es eine ziemlich gute Idee gewesen war. Aber Peter musste immer widersprechen, und wenn er es nur aus Prinzip machte.

Als sie zurück waren, öffnete Mr Stibbings den Brief. Sehr langsam. Dann rückte er seine Brille gerade. Dann tat er etwas sehr Gemeines, fanden die Kinder. Er las den Brief still für sich. Peter wurde rot und sah so wütend aus, dass Santa sich zu ihm beugte und flüsterte: »Frag nicht, was drinsteht, das übernimmt sowieso eine von denen.« Mit einer Kopfbewegung wies sie auf die drei Frauen, die am Tisch saßen.

Sie hatte Recht. Noch bevor Mr Stibbings fertig war, fing Mrs Ford an zu weinen. Sofort hörte Mr Stibbings auf zu lesen und sie stieß mit erstickter Stimme hervor: »Dass ich den Tag erleben muss, an dem man mir die Entscheidung über das Wohlergehen des Neffen und der Nichte meiner ältesten Freundin verheimlicht!«

Zum Glück mochte Mr Stibbings es genauso wenig wie Peter und Santa, wenn andere weinten. Er hustete, als würde er die richtigen Worte suchen. Dann wandte er sich an die Kinder. »Meine lieben Kinder. Ich fürchte, das sind keine guten Nachrichten. Anscheinend wird sämtliches Geld, das die Herzogin hinterlassen hat, treuhänderisch für einen noch minderjährigen Jungen verwaltet. Es handelt sich um …« Mr Stibbings faltete den Brief wieder auseinander, doch bevor er den Namen aussprach, meldete sich Peter zu Wort.

»Ich weiß. Es ist dieser Lord Bronedin.«

Mr Stibbings sah überrascht auf. »Das stimmt. Der Name ist Lord Bronedin. Wisst ihr etwas über ihn?«

Peter und Santa tauschten einen verständnisvollen Blick. Dann sagte Peter: »Das kann man wohl sagen.«

Mr Stibbings fand andere Dinge wichtiger, als Peter und Santa über ihn auszufragen. Er setzte sich in den Lehnstuhl und sah aus wie jemand, der weiß, dass er schlechte Nachrichten zu überbringen hat. Er rückte seine Brille auf der Nase zurecht, legte die Fingerspitzen beider Hände aneinander und schaute die Kinder an.

»So eine Antwort habe ich befürchtet. Aber dank euren guten Freundinnen hier« – er wandte sich den drei Frauen zu – »sind andere Lösungen angebahnt worden. Für dich, lieber Peter, haben wir das Sankt-Bernard-Heim für Knaben ausgesucht. Du, Santa, wirst ins Sankt-Winifred-Waisenhaus für Mädchen gehen.«

»Was?« Santa schrie beinahe, so verblüfft war sie. »Bleiben wir nicht zusammen?«

Mrs Ford machte schnalzende Geräusche mit der Zunge. »Nicht so laut, Liebes. Es gibt verschiedene Heime für Jungen und Mädchen.«

Santa wandte sich ihr zu. »Gar nicht sind die immer verschieden!«

»Achte auf deine Wortwahl.« Mrs Ford erhob mahnend den Finger. Dann holte sie ihr Taschentuch hervor und wischte sich die Augen. »Das ist nicht die Lösung, die ich mir für euch gewünscht hätte …«

Santa war so durcheinander, dass sie fürchtete, sie würde Mrs Ford anbrüllen, wenn diese noch einmal von der Nichte und dem Neffen der ältesten Freundin anfing. Deshalb sagte sie schnell: »Wenn Ihnen die Lösung nicht gefällt, dann tun

Sie etwas dagegen. Irgendwo wird man uns doch zusammen aufnehmen. Sie müssen nur richtig suchen.« Sie ging zu Mrs Ford und schüttelte sie am Arm, damit sie ihr zuhörte. »Peter und ich können nicht an zwei verschiedenen Orten leben, das verstehen Sie doch?«

Miss Fane beugte sich über den Tisch. Sie streckte die Hand aus, die Handfläche nach oben, als erwartete sie, dass Santa ihre Hand hineinlegte. »Ich kann mir vorstellen, wie dir zu Mute ist, meine Kleine. So eine Trennung ist furchtbar schwer. Aber, glaube mir, deine Geige wird dir Trost spenden und dir helfen.«

Santa stampfte auf. Schluchzend stieß sie hervor: »Wie können Sie das sagen? Warum sollte mir ›O Traurigkeit, o Herzeleid‹ helfen? Und wenn ich es sechshundert Mal am Tag spiele ...« Verzweifelt wandte sie sich an die anderen. »Sie müssen einen Platz für uns beide finden. Hier sitzen Sie und alles, was Sie sagen, ist, man kann nichts machen. Aber man muss etwas machen! Ich werde mich nicht von Peter trennen lassen. Und er sich nicht von mir. Oder, Peter?«

Alle schauten Peter an. Er lehnte am Kaminsims, die Hände in den Taschen, starrte auf den Boden und schien sich nicht für das Gespräch am Tisch zu interessieren. Santa sah ihn nur undeutlich, weil sie so heftig weinte, dass alles vor ihren Augen verschwamm. Aber ihr war mit einem Mal ganz kalt. Peter kämpfte nicht. Normalerweise wurde er viel schneller zornig als sie, so dass man es jetzt schon längst hätte bemerken müssen, wenn ihn die Wut gepackt hätte. Mr Stibbings betrachtete ihn anerkennend.

»Peter ist vernünftig, Santa. Er weiß: Was sein muss, muss sein.«

Peter blickte auf. Er kam zum Tisch und stellte sich neben Santa.

»Das stimmt, Mr Stibbings.« Dabei grub er seinen Ellbogen in Santas Seite. Wenn je ein Rippenstoß bedeutete: *Sei nicht dumm, vertrau mir,* dann dieser. Peter wandte sich an Mrs Ford. »Machen Sie sich keine Sorgen. Wahrscheinlich wird es nicht schlimm im Sankt-Bernard-Heim, und Santa wird sich im Sankt-Winifred-Waisenhaus schon zurechtfinden. Nicht wahr, Santa?«

Nach dem Rippenstoß ging es Santa besser. So, wie Peter gesagt hatte, sie würde sich schon zurechtfinden, musste er einen Plan haben, und wahrscheinlich half es, wenn sie zuversichtlich tat. Santa versuchte tapfer auszusehen, obwohl ihr nicht danach zu Mute war.

Peter zog zwei Stühle zum Tisch, drückte Santa auf einen und setzte sich auf den anderen. »Es sind ja nur noch ein, zwei Dinge zu erledigen, Mr Stibbings. Wann geht es los?«

Mr Stibbings sah zu Mrs Ford, Mrs Ford sah zu Madame Tranchot, Madame Tranchot sah zu Miss Fane. Alle wirkten verlegen.

Mr Stibbings räusperte sich. »Ich fürchte, lieber Peter, schon morgen. Eure Tante – Gott hab sie selig – hat nur wenig Geld hinterlassen. Das ist nun zur Neige gegangen. Wir alle sind arme Leute, sonst …«

»Ich weiß«, unterbrach ihn Peter. »Sie sind alle schrecklich gütig zu uns gewesen.« Er hielt einen Moment inne. Dann sagte er entschieden: »Meine Tante hat ein bisschen Schmuck und Ähnliches hinterlassen. Wenn wir morgen aufbrechen müssen, dann hätten Santa und ich die Erbstücke gern heute Abend.«

Mr Stibbings war in vieler Hinsicht nicht der Hellste, aber er war immer wohlwollend. Peters Bitte bestürzte ihn. Als Zofe einer Herzogin war Tante Rebecca zu einigen Schmuckstücken gekommen, viele davon waren nicht sehr schön, doch alle in gutem Zustand. Sollte man diese Stücke wirklich den Kindern anvertrauen? Andererseits war das bisschen Schmuck alles, was die Kinder besaßen, außer dem Geld, das durch den Verkauf der Möbel zu erwarten war. Weil er sich zu ihrem Vormund ernannt hatte, musste er sich um sie kümmern, so gut er konnte. Ihnen den Schmuck zu geben war kaum das Richtige.

»Ich fürchte, mein Junge, das wäre nicht klug. Der Schmuck sollte für euch aufbewahrt werden, bis ihr eines Tages in die Welt hinausgeht.«

Peter schüttelte den Kopf. »Nein, danke, Mr Stibbings. Wir nehmen ihn mit.«

Santa war verblüfft. Das klang überhaupt nicht nach Peter, dieser selbstbewusste, ruhige Ton, der signalisierte: Das ist mein letztes Wort, also keine weitere Diskussion. So sprachen Erwachsene.

Mrs Ford fing wieder an zu weinen. »Er verhält sich wie ein Mann. Tapferer Junge! Als ich dich zum ersten Mal sah, Peter, warst du noch so klein. Geben Sie den beiden ruhig die Sachen ihrer lieben Tante, Mr Stibbings. Es wird ein Trost für sie sein, die armen Herzchen.«

Bei der Vorstellung, wie sehr die Kinder Trost brauchen

würden, rang Miss Fane die Hände und sah zur Decke, während Madame Tranchot so tief seufzte, dass sie fast ihre Teetasse umblies.

Mr Stibbings fasste einen Entschluss. »Das meiste dieser Sächelchen, lieber Peter, ist wertlos und würde euch nicht viel nützen. Aber es gibt eine Armbanduhr, die du haben kannst, und auch Santa soll sich eine Erinnerung aussuchen. Den Rest verwahre ich in meinem Bankschließfach, bis ihr älter seid.«

Tante Rebeccas Schmuckkästchen war im Eckschrank eingeschlossen. Mr Stibbings hatte den Schlüssel. Jetzt ging er an den Schrank und öffnete ihn. Währenddessen bückte sich Peter, als wäre ihm etwas hinuntergefallen, und flüsterte Santa zu: »Wähle das aus, was ich dir sage.«

In ihren letzten Lebensjahren hatte die Herzogin ihrer treuen Zofe zu jedem Weihnachtsfest ein Schmuckstück geschenkt. Die Sammlung sah recht sonderbar aus. Da war die goldene Taschenuhr mit Kette für Peter, die Tante Rebecca sehr hübsch gefunden hatte. Aber aus Angst, sie zu verlieren, hatte sie sie nie getragen. Es gab mehrere schwere Broschen und einen Armreif. Er war schlicht, sah aber aus, als wäre er aus echtem Gold.

Santa gefiel eine Brosche mit Türkisen und sie hoffte, dass Peter sich daran erinnerte, wie häufig sie das gesagt hatte, wenn Tante Rebecca den Schmuck trug.

Peter berührte ein Stück nach dem anderen. Er schaute Mr Stibbings an. »Vermutlich sind sie nicht viel wert, stimmt's, Mr Stibbings?«

Mr Stibbings schüttelte den Kopf. »Der tatsächliche Wert ist gering. Für das Gemüt aber sind sie unschätzbar.«

Mrs Ford schniefte. »Ja, da haben Sie Recht.«

»Ich meine«, erklärte Peter, »wenn wir sie eines Tages verkaufen wollten, würden wir dann viel Geld bekommen?«

»Verkaufen!« Gleich würde Mrs Ford wieder anfangen zu weinen.

»Nun, wenn wir dazu gezwungen wären. Ich meine, wenn wir das Geld fürs Essen bräuchten.«

Mr Stibbings lächelte. »Ich hoffe nicht, dass dies passiert, mein Junge. Vertrauen wir auf die Einrichtungen Sankt Bernard und Sankt Winifred, die euch so gut ausbilden werden, dass ihr keine Not leiden müsst.«

Peter nickte. »Natürlich, Mr Stibbings. Aber nur einmal *angenommen*. Verstehen Sie, ich wüsste es eben gern.«

Mr Stibbings betrachtete ratlos die Schmuckstücke. Doch Madame Tranchot, die etwas von Geld verstand, drehte sie um und sagte: »Wenn du sie verkaufen müsstest, Peter, würdest du nur den Goldwert bekommen. Mehr nicht.«

»Nun, Santa?« Mr Stibbings lächelte ihr zu. »Wofür entscheidest du dich?«

Santa sah Peter an. »Was würdest du nehmen, wenn du ich wärst?«

Peter untersuchte immer noch die Gegenstände, indem er sie einen nach dem anderen in die Hand nahm. Plötzlich griff er nach dem Armreif. »Das hier. Den wirst du kaum verlieren.«

Santa versuchte es nicht zu zeigen, aber den Armreif fand sie wirklich hässlich. Trotzdem wählte sie ihn aus und streckte ihn Mr Stibbings entgegen. »Den hätte ich gern.«

Bis zur Schlafenszeit, wenn sie endlich allein wären, kam

es Peter und Santa wie eine Ewigkeit vor. Mr Stibbings wollte einfach nicht nach Hause gehen, weil er letzte Vereinbarungen mit Mrs Ford treffen musste, und es war klar, dass es spät werden würde. Doch um halb neun schaute Mrs Ford auf die Uhr, und bevor sie sagen konnte: »Zeit zum Schlafen«, war Santa aufgesprungen. Auch Peter stand auf. »Ich glaube, ich fange schon mal an zu packen.«

Mrs Ford warf Mr Stibbings einen wissenden Blick zu, als wollte sie sagen: »An ihrem letzten Abend wollen sie zusammen sein, die armen Herzchen.« Dann gab sie den beiden einen Kuss. »Ab mit euch. Träumt was Schönes.«

Peter und Santa gingen hinauf. Oben sagte Peter sehr laut: »Gute Nacht, Santa.« Er öffnete ihre Zimmertür und warf sie wieder zu. Dann machte er seine auf, zog Santa hinein, schloss die Tür und wies aufs Bett. Sie setzten sich nebeneinander und begannen sich im Flüsterton zu unterhalten.

»Hast du einen Plan?«, fragte Santa.

»Ja. Wir reißen aus.«

»Wohin?«

»Zu unserem Onkel. Der Tante Rebecca immer die Weihnachtskarten schreibt. Vielleicht können wir bei ihm bleiben.«

»Aber wir wissen doch nicht mal, wo er wohnt, und wir haben kein Geld.«

»Dafür haben wir die Uhr und den Armreif. Wir verkaufen sie. Und vielleicht steht auf der Karte, wo er wohnt. Ich hol sie schnell.«

Santa wirkte unschlüssig. »Sie dürfen dich nicht herumschleichen hören.«

Peter erhob sich. »Das werden sie auch nicht.«

Zum Glück ließ sich die Tür geräuschlos öffnen. Peter stand im Flur und horchte. Unten redeten Mr Stibbings und Mrs Ford miteinander. Tante Rebeccas Zimmer war am Ende des Flurs. Sehr leise öffnete er die Tür. Ob Mrs Ford die Karte weggenommen hatte? Hoffentlich nicht. Vorsichtig schlich er durchs Zimmer und tastete den Rahmen des Spiegels ab. Da war sie, in der linken oberen Ecke. Im nächsten Moment hatte er die Tür hinter sich geschlossen und war zurück in seinem Zimmer. Wortlos setzte er sich neben Santa, und sie lasen die Karte.

Auf der Vorderseite war eine schneebedeckte Kirche zu sehen. Auf der Rückseite stand:

*Zirkus Cob*

*Meine Liebe,*
*nur ein paar rasche Zeilen zum Fest. Ich hoffe, Du bist gesund und munter. Bin gerade vier Wochen mit oben genanntem Zirkus auf Tournee, dann wieder ab April.*
*Herzlich*
*Gus*

Peter und Santa starrten einander an. Sie wussten kaum, was das Wort Zirkus bedeutete. Irgendwann einmal hatten sie ein Zirkusplakat gesehen, und eine verschwommene Vorstellung davon war in ihrem Hinterkopf geblieben.

»Im Zirkus reiten Leute im Stehen auf Pferden«, sagte Santa.

»Und ein Mann sitzt auf einem Löwen«, fügte Peter hinzu.

Santa betrachtete die Karte genauer. »Glaubst du, unser Onkel heißt Gus? Was für ein schrecklicher Name.«

»Ich kann mir nicht vorstellen, dass das unser Onkel ist«, widersprach Peter. »Was soll der mit einem Zirkus zu tun haben?«

Santa las erneut die Sätze auf der Karte. »Ich frage mich, was er mit Tournee meint. Das macht er jetzt.«

Peter sah ihr über die Schulter. »Stimmt. Daran hatte ich gar nicht gedacht.« Er stand auf. »Hör zu. Geh in dein Zimmer. Pack so wenig wie möglich in deinen Koffer. Leg dich angezogen ins Bett, zieh nur die Schuhe aus. Schlaf auf keinen Fall ein. Sobald Mrs Ford schläft – sie schnarcht so laut, dass ich es bestimmt höre, wenn ich im Flur horche –, hole ich dich ab.«

Santa ging zur Tür. »Bringst du meinen Armreif mit?«

Peter nickte.

»Wohin gehen wir?»

Er zuckte die Achseln. »Ich weiß nicht, wohin wir heute Nacht gehen. Morgen suchen wir den Zirkus Cob.«

# 3

# *Flucht*

Santa war überzeugt, dass sie kein bisschen müde werden würde, wenn sie etwas so Wichtiges vorhatte, wie davonzulaufen. Doch sie irrte sich. Sie war noch nie angezogen ins Bett gegangen und wusste deshalb nicht, wie heiß einem dabei werden konnte. Obwohl Peter es anders angeordnet hatte, behielt sie nicht alle Sachen an. Sie zog ihr Kleid aus. Es war schließlich das einzige, das sie mitnahm, und sie musste es mindestens so lange tragen, bis sie Onkel Gus gefunden hatten, vielleicht sogar länger. Außerdem war sie durch die Erziehung ihrer Tante pingelig geworden und wollte sich nicht in einem zerknitterten Kleid sehen lassen. Es war ein grünes Faltenkleid, das gut zu ihrem Mantel und Hut passte. Jedenfalls trug man so ein Kleid eigentlich nicht im Bett. Selbst ohne Kleid schwitzte sie. Aber dann schlummerte sie doch ein.

Als sie aufwachte, hielt Peter ihr den Mund zu. »Psst. Steh auf. Los.«

Santa setzte sich auf und rieb sich die Augen. Dann fiel ihr Mrs Ford ein. »Schläft sie?«

»Ja, schon seit Stunden. Es ist halb vier. Komm.«

Santa zog ihr Kleid an. »So spät? Ich dachte, wir gehen, sobald sie eingeschlafen ist.«

»Ich erklär's dir, wenn wir draußen sind. Schnell.«

Santa band sich die Schnürsenkel und zog ihren Mantel an. Kämmen konnte sie sich nicht, weil sie den Kamm eingepackt hatte, also strich sie wenigstens die Haare zurück und stülpte ihren Hut darüber. Dann zog sie die Handschuhe an und nahm ihren Koffer. »Gut. Ich bin so weit.«

Sonderbarerweise war das Haus, das tagsüber immer ruhig erschien, bei Nacht voller Geräusche. Santas Tür seufzte ein bisschen, als Santa sie berührte. Es wäre gar nicht nötig gewesen, die Tür anzufassen, weil sie schon offen stand, doch bei Tag machte sie nie Lärm, deshalb hatte Santa jetzt auch keinen erwartet. Dass Peter sie kniff, fand sie ein bisschen gemein. Die beiden blieben kurz stehen und horchten, ob Mrs Ford aufwachte. Sie hielten den Atem an. Das Schnarchen hörte auf. Sie stellten sich vor, wie Mrs Ford sich im Bett aufsetzte, das Licht anmachte und sich nach einer Waffe umsah, mit der sie einen Einbrecher schlagen konnte. Dann plötzlich erklang wieder ein Geräusch. Zuerst war es ein sanftes Schnurren, dann ein Schnarchen aus tiefster Kehle. Mrs Ford war erneut eingeschlafen.

Nach diesem aufregenden Beginn war das Öffnen und Schließen der Haustür, das Peter für den schwierigsten Teil gehalten hatte, kinderleicht. In einer halben Minute waren sie draußen und rannten die Straße hinunter.

Vielleicht lag es an der Erleichterung darüber, dass sie unbehelligt aus dem Haus gekommen waren, jedenfalls fingen sie nach kurzer Zeit an zu kichern. Dann wurde das Kichern zu Gelächter, und schließlich waren sie so atemlos vor Lachen, dass sie sich an eine Mauer lehnen mussten.

»Ich darf gar nicht daran denken, dass sie nicht aufgewacht ist!« Santa rang nach Luft.

»Und dass du fest geschlafen hast, als ich dich abholen wollte!«

Darüber ärgerte sich Santa. »Na und? Was hast denn du gemacht? Du hast gesagt, du würdest mich holen, sobald sie eingeschlafen wäre. Ich wette, dass sie vor halb vier ins Bett gegangen ist.«

Peter holte tief Luft, um zu verhindern, dass er wieder losprusten musste. Er hielt sich den Bauch. »Oh, mir tut alles weh! Aber weißt du, mir ist noch etwas eingefallen, nachdem du weg warst, nämlich dass wir nicht zu bald weglaufen sollten. Zum einen wissen wir nicht, wohin, zum anderen hätte uns die Polizei aufhalten können, wenn sie uns mitten in der Nacht durch die Straßen laufen gesehen hätte. Jetzt wird es hell und wir fallen nicht weiter auf.«

Santa war überrascht. Sie hätte immer gesagt, dass sie die Vernünftigere von ihnen beiden war. Wenigstens wurde sie nicht so schnell wütend und benahm sich dann unhöflich. Doch seit sie vom Sankt-Bernard- und vom Sankt-Winifred-Heim gehört hatten, schien Peter wie ausgewechselt. Dass er dem Gespräch über die Waisenhäuser ohne ein Wort zugehört und die ganze Zeit ihre Flucht geplant hatte! Und darauf bestanden hatte, dass sie etwas von Tante Rebeccas Schmuck bekamen! Und während sie geschlafen hatte, hatte er sich Gedanken über die Tageszeit und die Polizei gemacht! Sie stellte ihren Koffer ab. »Du hast dir das alles gut ausgedacht.«

Peter wehrte unwillig ab. »Wir mussten einfach etwas tun. Mir hätte das alles nicht so viel ausgemacht, wenn sie wenigstens versucht hätten, uns zusammen unterzubringen – aber davon war ja nie die Rede.«

Santa lehnte sich an die Wand und zählte an ihren Fingern ab: »Vier bis fünf. Fünf bis sechs. Sechs bis sieben. In etwa drei Stunden steht Mrs Ford auf. Was sie wohl macht, wenn sie feststellt, dass wir weg sind?«

»Ich habe ihr einen Brief hingelegt.« Peter gab sich Mühe, nicht zu stolz zu klingen. »Ich habe geschrieben, dass wir schon immer mal nach London wollten, und weil wir uns jetzt trennen müssten, wäre ich mit dir hingefahren und rechtzeitig zum Mittagessen würden wir zurück sein.«

»Du meine Güte!« Santa war voller Bewunderung. »Du bist plötzlich klug geworden.«

Peter sagte: »Ach, hör doch auf«, aber es klang erfreut. Er fummelte an seiner Taschenuhr herum. »Zu schade, dass wir sie verkaufen müssen.«

Auch Santa tat es leid. Schließlich gehörte eine Uhr zu den Dingen, die jeder haben wollte. Eine zu bekommen und sie sofort verkaufen zu müssen war wirklich ein Unglück.

Da hatte sie eine gute Idee. »Ich hab's!«

»Was?«

»Du kannst sie verpfänden.«

»Verpfänden!« Peter war entsetzt. »Wir können doch nicht in ein Pfandhaus gehen.«

»Warum denn nicht? Dort sind sie ehrlich. Madame Tranchot hat mir davon erzählt. Sie sagte, in England heißt das ›seinen Onkel besuchen‹. Vor dem Laden würden immer drei goldene Bälle hängen zum Zeichen, dass man dort Geld gegen Pfand bekommt.«

»Bekommen wir da genauso viel, wie wenn wir die Sachen verkaufen?«

Santa steckte die Hände in die Achselhöhlen, weil sie kalt wurden. »Solange es nur genug ist, ist das gleichgültig. Aber wie finden wir heraus, wo der Zirkus ist?« Bevor Peter antworten konnte, packte sie ihn am Arm. »Da kommt jemand!«

Sie horchten. Weit entfernt waren Schritte zu hören, langsame und ziemlich schwere Schritte.

»Ein Polizist«, flüsterte Peter.

Santas Herz fing an zu hämmern. »Sollen wir rennen?«

»Nein. Nimm deinen Koffer und geh ganz normal weiter. Wenn er uns anhält, überlass mir das Reden.«

Sie nahmen ihre Koffer und setzten sich wieder in Bewegung. Santas Knie zitterten. Die Schritte des Polizisten kamen immer näher. Dann sahen sie ihn. Er hatte eine Taschenlampe, mit der er in Hauseingänge leuchtete.

Peter begann draufloszuplappern. »Und Strauße haben kein richtiges Nest. Sie legen ihre Eier in flache Vertiefungen. Der männliche Vogel brütet nachts und …«

Jetzt waren sie auf gleicher Höhe mit dem Polizisten und unter der Straßenlampe, er musste sie also sehen. Der Polizist blieb stehen. »Hallo, ihr beiden! Ihr seid aber früh auf.«

»Ja«, sagte Santa. Peter trat ihr auf den Fuß, um sie daran zu erinnern, dass er die Fragen beantworten würde.

»Wo wollt ihr denn hin?«, fragte der Polizist.

»Covent Garden«, sagte Peter entschieden. »Wir wollen uns die Blumen ansehen.«

»Oh! Und eure Familie weiß, dass ihr hier unterwegs seid?«

»Ja«, antwortete Peter.

»Nun, dann viel Spaß.«

Der Polizist ging weiter, Peter und Santa setzten ebenfalls ihren Weg fort.

Als der Polizist außer Hörweite war, flüsterte Santa: »Das waren gleich zwei Lügen. Wir gehen nicht zum Covent Garden, und unsere Familie weiß überhaupt nichts.«

Peter war so wütend, dass sein Flüstern ein Zischen wurde. »Na toll! Das war wirklich eine gute Antwort, und alles, was dir dazu einfällt, ist, dass es gelogen war.«

»War es doch auch.«

»Nicht unbedingt. Wir können ja trotzdem zum Covent Garden gehen. Dort gibt es Blumen und alles Mögliche zu kaufen. Ich glaube, die Markthallen sind die ganze Nacht geöffnet.«

»Und wo liegt Covent Garden?«

»Ich weiß nicht. Aber wir können jemanden fragen. Der Polizist schien es für ein normales Ziel zu halten.«

Santa ging schweigend weiter. Dann sagte sie: »Selbst wenn wir zum Covent Garden gehen, ist es eine Lüge, dass unsere Familie Bescheid weiß. Das tut sie nämlich nicht.«

Peter blieb stehen. »Hör endlich auf zu meckern! Wir haben keine Familie, wer sollte also Bescheid wissen? Wenn Tante Rebecca noch leben würde, wäre es anders; aber sie ist tot, also haben wir jetzt keine Familie mehr.«

»Soll das heißen, Mrs Ford und Mr Stibbings und Madame Tranchot und Miss Fane sind nicht unsere Familie?«

»Natürlich nicht.«

Santas Stimmung heiterte sich auf. »Na, dann ist es was anderes.« Plötzlich kicherte sie. »Warum hast du eigentlich von den Straußen angefangen? Das kam dem Polizisten sicher merkwürdig vor.«

Peter nickte. »Bestimmt. Aber es war das Einzige, was mir eingefallen ist. Mr Stibbings hat dir das gestern erzählt, als du ihn nach dem Ei in der Diele gefragt hast. Komm jetzt. Wenn wir zum Covent Garden wollen, müssen wir uns beeilen. Wer weiß, wie viele Meilen es noch sind.«

Als Peter und Santa am Covent Garden ankamen, ging die Sonne auf. Sie waren müde, trotzdem fanden sie den Markt großartig, vor allem die Träger, die stapelweise Körbe auf dem Kopf balancierten. Überall herrschte Betriebsamkeit und es roch so gut. Doch nachdem sie etwa eine Dreiviertelstunde umhergewandert waren, wurden ihnen die Beine schwer. Sie schauten sich nach einem Sitzplatz um. Nicht weit entfernt war ein Gemüsehändler, der Tomaten verkaufte. Vor seinem Stand lagen ein paar leere Holzkisten. Peter nahm seine Mütze ab und ging zu dem Mann, der wie der Besitzer aussah.

»Entschuldigung. Dürften meine Schwester und ich uns einen Moment lang auf diesen Kisten ausruhen?«

»Sei's drum«, sagte der Mann.

»Heißt das, wir dürfen?«

Der Mann schob seinen Hut zurück und kratzte sich am Kopf. »Ich weiß nicht, was sie euch heutzutage beibringen. Verstehst du keine normale Ausdrucksweise? Ich habe gesagt, ›Sei's drum.‹ Also, setzt euch hin und gebt Ruhe.«

Santa sah Peter an, dass er ärgerlich war. Dank Tante

Rebeccas Erziehung hatte er sich sehr höflich ausgedrückt, und er war verletzt worden. Sonderbarerweise wusste der Mann Peters Höflichkeit offenbar nicht zu schätzen.

Santa trat näher. »Vielen Dank. Ich hoffe, die Geschäfte laufen gut?«

»Ganz in Ordnung. Magst du Tomaten?«

Santa nickte. »Sehr.«

Der Mann nahm zwei große Tomaten aus den Korkschnipseln, in denen sie lagen. Eine wischte er an seiner Jacke ab und gab sie Santa, die andere warf er Peter zu.

Peter rechnete nicht mit einer Tomate. Und weil er nie mit anderen Jungen gespielt hatte, konnte er nicht gut fangen. Die Tomate traf ihn auf der Brust und fiel dann aufs Pflaster, wo sie aufplatzte. Der Mann machte eine zornige Kopfbewegung und wandte sich ab.

»Tut mir leid, kleiner Lord. Wenn ich gewusst hätte, dass Eure Lordschaft kommen, hätte ich mir ein silbernes Tablett besorgt, um Ihnen die Tomate zu reichen.«

Santa wurde rot. »Er konnte doch nicht ahnen, dass Sie die Tomate werfen würden.«

»Das muss man doch nicht ahnen! Mein Kleiner, der gerade drei ist, würde sich so einen Fang nicht entgehen lassen, da bin ich sicher!«

Santa wurde wütend. »Peter kann dafür andere Sachen.«

Der Mann fragte über die Schulter: »Was zum Beispiel?«

»Nun …«

Peter fasste sie am Arm. »Komm, wir gehen.«

Santa zögerte. Sie wollte das Gespräch nicht mit einem unbestimmten Hinweis auf Peters Fähigkeiten beenden. Aber das Schreckliche war, dass sie keine Antwort parat hatte. Was konnte Peter? Und, falls darauf die Rede kam, was konnte denn sie – außer »O Traurigkeit, o Herzeleid« auf der Geige spielen?

»Komm schon!«, drängte Peter.

Santa entschied sich für den würdevollen Rückzug. »Einen schönen Tag, und danke für die Tomate.«

Sie gingen um die Ecke und lehnten sich an die Mauer. Santa fing an, die Tomate zu halbieren, doch Peter sagte: »Ich möchte nichts, danke.«

Santa fuhr fort, die Tomate zu teilen. »Sei nicht dumm. Hungern bringt nichts.«

»Lieber hungere ich, als dass ich etwas von diesem Fiesling esse.«

Santa hatte die Tomate gerecht, wenn auch nicht ganz appetitlich geteilt. »Vermutlich ist er einfach mit dem linken Fuß zuerst aufgestanden.« Sie biss in ihre Hälfte. »Vergiss ihn.« Sie hielt ihm seine Hälfte hin. »Iss, dann machen wir uns auf die Suche nach einem Pfandhaus.«

Weder Peter noch Santa kannten diesen Teil von London, und sie mussten sehr weit laufen, bis sie ein Pfandhaus fanden. Vielleicht hatten sie auch zwei oder drei übersehen, denn sie wussten zwar, dass am Haus drei goldene Bälle hängen würden, doch sie waren nicht sicher, wo sie mit der Suche anfangen sollten. Sie gingen eine Straße namens Long Acre entlang bis zum Leicester Square und wurden immer müder. Dann, in einer Seitenstraße, packte Santa Peter plötzlich am Arm.

»Schau da!«

Tatsächlich! Gerade gegenüber auf der anderen Straßenseite war ein Geschäft mit dunkelgrünen, geschlossenen Läden. Darauf stand: *Samuel Aronson. Juwelier.* Über der Tür hingen drei goldene Bälle. Auf dem Fenster in der Tür stand: *Pfandbüro.*

Peter stellte seinen Koffer ab. »Was machen wir, bis sie öffnen?«

»Wir setzen uns irgendwohin«, sagte Santa.

»Hinsetzen!«, entgegnete Peter verächtlich. »Wo denn?«

Santa schaute die Straße hinauf und hinunter. Es war die verschlafenste Straße, die man sich denken konnte. Die Läden aller Geschäfte waren geschlossen. Niemand war unterwegs außer einer schwarzen Katze und, weit entfernt, einem Zeitungsjungen.

»Warum setzen wir uns nicht auf eine Stufe?«, schlug sie vor. »Es ist niemand zu sehen, dem das etwas ausmachen könnte.«

Peter wirkte verblüfft. »Eine Stufe! Man setzt sich nicht auf Stufen.«

Santa ließ sich dennoch auf der Stufe nieder, ihren Koffer stellte sie neben sich. Peter betrachtete sie. Es sah aus, als hätte sie es überaus bequem. Er wurde verlegen. Ihm war klar, dass sie viel zu gut angezogen waren, um auf Stufen zu sitzen, andererseits konnte sie im Moment nur die Katze sehen. Er setzte sich neben seine Schwester.

»Nie hätte ich gedacht, dass sich eine Stufe so gut anfühlt«, seufzte Santa.

Peter lehnte den Kopf an die Tür und schloss die Augen. »Koffer sind immer so«, murmelte er.

Santa öffnete ein Auge. So eine idiotische Aussage konnte nur eins bedeuten: Peter schlief schon halb. In drei Minuten war sie seinem Beispiel gefolgt.

Sie wurden von einem Mann geweckt. Er beugte sich über sie und schüttelte Peter. »Falls es dir nichts ausmacht, junger Mann.«

Peter schrak hoch, streckte sich und plötzlich fiel ihm wieder ein, wo er war. Beschämt stand er auf. »Oh! Entschuldigen Sie bitte. Es kommt Ihnen sicher seltsam vor, dass wir hier sind.« Er stieß Santa mit dem Fuß an. »Wach auf, Santa.«

Santa öffnete die Augen und lächelte den Mann an. »Ist das Ihr Hauseingang?«

Er nickte.

»Entschuldigen Sie, dass wir gerade ihn ausgesucht haben, aber wir warten, bis dort drüben geöffnet wird.« Sie wies mit einer Kopfbewegung auf das Pfandhaus.

Der Mann sah mitleidig aus. »Ist eure Mutter klamm?«

Das überraschte Peter und Santa. Warum sollte sich jemand, der sie vor seiner Haustür antraf, Gedanken über ihre Mutter machen? Doch Peter fand, er müsse der Höflichkeit halber antworten, obwohl er seine Mutter nur von einer Fotografie kannte. »Ich glaube nicht. Du, Santa?«

Auch Santa dachte an die Fotografie von ihrer Mutter im Hochzeitskleid. Klamm? Wieso sollte ihr klamm sein? Santa erinnerte sich nicht, dass sie aussah, als ob sie fror. »Klamm? Nein. Eigentlich nicht.«

Der Mann lachte kurz. »Wisst ihr nicht, was ›klamm sein‹ bedeutet?« Er hatte die Tür aufgeschlossen, stand im Flur und sprach über die Schulter. »Klamm zu sein bedeutet, nicht genug Geld zu haben. Wo seid ihr denn aufgewachsen, dass ihr das nicht gelernt habt?«

Santa griff nach ihrem Koffer. »Ja, wirklich komisch. Und das, wo wir überhaupt nie Geld hatten.«

Peter gefiel diese öffentliche Diskussion ihrer Verhältnisse nicht. Einen Satz hatte die Herzogin öfter als alles andere gesagt, und deshalb hatte Tante Rebecca ihn häufiger als alles andere wiederholt: Über Geld spricht man nicht!

»Komm schon, Santa. Wir dürfen diesem Herrn nicht noch mehr Zeit rauben.«

Der Mann lachte. »Du bist vielleicht eine Nummer!« Er wandte sich an Santa. »Bis Aronson aufmacht, kann es noch dauern. Wenn dein Bruder sich überwinden kann, aus einer Tasse ohne Henkel zu trinken, dann kommt rein und trinkt bei mir eine Tasse Tee.«

Sie bekamen sogar eine sehr gute Mahlzeit. Er bot ihnen nicht nur Tee an, sondern auch Brot und Butter. Und wenn man um halb vier aufgestanden ist und nichts gegessen hat außer einer halben Tomate, weiß man, wie gut Brot und Butter schmecken und wie der Tee einen von innen wärmt. Selbst Peter genoss jeden Bissen, obwohl er sich auf den Schlips getreten fühlte, weil der Mann dachte, er hätte etwas gegen eine Tasse ohne Henkel.

Als sie fertig waren, lehnte sich der Mann, der sich als Bill vorgestellt hatte, auf seinem Stuhl zurück. Er nickte in Richtung Juwelierladen. »Wie viel Geld braucht ihr?«

»Nun, das hängt davon ab …«, fing Santa an.

Peter versetzte ihr unter dem Tisch einen Tritt. »Vielleicht könnten Sie sich die Sachen einmal ansehen und sagen, was sie wert sind?« Er zog seine Uhr aus der Tasche, stand auf und holte den Armreif aus dem Koffer. Beides legte er vor Bill auf den Tisch.

Der Mann nahm die Sachen genau in Augenschein. Dann nickte er. »Gold. Nicht schlecht. Hat eure Mutter nicht gesagt, was sie dafür haben will?«

Peter schluckte. »Sie gehören nicht unserer Mutter. Unsere Tante hat sie geschenkt bekommen.«

»Nun, und Tantchen hat nichts gesagt?«

»Nein.« Peter zögerte. »Wissen Sie, wir brauchen das Geld für Zugfahrkarten, und es hängt davon ab, was die kosten.«

»Aha, und wohin?«

»Ich weiß nicht.«

Bill nickte wissend mit dem Kopf. »Ich werfe eigentlich nicht mit Beleidigungen um mich, aber es kommt mir vor, als wärt ihr nicht ganz ehrlich.«

Peter wurde rot. »Sie haben kein Recht, das zu sagen.«

Santa wollte eigentlich alles Peter überlassen, aber nur, solange er ruhig blieb. Wenn er sich aufregte, war nichts mehr mit ihm anzufangen. Sie beugte sich über den Tisch zu Bill. »Das ist die Wahrheit, wirklich. Wir haben nur etwas Wichtiges ausgelassen. Unsere Tante ist tot.«

»Tot!« Bill sah auf den Armreif und die Taschenuhr. »Wem gehören dann diese Stücke?«

Santa und Peter sagten gleichzeitig: »Uns.«

Danach musste Bill sich die ganze Geschichte anhören. Peter packte die Karte von Onkel Gus aus. Abwechselnd erzählten sie Bill von Mr Stibbings, Mrs Ford, Madame Tranchot, Miss Fane, vom Sankt-Bernard-Heim für Knaben und Sankt-Winifred-Waisenhaus für Mädchen. Es dauerte lange, doch Bill unterbrach sie kein einziges Mal. Am Ende sagte er: »Wo ist denn der Zirkus Cob?«

Peter trank einen großen Schluck Tee, vom Reden war er durstig geworden. »Das wissen wir nicht. Wir müssen es herausfinden.«

»Wie wollt ihr das anfangen?«

Peter deutete auf den Absender auf der Karte – sie war in Birmingham abgeschickt worden. »Dort war der Zirkus an Weihnachten. Ich dachte, dort könnte uns jemand weiterhelfen.«

Bill schüttelte den Kopf.

»Das bringt nichts. Ihr zwei könnt schließlich nicht durchs ganze Land wandern.« Er griff in die Tasche und holte ein Geldstück heraus. »Ein Stück die Straße hinunter ist ein Zeitungskiosk. Lauf, Peter, und frag nach einer Zirkuszeitschrift. Darin werden wir finden, was wir wissen wollen.«

Während Peter weg war, räumten Santa und Bill den Tisch ab. Santa wollte das Geschirr spülen, doch Bill sagte, das könne warten. Nach etwa fünf Minuten war Peter zurück, mit einer Zeitschrift unter dem Arm.

»Der Mann hat nicht gewusst, ob das die richtige ist, aber er hat gesagt, sie sei für Zirkusleute.« Er legte die Zeitschrift auf den Tisch. Sie hieß *Artistenwelt*.

Sie zerteilten sie und jeder nahm sich ein paar Seiten vor. Es war gar nicht so einfach. In der Zeitschrift gab es Fotos von Zirkusnummern, aber ohne Hinweis auf den Ort der Aufführung. Dann schlug Bill plötzlich auf den Tisch.

»Hier ist es. Hört zu: ›Nach dem großen Publikumsandrang in Whitby in den vergangenen drei Tagen und den Informationen über den Vorverkauf in Bridlington wäre es nicht überraschend, wenn dies die erfolgreichsten Auftaktmonate des Zirkus Cob würden!‹« Bill sah sich den oberen Rand der Zeitschrift an. »Der Artikel ist vom letzten Samstag.« Vergnügt schlug er mit der flachen Hand auf das Heft. »Wir haben es! Onkel Gus ist in Bridlington.«

Bill wollte zu Aronson gehen, um die Taschenuhr und den Armreif zu verpfänden. Doch zuvor nahm er Peter und Santa ein Versprechen ab.

»Ich nehme für euch ein Risiko auf mich. Vielleicht sollte ich euch der Polizei übergeben, aber anscheinend habt ihr einen Onkel und ich gehe davon aus, dass diese Uhr und der Armreif euch gehören, also bekommt ihr eine Chance. Aber ich verlange auch etwas von euch. Ihr kommt erst am Abend in Bridlington an, und vielleicht ist der Zirkus weit vom Postamt entfernt. Aber morgen erwarte ich von euch, dass ihr mir als Erstes ein Telegramm schickt. Wenn ich das Telegramm bis elf nicht bekommen habe, gehe ich zur Polizei. Abgemacht?«

Peter und Santa nickten. »Abgemacht.«

»Gut.« Bill öffnete eine Schublade voller Krimskrams und holte eine fettige Karte heraus. Darauf standen sein Name, seine Adresse und sein Beruf: Schneider. »Steck sie in deinen Koffer, Peter, neben die von Onkel Gus, und denkt an das Telegramm, oder das hier nimmt ein schlechtes Ende.«

Santa schien es seltsam, dass sie jemanden in so kurzer Zeit so lieb gewinnen konnte wie den Schneider Bill. Er brachte sie zum Bus, der vom Bahnhof King's Cross abfuhr, und als es losging, hatte sie einen Kloß in der Kehle, als würde sie sich von einem alten Freund verabschieden.

Die Reise nach Bridlington dauerte lange, doch weder Peter noch Santa bekamen viel davon mit. Sie hatten jeder ein Schinkensandwich und Limonade dabei, aber die meiste Zeit schliefen sie. Manchmal öffnete einer von ihnen ein Auge und sah einen Bahnhof oder ein Haus vorbeisausen, doch fast sofort schloss sich das Lid wieder.

Santa war es, die merkte, dass sie angekommen waren. Jemand streifte im Vorbeigehen ihren Fuß. Sie machte die Augen auf und sah, dass es draußen dunkel war. Dann las sie im Schein einer Bahnhofslampe »BRID«, öffnete die Augen ein Stückchen mehr und sah auch noch »LINGTON«. Sie beugte sich über den Sitz und schüttelte Peter. »Wach auf, Peter. Wir sind da.«

Weil sie geschlafen hatten und Bridlington viel weiter im Norden lag als ihre gewohnte Umgebung, kam es ihnen im Bahnhof sehr kalt vor. Sie fröstelten und gähnten und stolperten den Bahnsteig entlang, die Beine schwach vom langen Sitzen. An der Sperre blieb Peter stehen und kramte in seiner Manteltasche. Santa dachte einen beunruhigenden Moment lang, er hätte die Fahrkarten verloren, aber es war alles in Ordnung, er hatte sie aus Versehen in sein Tagebuch gelegt.

Vor dem Bahnhof schauten sie sich um.

»Wie finden wir heraus, wo wir hinmüssen?«

Peter schaute die Straße hinunter. »Dort ist ein Polizist, den können wir fragen.«

Der Polizist war ein netter, gutmütig aussehender Mann. Er lächelte Peter und Santa zu. »Was kann ich für euch tun?«

Peter lächelte zurück. »Könnten Sie uns bitte den Weg zum Zirkus zeigen?«

»Zum Zirkus?« Der Polizist lachte. »Da seid ihr ein bisschen früh dran. Der Zirkus kommt erst morgen zu uns.«

# 4

## *Der Aufbau*

Santa weinte. Sie konnte nichts dagegen tun, auch wenn sie sich hinterher schrecklich schämte. Sie weinte nicht vor dem Polizisten, doch sobald sie ihm den Rücken zugewandt hatte, ging es los. Peter sah sie überrascht an, weil sie nicht oft in Tränen ausbrach. Er öffnete den Mund, um zu fragen, was los sei, schloss ihn aber wieder, denn wahrscheinlich hatte das keinen Sinn. Santa weinte nicht leise, sondern in lauten Schluchzern mit Schluckauf, so dass die Leute sich umdrehten und sie anstarrten. Peter nahm sie rasch am Arm, zog sie die Straße entlang bis zu einer Teestube und setzte sie dort an einen Tisch in der Ecke.

Eine freundlich aussehende Kellnerin stand hinter einer Glastheke voller Schokoladentörtchen. Sie kam sofort herüber und betrachtete Santa mitleidig.

»Armes kleines Ding. Was hat sie denn?«

Peter zuckte die Schultern. »Ich weiß nicht.«

Santa legte den Kopf auf die Arme und heulte. Die Kellnerin hörte auf, Kellnerin zu sein, und sagte sehr liebevoll: »Oh, das klingt aber schrecklich, du meine Güte. Ist was passiert?«

Sie hatte eine sanfte Stimme und einen komischen Akzent. Das fiel Santa sogar trotz des Lärms auf, den sie machte, und sie hörte langsam auf zu schluchzen.

»Sehr gut! So ist es fein.« Die Kellnerin kniete sich neben sie. »Nun wisch dir die Tränen ab und erzähl uns, was dich plagt.«

Santa straffte sich und holte ihr Taschentuch hervor. Dann schmiegte sie sich an die Kellnerin, als wäre sie ihr schon lange vertraut.

»Ich bin so müde!«

»Ist das alles? Na, wenn's nichts Schlimmeres ist.«

»Es ist wohl schlimmer.« Santa rieb sich die Augen. »Wir sind den ganzen Weg von London hierhergekommen, weil wir unseren Onkel besuchen wollen, und jetzt kommt er erst morgen.«

»Warum braucht er denn so lange?«

Peter schaute Santa besorgt an. Sie sah wirklich müde aus. An den Stellen, die nicht vom Weinen gerötet oder von der Reise dreckig waren, hatte sie eher eine grünlich-weiße Gesichtsfarbe. »Er ist beim Zirkus Cob«, erklärte er.

»Beim Zirkus Cob?« Die Kellnerin tätschelte Santa freundschaftlich. »Das ist doch kein Grund zu weinen. Er wird morgen in aller Frühe hier sein, Liebes.«

»Wirklich?« Blinzelnd schaute Santa sie an. »Woher wissen Sie das?«

Die Kellnerin stand auf. »Mein Bruder liefert morgens die Milch aus, und er bringt sie auch dem Zirkus. ›Morgen müssen Sie früh kommen‹, hat der Platzchef, der mit seinen Leuten vorausgefahren ist, zu ihm gesagt.«

»Aber warum ist der Zirkus denn noch nicht hier?« Peter war verwirrt. »Wir haben eine Zeitschrift gekauft, die *Artistenwelt*, und darin steht, dass der Zirkus Cob letzte Woche in Whitby war und diese Woche hierher kommt.«

Die Kellnerin nickte. »Ja, das stimmt. In Whitby waren sie letzten Donnerstag, Freitag und Samstag. Dann ging's nach Thirsk, und heute Nacht fahren sie von Thirsk hierher. Sie bleiben drei Tage in jeder Stadt, versteht ihr?«

Peter verstand es nicht, aber er bemühte sich um einen intelligenten Gesichtsausdruck. Der Kellnerin schien es gleichgültig zu sein. Sie legte die Hände auf den Tisch. »Ich glaube, ihr braucht erst mal etwas zu essen. Habt ihr Geld?«

»Oh ja.« Peter konnte nichts dagegen tun, dass Stolz in seiner Stimme mitschwang. »Fast zehn Shilling.«

Die Kellnerin schüttelte den Kopf. »So viele Tränen um nichts und wieder nichts. Das reicht für ein Bett und alles, was ihr sonst noch braucht. Kommt mit hinauf zu Mutter. Sie wird sich um euch kümmern.«

Es war ein wunderschöner Morgen. Auf den Straßen waren so früh erst wenige Leute unterwegs, aber alle machten einen fröhlichen Eindruck. Ein Zeitungsjunge pfiff, ein Polizist summte vor sich hin, ein Milchmann ratterte mit seinem Wagen vorbei und sang aus voller Kehle, zwei Frauen, die ihre Treppen putzten, erzählten einander Witze und wollten sich ausschütten vor Lachen. Auch den Tieren war anzusehen, dass es ein guter Morgen war. Eine schwarze Katze tänzelte über die Straße, das Pferd des Milchmanns wieherte dem des Metzgers zu und ein sehr alter Foxterrier, der den ganzen Winter nur noch gekrochen war, fühlte sich plötzlich wieder jung und sprang die Straße entlang.

Für Peter und Santa war dieser Morgen auch ohne all das wunderbar. Sie waren glücklich. Sie hatten gut geschlafen, ausgiebig gefrühstückt und es fast zu ihrem Onkel geschafft. Santa entdeckte als Erste, wie nah sie Onkel Gus schon waren. Sie blieb stehen und deutete auf ein großes Plakat. »Schau mal!«

Darauf stand: *Der Zirkus kommt*, und darüber war ein anderes mit der Aufschrift: *Folgt den grünen Sternen zum Zirkus Cob.*

»Grüne Sterne!«, sagte Santa. »Was soll das denn heißen?«

Sie brauchten nicht lange zu suchen. Alle paar Meter hingen Plakate mit grünen Sternen auf weißem Grund an Laternenpfosten. Es war kinderleicht, den Weg zu finden, und Peter und Santa machten ein Spiel daraus, bei dem jeder versuchte die Sterne vor dem anderen zu entdecken. Die Sterne führten sie nicht geradeaus, sondern um viele Ecken und Kurven. Weil die beiden mit der Suche nach dem nächsten Zeichen beschäftigt waren und nicht auf den Weg achteten, erreichten sie das Meer ganz überraschend. Sie waren um eine Ecke gebogen – und da lag es.

Zum ersten Mal das Meer zu sehen ist für jeden aufregend. Aber wenn man darauf warten musste, bis man elf und zwölfeinhalb Jahre geworden ist, dann trifft es einen wie ein Schlag, der einem den Atem nimmt.

»Ich hätte nie gedacht, dass es so aussieht«, sagte Peter schließlich.

Santa war so beeindruckt, dass sie nur flüstern konnte.

»Verrückt, dass es irgendwo so viel Wasser auf einmal gibt.«

Sie gingen langsam weiter. Immer wieder blieben sie stehen und schauten auf die Wellen. Die Sterne führten sie direkt am Ufer entlang, einen Hügel hinauf, und plötzlich waren keine mehr zu sehen.

Vor ihnen lag eine weite Fläche mit ungepflegtem Gras. Darauf standen nur zwei Wohnwagen und zwei hohe Masten, die im Boden steckten.

Santa stieß Peter an. »Glaubst du, wir sind da?« Sie wies auf die Wohnwagen.

Peter schüttelte den Kopf. »Zu einem Zirkus gehören Löwen und so.«

In diesem Moment wurde die Tür eines der Wohnwagen geöffnet. Ein Mann kam heraus. Er schaute sich um und sah die Kinder. »Hallo!«

»Hallo und guten Morgen«, sagte Peter höflich. »Können Sie mir sagen, ob Sie der Zirkus Cob sind?«

Der Mann lachte. »Nicht der ganze. Ich bin der Platzchef.«

»Oh.« Santa freute sich, weil sie schon von ihm gehört hatten. »Sie haben also zum Milchmann gesagt, er soll früh kommen.«

»Das stimmt. Die Männer wollen bestimmt frühstücken.«

»Welche Männer?«

Er fasste sie an den Schultern und drehte sie herum. »Siehst du das da?«

Santa betrachtete die beiden hohen Masten. »Ja.«

»Das sind die Hauptmasten. Das Erste, was vom Zug geladen wird, ist das große Zelt. Das ist das Wichtigste am ganzen Zirkus, und mit ihm kommen die Männer, die es aufbauen.«

»Und sie wollen Frühstück?«

Der Mann lachte wieder. »Ich glaube schon. Vermutlich sind sie erst weit nach Mitternacht mit dem Abbau in Thirsk fertig geworden. Dann mussten sie zum Bahnhof. Jetzt werden sie ausladen. Viel Schlaf haben sie nicht bekommen. Da würdet ihr doch auch gern frühstücken, oder?«

Bevor Santa antworten konnte, dass sie dann bestimmt Hunger hätte, hörten sie Gepolter hinter sich. Ein großer Wagen kam angefahren. Er war weiß und grün bemalt. Als er wendete, sahen sie an der Seite in großen Buchstaben die Aufschrift *Zirkus Cob*.

»Da sind sie ja«, sagte der Mann. »Ihr könnt ruhig beim Aufbau zuschauen, aber steht nicht im Weg herum.« Er zog sich in seinen Wohnwagen zurück und machte die Tür zu.

Was dann geschah, schien magisch. Den Kindern kam es vor, als würde unter ihren Blicken eine ganze Stadt emporwachsen. Auf den ersten Wagen folgte ein Strom von Lastwagen, alle waren grün und weiß bemalt und alle wussten auf geheimnisvolle Weise genau, wohin sie fahren mussten. Die Männer, die auf den Lastern saßen, sprangen bei der Ankunft sofort hinunter, es sah aus, als schüttelte ein Baum seine Blätter ab. Nur Minuten schienen vergangen, da war neben dem Wagen, der gerade angekommen war, ein großes Kantinenzelt aufgebaut. Alle Männer halfen dabei. Als es stand, holten sie vom Lastwagen Böcke, Tischplatten und Bänke, die sie im Zelt aufstellten. Während sie arbeiteten, drang aus dem Wagen ein herrlicher Geruch nach gebratenem Schinken.

Obwohl Peter und Santa reichlich gefrühstückt hatten, wünschten sie insgeheim, der Schinken wäre auch für sie.

Noch immer kamen jede Minute weitere Wagen und Laster an, aus denen Männer stiegen, denen völlig klar zu sein schien, wo sie warum sein mussten. Die Wagen wurden von Raupentraktoren in hohem Tempo genau dahin gezogen, wo sie stehen sollten.

Inzwischen hatte die Sonne ihren höchsten Stand am Himmel erreicht. Das Meer wurde immer blauer. Der leichte Nebel, der über Gras und Hecken geschwebt hatte, verzog sich. Überall herrschten Betriebsamkeit und gute Laune.

Vor dem Kantinenzelt war ein Wasserhahn. Ein Mann trat mit einem Stück Seife und einem Handtuch ins Freie, um sich zu waschen.

Er grinste Peter und Santa zu. »Wollt ihr beim Aufbau zusehen?«

Sie bejahten. Dann fragte Peter: »Könnten Sie mir sagen, ob Mr Possit schon hier ist?«

Der Mann seifte sich hinter den Ohren ein. »Gus!« Er blickte sich um. »Nein. Von den Künstlern ist noch keiner da. Aber er kommt sicher bald.« Er streckte den Kopf unter den Hahn, spülte die Seife aus und ging davon, während er sich abtrocknete.

Peter schaute ihm finster nach. »Ich finde, es ist ein bisschen unverschämt von diesem Mann, einfach Gus zu unserem Onkel zu sagen.«

Santa pflückte eine Butterblume. »Künstler hat er ihn genannt. Warum wohl? Künstler malen doch Bilder.«

»Egal was er macht, er sollte nicht einfach Gus zu ihm sagen. Das ist zu vertraulich.«

Santa hielt Peter die Butterblume an den Kragen, sie wollte sehen, ob sie ihm stand. An einem solchen Frühlingstag, den angenehm salzigen Geruch des Meeres in der Nase, war es schwierig, sich an die langweiligen Sätze einer Herzogin zu erinnern. Aber einer kam ihr dennoch in den Sinn: »Wie man in den Wald hineinruft, so schallt es heraus.« Santa blickte auf, dann packte sie Peter am Arm. »Schau mal, sind die nicht hübsch?«

Eine weitere Reihe Wohnwagen näherte sich. Einer nach dem anderen erklomm den Hügel und bog auf den Platz ein. Alle Wohnwagen waren grün angemalt und mit weißen Sternen übersät. Alle wurden von Autos gezogen. Alle Autos schienen voller Menschen zu sein – Männer, Frauen und Kinder. Bei ihrer Ankunft riefen sie den Zeltarbeitern vergnügt »Guten Morgen!« zu.

Wie alles andere im Zirkus Cob wussten die Wohnwagen genau, wo ihr Platz war. Jedes Auto schob seinen Anhänger an den richten Ort, gab die Fahrgäste frei und wurde dann im Hintergrund geparkt. In einem ständigen Strom kamen weitere Wohnwagen heran. Sie standen nebeneinander, ein Stückchen entfernt von den großen Lastwagen. Als alle an ihrem Platz waren, sah das Ganze aus wie eine Märchenstraße.

Die Insassen der Wagen machten viel Lärm und lachten laut. Sehr wenige schienen gutes Englisch zu sprechen. Einige redeten in anderen Sprachen miteinander. Die meisten unterhielten sich anscheinend darüber, auf welcher Route man hergefahren sei und wie die Ersten sie so schnell bewältigt hatten.

Sobald die Wohnwagenstraße fertig war, wurden Töpfe ausgepackt und jemand lief Wasser holen.

»Hoffentlich kommt unser Onkel bald«, sagte Santa. »Diese Frühstücksvorbereitungen überall machen mich ganz hungrig.«

Peter wies zu den Wohnwagen hinüber. »Vielleicht ist er in einem von denen.«

»Stell dir das mal vor!« Santa strahlte bei dem Gedanken. »Vielleicht können wir auch in so einem Wagen wohnen. Wäre das nicht toll? Frag doch mal jemanden dort.«

Aber Peter zögerte. Jemanden auf der Straße um eine Auskunft zu bitten war eine Sache. Aber in so ein Grüppchen plaudernder Leute hineinzuplatzen, von denen der Großteil kein richtiges Englisch sprach, war etwas ganz anderes. Er hatte das schreckliche Gefühl, sie würden ihn nicht verstehen und dann hinter seinem Rücken über ihn lachen. »Wir warten lieber noch ein bisschen. Schau nur, was dort drüben passiert.«

Eine außerordentliche Veränderung kam über die Szene. Was gerade noch wie eine zufällig entstandene Stadt ausgesehen hatte, bekam plötzlich einen zentralen Punkt.

Ein Laster hatte Leinwandbündel gebracht, die um die Masten gelegt worden waren. Die Kinder hatten zwar zugesehen, wie die Männer sie hinunterwarfen, aber das hatte für sie nichts bedeutet, es gab so viel anderes, Erstaunlicheres, dass sie sich nicht den Kopf über Einzelheiten zerbrochen hatten. Doch jetzt sahen sie, wozu die Leinwand diente. Die Männer hatten ihr Frühstück nun beendet und schwärmten wie Ameisen über den Boden. Sie packten die Bündel aus, die sich als Teile eines großen Zeltes erwiesen und mit Seilen aneinandergeknüpft wurden. Peter und Santa staunten.

»Ich wette, das wird so groß wie der Markt in Covent Garden«, sagte Peter. »Sieh dir das nur an.«

Santa sah zu den Mastspitzen hinauf. »Glaubst du, sie machen es dort oben fest?«

»Ja, ich glaube, das sind die Stangen, die das Zelt halten. Ich …« Er brach ab, weil er Gelächter hörte.

Ein Junge und ein Mädchen hatten sich zu ihnen gesellt. Sie sahen ungewöhnlich aus. Der Junge war etwa acht, das Mädchen vielleicht zehn. Doch ihre Gesichter wirkten älter als ihre Körper. Beide hatten große braune Augen, hohe Wangenknochen und ungezähmte lockige Haare. Sie trugen schwere, ziemlich seltsam geschnittene Mäntel sowie Gummistiefel. Sie sprachen Englisch, aber weil sie die Wörter anders betonten als üblich, klang es falsch.

»Habt ihr noch nie gesehen, wie sie das große Zelt hochziehen?«, fragte der Junge Santa.

»Nein. Wir haben überhaupt noch nie einen Zirkus gesehen.«

Der Junge und das Mädchen starrten Peter und Santa an, als hätten sie gerade gesagt, sie kämen vom Mars.

»Noch nie einen Zirkus gesehen?« Das Mädchen bog sich beim Sprechen langsam zurück, bis ihre Hände hinter ihr den Boden berührten und ihr Körper einen Halbkreis bildete. In dieser Stellung redete sie weiter. »Könnt ihr das?«

»Nein.« Santa betrachtete sie ängstlich. »Tut das nicht weh?«

»Ob es wehtut?« Das Mädchen richtete sich wieder auf. »Natürlich nicht. Das ist nur eine Brücke aus dem Stand. Ich heiße Olga. Und du?«

»Santa.«

Der Junge schlug ein Rad. »Das klingt ja wie mein Name. Ich heiße Sascha. Und er?«

Peter mochte es nicht, wenn man über ihn redete, als wäre er so etwas wie eine Statue. »Peter.«

Sascha schien nicht klar zu sein, dass Peter gesprochen hatte, denn er sagte zu Santa: »Wir haben einen Bruder, der ist so groß wie er. Alexis. Nächsten Winter tritt er auf.«

Olga machte einen Salto. »Nur wenn er an sich arbeitet. Vater sagt, er ist faul. Wir haben auch eine große Schwester, Paula. Sie trainiert mit den Kenets.«

Santa machte eine Kopfbewegung in Richtung der Wohnwagen, um Peter zu verstehen zu geben, dass er nun nach Onkel Gus fragen solle. Peter nickte zustimmend, dann fragte er: »Wisst ihr, ob Mr Possit schon angekommen ist?«

Olga und Sascha hielten einen Moment lang inne. Sie schauten Peter an, dann einander. Sie kicherten.

»Er spricht«, sagte Sascha.

Peter runzelte die Stirn. »Natürlich spreche ich! Warum, habt ihr gedacht, ich bin stumm?«

Olga hob ein Bein über ihren Kopf. »Wir haben gedacht, du wärst aus einem Laden. Eins von diesen Dingern, denen man Kleider anzieht und die man ins Fenster stellt.«

Santa sah Peter an, dass er sich darüber ärgerte, deshalb sagte sie rasch: »Und, glaubt ihr, dass Mr Possit hier ist?«

Olga stellte das Bein zurück auf den Boden und hob das andere. »Kenn ich nicht.«

Sascha machte einen Handstand. »Er meint Gus.«

Olga sah zu dem Fuß über ihrem Kopf hinauf. »Wusste gar nicht, dass Gus Possit heißt.«

»So heißt er aber.« Sascha ließ sich in den Spagat fallen. »Er ist vor uns angekommen.«

Peter fand es kompliziert, sich mit Leuten zu unterhalten, die dauernd auf dem Kopf oder in seltsamen Positionen standen. »Könntet ihr uns zu ihm bringen?«

Olga machte erneut einen Salto, dann nahm sie ihn an der Hand. »Komm.«

Peter war verlegen. Bestimmt war es unpassend, an der Hand eines Mädchens vor seinem Onkel zu erscheinen.

Sascha hakte Santa unter. »Warum sucht ihr Gus eigentlich?«

»Nun – also, er ist unser Onkel.«

»Was!« Sascha blieb stehen und starrte sie an. Dann ließ er ihren Arm los und fing an zu rennen. Er raste zu einem Wohnwagen am Ende der Zeile und hämmerte mit den Fäusten gegen die Tür. »Gus! Gus!«

Ein Fenster ging auf und ein Mann streckte den Kopf heraus. »Was ist denn los?«

Sascha zappelte vor Aufregung. »Wie heißt das noch mal, wenn man ein Onkel ist?«

»Hampel nicht so rum«, knurrte Gus. »Und sag mir, was los ist. Wer ist ein Onkel?«

Olga kam mit Peter und Santa beim Wohnwagen an. »Du!«, rief sie.

»Ich? Warum?«

Peter nahm höflich seine Mütze ab. »Guten Morgen. Wir sind Peter und Santa.«

»Hammelkeule und Rum!«, sagte Onkel Gus. Es war klar, dass er nicht von Santa und Peter sprach. *Hammelkeule und Rum* war offenbar ein Ausdruck der Überraschung. Und Gus sah wirklich sehr überrascht aus. Da sein Gesicht immer verriet, was er empfand, konnte man das sehr gut erkennen. Dann zog er den Kopf zurück in den Wagen. »Wartet hier. Ich komme raus.«

Onkel Gus erinnerte an einen Kirchenvorsteher. Wenn je ein Mann aussah, als sei er dazu geboren, in der Kirche einen Klingelbeutel herumzureichen, dann er. Sein sandfarbenes Haar war in der Mitte gescheitelt. Seine Augenbrauen waren immer leicht entsetzt angehoben, als wollte er sagen: »Was, diesen Sonntag wieder nur ein Penny! Ich hatte gehofft, Sie würden diesmal drei geben.« Er trug einen sehr ordentlichen dunklen Anzug und eine dunkle Krawatte. Ein Mann von respektablerem Aussehen war tatsächlich schwer zu finden.

Er ging die Stufen seines Wohnwagens hinunter und betrachtete prüfend Peter und Santa. Dann sagte er: »Wie ist Rebecca denn bloß auf die Idee gekommen, euch zu mir zu schicken? Sie hat nie viel von mir gehalten.«

Santa trat vor. »Schwer zu sagen, was sie jetzt von dir hält. Weißt du, sie ist tot.«

»Tot!« Onkel Gus hob seine rechte Hand, um den Hut abzunehmen. Dann fiel ihm ein, dass er keinen aufhatte, also salutierte er stattdessen. »Tot«, wiederholte er mit tiefer Stimme. Dann fügte er vergnügt hinzu: »Man soll nicht schlecht über die Toten reden. Aber diese Frau war ziemlich verrückt.« Er blickte einen Moment zum Himmel hinauf, als würde er sich daran erinnern, wie verrückt Tante Rebecca gewesen war. Dann sah er plötzlich wieder die Kinder an. »Und was macht ihr hier?«

Peter kniete sich auf den Boden, kramte in seinem Koffer und holte die Weihnachtskarte heraus. »Das haben wir gefunden, Mr – äh, Onkel.«

Gus nahm die Karte. »Nenn mich nicht Mister und auch nicht Onkel. Ich heiße Gus, und zwar für alle.« Er drehte die Karte herum und betrachtete das Bild. Dann seufzte er. »Wirklich hübsch. Schade, dass eure arme Tante das hier nicht mehr erleben kann.« Er steckte die Karte in die Tasche. »Aber warum seid ihr hierhergekommen?«

»Nun, weil ...«, fingen Peter und Santa gleichzeitig an.

Gus hob die Hand. »Krautwickel und Käse, eins nach dem anderen.« Er nickte Santa zu. »Die Damen zuerst. Berichte du mir.«

Santa holte tief Luft und fing an zu erzählen. Von ihrem Privatunterricht. Vom Sankt-Bernard- und Sankt-Winifred-Heim. Von Mr Stibbings, Mrs Ford, Madame Tranchot und Miss Fane. Der Taschenuhr und dem Armreif. Von Covent Garden und dem Tomatenmann. Von Bill. Dem Pfandschein. Von ihrem Quartier während der vergangenen Nacht. Während sie die Geschichte erzählte, fand sie unwillkürlich, dass sie eindrucksvoll klang. Sie war froh, dass Olga und Sascha da waren, denn auch wenn sie weiter Saltos machten, mussten sie ihre Geschichte zumindest so weit mitbekommen, dass sie beeindruckt waren. Als sie fertig war, fühlte sie sich wie eine Schauspielerin am Ende einer großen Szene und erwartete beinahe Applaus.

Den bekam sie nicht. Olga unterbrach für einen Moment ihre Überschläge und setzte einen Fuß auf die Stufen von Gus' Wohnwagen.

»Als wir in Schweden auf Tournee waren«, sagte sie, »haben wir uns verirrt, Alexis und ich. Ich war erst fünf und Alexis acht. Wir hatten keine Uhr und kein Armband. Wir hatten nichts. Also suchen wir uns eine Wiese und studieren eine kleine Akrobatiknummer ein. Dann gehen wir in eine Gaststätte und verdienen Geld für die Eisenbahn zurück zum Zirkus.« Sie stand auf und sprang einen tadellosen Salto. Danach sah sie Peter ernst an. »Das war besser. Es ist nicht richtig, Sachen zu verpfänden.«

Diese Feststellung schien Gus aus der Versunkenheit zu reißen, in die Santas Geschichte ihn versetzt hatte.

»Verpfänden!«, rief er. »Zwei Kinder! Hat man so was schon mal gehört!«

Peter war getroffen. Während Santas Bericht war auch in ihm das Gefühl gewachsen, sie beide hätten sich sehr klug verhalten. Besonders er selbst.

»Was hätten wir denn sonst tun sollen?«, fragte er zornig.

»Ihr habt euch von Anfang an ungeschickt benommen«, sagte Gus streng. Etwas freundlicher fügte er hinzu: »Allerdings könnt ihr nicht viel dafür. Wenn man bei Rebecca aufwächst, muss man einfach töricht werden. Aber eure Dummheit ist wirklich unschlagbar.«

Santa wurde rot. »Warum?«

Gus setzte sich auf die Treppe. Er erhob den ersten Finger. »Erstens: Wenn ihr wusstet, dass ihr einen Onkel habt, warum habt ihr dann nicht einfach zu diesem ehrwürdigen Mr Stibbings gesagt: ›Herr Pastor, es gibt da noch unseren Onkel. Schicken Sie ihm ein Telegramm, damit er entscheidet, was geschehen soll‹?«

»Aber ...«, sagte Peter.

Gus blickte ihn streng an. »Unterbrich mich nicht.« Er erhob den zweiten Finger. »Zweitens: Warum diese ganze Aufregung wegen der Waisenhäuser? Ihr habt das Sankt-Bernard- und das Sankt-Winifred-Heim nie gesehen. Kein Grund also für diesen ganzen Wirbel, denn ihr wusstet doch gar nicht, ob es dort wirklich so schlimm ist.«

Santa setzte sich neben ihn. »Wir wollten aber nicht in verschiedene Heime.«

Gus schüttelte den Kopf.

»Wer das Orchester bezahlt, bestimmt die Musik.«

»Aber Kinder haben nie Geld«, sagte Peter. Er klang schon wieder zornig.

»Dann können sie auch nicht bestimmen.« Gus stand auf und ging in seinen Wohnwagen. Einen Moment später erschien er in einem dunkelblauen Mantel und einem sogenannten Homburg, einem dunklen Filzhut mit hochgerollter Krempe. Er ging zu seinem Wagen, setzte sich auf den Fahrersitz und ließ den Motor an.

Santa rannte zu ihm und stellte sich vor das Auto. »Du darfst uns nicht zurückschicken! Dann kannst du mich gleich überfahren.«

Gus schaute aus dem Autofenster. Seine Stimme klang müde. »Rebecca hat euch noch alberner erzogen, als ich dachte. Ich muss eurem Pastor Stibbings telegrafieren, dass es euch gut geht. Mr Cob hat sicher keine Lust auf Polizisten, die hier herumfragen.«

»Telegrafieren!« Santa klatschte in die Hände. »Oh, warte mal! Wir müssen auch jemandem Bescheid geben.« Sie ging zu Peters Koffer und wühlte darin herum, bis sie Bills Karte fand, die sie Gus brachte. »Schickst du auch ihm ein Telegramm? Wir haben gesagt, wir würden es bis elf erledigen.«

Gus öffnete die Wagentür. »Warum macht ihr das nicht selbst?«

»Oh, dürfen wir mit?« Peter und Santa sprangen hinein. »Weißt du«, erklärte Santa, »wir sind noch nie in einem Auto gefahren.«

Gus löste die Handbremse. Einen Moment lang schwieg er. Dann sagte er: »Ich habe den Eindruck, dass ihr so viele dumme Sachen gelernt habt und so viele vernünftige nicht, dass ich gar nicht weiß, wo wir anfangen sollen.«

## 5

# *Zeit der Eingewöhnung*

Wenn ein Zirkus aufgebaut wird, verändert sich der Anblick jede Minute. Das Postamt war nicht weit vom Zirkusplatz entfernt, doch als Gus, Peter und Santa zurückkamen, sah alles anders aus. Die Planen des großen Zelts waren zusammengeknüpft und an den Hauptmasten hinaufgezogen worden. Die Kinder hatten es nicht bemerkt, aber noch vor der Ankunft des Zirkus war ein Ring aus Metallplatten in den Boden getrieben worden. Dicke Seile hielten die Kuppel, und eine Gruppe Männer hämmerte die Metallplatten fest. Andere befestigten die seitlichen Leinwände. Wieder andere brachten drinnen die hölzernen Stützen so an, dass sie das ganze Zelt gespannt hielten. Seit der erste Wagen auf den Hügel gekommen war, war hier ein großes Theater mit Platz für über zweitausend Menschen entstanden.

»Donnerwetter«, sagte Peter. »Sie haben es hingestellt, während wir weg waren.«

Gus brummte unzufrieden. »Könnt ihr nicht die richtigen Wörter gebrauchen? Sie haben es *aufgebaut*. Aufbau heißt das. Wenn ihr mit auf Tournee gehen wollt, solltet ihr wirklich lernen, euch richtig auszudrücken.«

Santa beugte sich vom Rücksitz herüber. »Dürfen wir mit auf Tournee? Oh, lieber Gus, sag Ja.«

Gus fuhr den Wagen über das Gelände zu seinem Parkplatz. »Ich weiß noch nicht. Es hängt davon ab, was der Pastor sagt.«

»Aber du bist unser Onkel, nicht er.«

Gus nickte.

»Ja, das ist richtig. Vielleicht treffen wir beide uns und unterhalten uns ein bisschen. Wir werden sehen. Jetzt steigt aus und schaut bei den Arbeiten zu. Aber denkt daran, kommt den Leuten nicht in die Quere.«

Es ist sehr schwierig, Leuten nicht in die Quere zu kommen, wenn sie alle beschäftigt sind. Peter und Santa sahen ins große Zelt, wo noch eine der Seitenplanen fehlte. Doch sofort hörten sie hinter sich: »Vorsicht bitte!«

Sie sprangen eilig zur Seite. Gerade noch rechtzeitig. Ein Mann lief an ihnen vorbei, er balancierte eine große Stange auf den Schultern.

»Wir bleiben lieber draußen«, sagte Santa, »bis es fertig ist. Sonst ärgert sich im nächsten Moment bestimmt wieder jemand über uns.«

Sie umgingen die Metallplatten und die Halteseile und kamen zur anderen Seite des großen Zelts. Dort stießen sie zu ihrer Überraschung auf ein weiteres Zelt, das völlig anders aussah. Es war niedriger als das große und länglich, wie ein Gang. Peter schaute ins Innere. Er winkte Santa. »Niemand zu sehen. Gehen wir hinein.«

Es war ein großer Stall. Obwohl Peter und Santa noch nie einen gesehen hatten, errieten sie sofort, was es war.

Rechts von ihnen befanden sich zwanzig Boxen. Sie waren durch hölzerne Trennwände voneinander abgeteilt, der Boden war dick mit sauberem Stroh bedeckt. Links war ein freier Raum. Weiter hinten gab es noch einmal zehn Boxen. Dann kam die Rückwand, doch daran war ein weiteres Zelt geknüpft, das eine Biegung machte. Deswegen sah das Ganze wie ein Gang aus.

Die zweite Hälfte des Zelts war voller Männer. Eine Gruppe war dabei, links weitere Boxen zu bauen. Andere errichteten am anderen Ende eine hölzerne Plattform. Santa, die immer gedacht hatte, im Zirkus gebe es nicht mehr als einen Löwen, ein Pferd und vielleicht einen Elefanten, zeigte sich von all diesen Vorbereitungen tief beeindruckt.

»Die müssen aber viele Tiere haben!«, flüsterte sie Peter zu.

Ein alter Mann lehnte sich an eine Zeltstütze in ihrer Nähe. Sein Gesicht erinnerte an einen Apfel, der zu lange gelagert worden war. Es war braun gebrannt und hatte unzählige winzige Fältchen. Er trug eine schwarze Jacke, karierte Reithosen und schwarze Gamaschen und Stiefel. In seinem Mundwinkel steckte ein Strohhalm. Er sprach langsam und leise, als wäre er immer schon darauf bedacht, nichts Grobes oder Lautes zu sagen, um niemanden zu erschrecken.

»Na, ihr zwei – was habt ihr denn vor? Wenn ihr die Tiere sehen wollt, seid ihr zu früh.«

»Nein, deshalb sind wir nicht da«, erklärte Peter höflich. »Wir sehen uns nur um, wenn es Ihnen nichts ausmacht.«

Der Alte lachte. »Mir? Mir macht es nichts aus. Aber lasst euch nicht von Mr Cob erwischen. Er ist ein freundlicher

Mann, aber er kann es nicht leiden, wenn die Leute schon beim Aufbau vorbeikommen und zugucken wollen.«

Peter fand, es sei an der Zeit, einiges klarzustellen. »Wir sind nicht vorbeigekommen.«

»Nein«, fügte Santa hinzu. »Wir wohnen hier.«

Der Alte sah überrascht aus. »Ach! Zu wem gehört ihr?«

Zwar hatte Gus es ausdrücklich so gewünscht, doch Peter konnte sich nicht damit abfinden, seinen Onkel nur beim Vornamen, noch dazu einem so kurzen, zu nennen. Also sagte er: »Zu Mr Gus Possit. Wir sind sein Neffe und seine Nichte.«

Der Alte blinzelte noch erstaunter. »Gus' Neffe und Nichte. Hab nicht gewusst, dass er welche hat.«

Santa lehnte sich an die nächste Zeltstange. »Bis heute Morgen hatte er uns auch noch nie gesehen. Was macht er denn eigentlich im Zirkus? Ein Mann hat gesagt, er ist Künstler. Aber das heißt, er malt Bilder.«

Der Alte schmunzelte. »Lustige Vorstellung. Gus macht ein bisschen was von allem. Also doch ein Künstler. Clown ist er eigentlich. Dann ist er noch Artist am Trapez.«

Santa versuchte sich nicht anmerken zu lassen, dass sie kein Wort verstand. Sie wechselte das Thema. »Sind Sie auch ein Artist?«

»Ich!« Ein Lachanfall schüttelte den Alten. »Nein. Ich bin schon immer bei Mr Cob und davor war ich bei seinem Dad. Ben heiße ich. Einem Artisten bin ich am nächsten gekommen, als ich ein kleiner Bengel war und am Rand der Manege ins Horn blies. Da war ich nicht besonders gut, deshalb hab ich es seinlassen.«

»Was haben Sie dann gemacht?«, fragte Peter.

Ben spuckte nachdenklich seinen Strohhalm aus.

»Alles. Stallbursche. Bereiter – so heißt der Assistent eines Zureiters. Kutscher. Zweiter Stallchef. Dann, vor zwei Jahren, wurde ich Chef. ›Ben‹, hat Mr Cob zu mir gesagt, ›du bist ab jetzt Pferdemeister.‹ So steht es offiziell im Programm, ganz schön hochgestochen. ›Und von jetzt an‹, hat er gesagt, ›sagen alle Mr Willis zu dir.‹ Das ist mein Name, kapiert?«

»Und, tun sie das?«

Ben bückte sich, suchte einen neuen Strohhalm aus und steckte ihn in den Mund.

»Menschen oder Pferde, das ist kein großer Unterschied. Was du einem Pferd beibringst, behält es für immer. Das kannst du ihm nicht wieder abgewöhnen. Genauso ist es bei den Menschen. Seit meiner Geburt bin ich Ben. Und als Ben werde ich sterben. Man kann nicht erwarten, dass die Leute plötzlich mit Mr Willis anfangen. Das wär nicht natürlich.«

»Sollen wir Sie Mr Willis nennen?«, fragte Santa.

Ben schüttelte den Kopf. »Nein. Nur Ben. Ich mag keinen neuen Kram. Der alte war fünfundsiebzig Jahre lang gut genug für mich. Der wird mir auch noch ein bisschen länger reichen. Und Du sagen könnt ihr auch – wie alle anderen. So machen wir das im Zirkus. Außer beim Direktor. Zu dem sagen wir Sie.« Er richtete sich auf und schaute durch das Zelt. »Nun wird's aber Zeit.«

Peter sah sich nach dem Grund dafür um. »Wofür?«

»Ich muss zum Bahnhof. Meine Pferde holen.«

Das große Zelt hatte sich wieder verändert. Nun wurden die ansteigenden Platzreihen aufgestellt. Runde Holzplattformen waren errichtet worden und darauf standen die Bankreihen. Santa fand es merkwürdig, doch Peter begriff das System schnell und erklärte es ihr.

»Verstehst du, die Löwen und so weiter zeigen ihre Kunststücke auf der Fläche, die dort unten gerade aufgegraben wird. Und die Zuschauer sitzen höher, damit sie gut sehen können.«

Santa schaute, wohin er deutete. Mehrere Männer bearbeiteten den großen runden Platz jetzt mit breiten Rechen.

»Ob wir mal hinuntergehen?«, flüsterte sie.

Ein Mann, der gerade Sitze montierte, hatte sie gehört. Er lächelte aufmunternd. »Sie werden euch schon nicht fressen. Höchstens verjagen. Seht euch nur um.«

Es war ziemlich unbequem, mit dem Mann zu reden. Er montierte ein paar Sitze links oberhalb der Kinder, die unten am Zelteingang standen. Er schaute auf sie hinab und nur sein Kopf war über den Brettern zu sehen. Sie mussten beim Reden den Kopf in den Nacken legen, was nicht gerade angenehm war, doch der Mann hatte ein freundliches Gesicht und sah aus, als würde er ohne weiteres Fragen beantworten. Santa lächelte zu ihm hinauf.

»Können Sie mir sagen, ob das« – sie deutete auf die runde Fläche – »der Platz für die Löwen und so wird?«

»Ja.« Der Mann nickte. »Das ist die Manege. Die wird gerade angelegt.«

»Angelegt?« Santa sah ihn fragend an. »Unser Onkel, Mr Gus Possit, sagt, es heißt ›aufbauen‹. Sind Sie auch nicht vom Zirkus?«

»Ich?« Der Mann schraubte seinen Sitz fertig fest. »Ich bin

Zeltarbeiter und damit kenne ich mich aus. Jedenfalls hat Gus Recht, es heißt ›der Aufbau des großen Zelts‹. Aber die Manege wird ›angelegt‹.«

»Und wie macht man das?«, fragten Peter und Santa fast gleichzeitig.

Der Mann schnitt eine Grimasse. »Euretwegen krieg ich noch den Zeltmeister auf den Hals. Seht es euch doch selbst an.«

»Aber wenn nun jemand was dagegen hat?«, fragte Santa ängstlich.

Der Mann schaute zur Manege hinunter. Die Logen mit den Stühlen am Manegenrand waren schon aufgestellt. Dort saßen Leute, und der Zeltarbeiter betrachtete ihre Köpfe.

»Seht ihr den kleinen Kerl mit den roten Haaren?«

Beide sahen den unverkennbar flammend roten Kopf und nickten.

»Das ist Alexis Petoff.« Der Mann schaute Peter an. »Er ist etwa in deinem Alter. Fragt ihn, was ihr wissen wollt.«

»Alexis!« Santa machte einen Satz, weil sie sich so freute, dass jemand erwähnt wurde, den sie schon kannte. »Der nächsten Winter mit auftritt?«

Der Mann wandte sich ab, um mit einer neuen Sitzreihe anzufangen. »Vielleicht, vielleicht auch nicht. Aber setzt euch zu ihm. Der ist in der Manege geboren, wie man so sagt. Er wird euch alles erzählen.«

Neben Alexis waren zum Glück zwei Plätze frei. Peter und Santa setzten sich ziemlich verlegen wie Leute, die nicht genau wissen, ob sie auf der richtigen Party gelandet sind. Immerhin waren sie Neffe und Nichte von Gus, doch sie wussten nicht, ob sie nicht trotzdem weggeschickt würden. Santa gab Peter einen Rippenstoß.

»Sprich mit ihm. Sag ihm, wir kennen Olga und Sascha.«

Peter räusperte sich, als wollte er eine Rede halten, hätte aber noch keine Ahnung, was er sagen solle. Aber es gab keinen Grund, sich Gedanken zu machen. Alexis schaute sie an und strahlte.

»Peter und Santa seid ihr, die der Neffe und die Nichte von Gus sind.«

Santa war von seiner merkwürdigen Ausdrucksweise so beeindruckt, dass sie gleich selbst seltsam redete.

»Wir sind es. Aber warum sprichst du so viel schlechter Englisch als Olga und Sascha?«

Alexis' Gesicht sah ohnehin leicht besorgt aus. Jetzt wirkte er geradezu bekümmert. »Wenn wir in England sind«, erklärte er sorgfältig, »ist es so, dass jedes Kind, das nicht vierzehn ist, in die Schule muss. Aber als ich klein war, waren wir nicht in England. Ich kann Deutsch, Französisch, Russisch und ein bisschen Italienisch, aber ich kann nicht viel Englisch. Mein Vater sagt, das ist, weil ich faul bin.«

Santa betrachtete ihn interessiert, genau das Gleiche hatte Olga erzählt.

»Und bist du faul?«

»Nein.« Alexis bekam einen sonderbaren, verträumten Blick. »Es ist so, dass ich nicht tun darf, was ich tun kann.«

»Oh!« Santa sah Peter an. Beide waren betroffen. Alexis klang so verzweifelt. Santa wechselte das Thema.

»Warum heißt es beim Hauptzelt ›Aufbau‹ und bei der Manege ›anlegen‹? So hat es uns jemand gesagt. Stimmt das?«

So viel Unwissenheit schien Alexis zu überraschen. »Aber natürlich muss es so heißen. Ein Platz ist hart. Ja? Wie könnten da die Artisten arbeiten?«

Peter war nicht ganz sicher, was Alexis meinte. Arbeit war nach seinem Verständnis geistige Arbeit wie Lernen oder Hausaufgaben oder so etwas. Er wusste, dass Tiere in der Manege auftreten würden, aber er verstand nicht, warum es so kompliziert war, diese anzulegen.

»Aber jetzt haben sie da alles aufgegraben. Warum braucht man dazu so viele Männer?«

Alexis begriff plötzlich, dass sie überhaupt nicht wussten, was vor sich ging. Sein Gesicht sah noch besorgter aus, als er nach den richtigen Wörtern suchte. »Eine Manege muss immer die gleiche Größe sein und weich zu den Füßen.«

Santa schüttelte den Kopf. »Nicht weich *zu* den Füßen. *Unter* den Füßen.«

»Ah.« Alexis nickte. »Das vergesse ich. Zuerst graben die Männer den Boden auf. Aber der Boden ist zu hart. Er ist rau. Er hat Steine. Manchmal ist er schräg. Dann muss mehr gute Erde darauf, um eine Manege anzulegen.«

Das interessierte Peter. »Woher bekommt man die Erde?«

»Kaufen. In mancher Stadt nur sieben Tonnen. In mancher Stadt zwanzig.«

Peter schaute zu den Arbeitern hinüber. »Was machen sie denn jetzt?«

»Sie rechen den Boden glatt. Dann gießen sie vielleicht Wasser darauf. Und die Elefanten stampfen ihn platt. Dann, nachher, kommt Sägemehl. Sehr hübsch, das Sägemehl. Sie machen Muster hinein.«

Santa seufzte, für sie sah das alles nach viel vergeblicher Mühe aus. »Also, wir haben natürlich noch nie einen richtigen Zirkus gesehen. Aber Bilder davon. Mir scheint das sehr viel Aufwand.«

Eine Gruppe Männer kam durch einen der Gänge, sie trugen Gegenstände aus gebogenem Holz, die oben mit Plüsch gepolstert waren. Die Arbeiter stellten die Stücke rund um die Manege auf und schraubten sie zusammen. Dort, wo die Kinder von den Ställen in das große Zelt hereingekommen waren, gab es einen Durchgang, der mit einem Gatter verschlossen war.

Peter stand auf und untersuchte es. Dann fragte er Alexis über die Schulter: »Ist das dazu da, dass die Tiere nicht von allein in die Manege gehen?«

Alexis stand auf. »Das ist die Umrandung. Innen ist eigentlich der Zirkus. Versteht ihr? Nein?«

»Doch.« Santa fand es schade, dass er ging. »Musst du fort?«

»Ja. Die Pferde werden hier sein. Mein Vater möchte, dass ich mit einem von ihnen arbeite.« Er lief in Richtung der Ställe davon.

Santa sah ihm nach.

»Schade, dass er nicht bleiben konnte. Obwohl er so komisch spricht, hat er uns viel erklärt. Schau, da ist Onkel Gus. Da ist Gus, meine ich.«

Gus war durch den gegenüberliegenden Eingang ins große Zelt gekommen. Peter und Santa standen auf, denn sie nahmen an, dass er sie suchte. Schließlich lernt man nicht täglich seine Neffen und Nichten kennen, es war also nur natürlich, dass er mit ihnen reden wollte. Doch von wegen. Es war noch ein anderer Mann dabei. Sie packten eine große Holzkiste aus. Gus schaute sich noch nicht einmal nach den Kindern um. Nach einer Minute oder zwei setzten sich Peter und Santa wieder, sie kamen sich furchtbar dumm vor: Gerade hatten sie sich noch wichtig gefühlt, und nun kamen sie sich nur überflüssig vor. Doch schnell vergaßen sie das wieder, denn Gus und der andere machten die aufregendsten Sachen.

Aus der Kiste holten sie eine Stahlstange, ein paar Drahtrollen und eine Strickleiter. Gus trug Holzschuhe über etwas, das wie Tanzschuhe aussah. Er streifte die Holzschuhe ab und legte sie auf den Rand der Manege, nahm ein Bündel Draht und kletterte wie ein Affe eine Leiter hinauf, die an einem der Hauptmasten hing. Während er dort oben hantierte, befestigte der andere Mann die Drahtenden an den Metallplatten auf dem Boden. Beide waren sehr konzentriert und sprachen kaum miteinander. Hin und wieder sagte Gus »Jetzt!« oder »Achtung!«, und der Mann auf dem Boden fing den Draht auf und antwortete »Okay« oder »Immer mit der Ruhe«. Als sie die Stange oben in der Kuppel befestigt hatten, sah das Ganze aus wie eine normale Gartenschaukel.

Während Gus arbeitete, standen mehrere andere Zirkusleute, die gerade nichts zu tun hatten, in der Manege herum, rauchten und schauten zu. Peter gefiel das nicht.

»Wenn ich Gus wäre«, flüsterte er Santa zu, »würde ich dafür sorgen, dass diese Kerle das übernehmen.«

Santa nickte. Auch sie war verwirrt. Warum musste ihr Onkel eine offenbar niedrige Tätigkeit ausführen? Wenn sie schon einen Onkel im Zirkus hatten, dann musste er doch wichtig sein, selbst wenn alle ihn Gus nannten.

»Ich auch«, flüsterte sie zurück. »Aber vielleicht können die das nicht.«

In diesem Moment schien Gus alles zu seiner Zufriedenheit erledigt zu haben. Er rutschte an einem Seil hinunter in die Manege, nahm seine Holzschuhe und winkte den anderen heran.

»Komm, Ted, jetzt stell ich dich meinem Neffen und meiner Nichte vor.«

Ted war jünger als Onkel Gus und hatte schwarze Locken. Er zog die Augenbrauen hoch.

»Neffe und Nichte! Wusste gar nicht, dass du so was hast.«

»Hammelkeule und Rum – ich hatte es selbst fast vergessen.« Gus nahm ihn am Arm. »Peter und Santa, das ist Mr Ted Kenet.«

»Angenehm«, sagte Ted. Er griff in die Tasche, holte eine kleine Papiertüte heraus und streckte sie ihnen entgegen. »Greift zu. Bonbons. Da ist Schwefel drin. Gut fürs Blut. Im Frühling gibt es nichts Besseres.«

Santa blickte in die Tüte. Die Bonbons waren gelb und sahen ein bisschen aus wie Edinburgher Konfekt. Sie nahm eins und biss vorsichtig hinein. Es schmeckte nicht schlecht. Sie sah Peter ermunternd an, denn er war viel wählerischer beim Essen als sie. Peter nahm ein kleines Stück. Dann schaute er Gus an.

»Was hast du da oben festgemacht?«

Gus warf Ted einen entschuldigenden Blick zu. »Sie sind bei meiner armen Schwester Rebecca aufgewachsen. Über die Toten soll man nicht schlecht reden, aber die Frau war wirklich verrückt.« Er wandte sich an Peter. »Das ist ein Trapez.«

»Oh.« Peter wollte nicht fragen, was ein Trapez war. Stattdessen wandte er sich dem Problem zu, warum Menschen wie sein Onkel und Ted arbeiteten, während all diese Hilfskräfte herumstanden. »Warum habt ihr es aufgehängt? An eurer Stelle hätte ich sie das machen lassen.« Er wies mit dem Kopf auf die Zeltarbeiter.

»Ach, nee! Hast du das gehört, Ted? Er würde andere sein Zeug aufbauen lassen. Der Junge ist ein Dummkopf.« Gus deutete theatralisch zur Kuppel. »Wenn Ted und ich dort oben unsere Nummer vorführen, ist nichts zwischen uns und der Manege. Wenn da was schiefgeht, brechen wir uns höchstwahrscheinlich das Genick.«

Ted nickte düster. »Oder schlimmer. Deshalb esse ich Schwefelbonbons. Die und hin und wieder ein Schluck Sarsaparilla halten das Blut kühl.«

Gus fasste Peter am Mantel. »Jeder Artist im Zirkus ist für Auf- und Abbau seiner eigenen Sachen zuständig. Schweinerippchen und Bohnen, wo würde das sonst hinführen?«

»Ins Grab«, sagte Ted. Er sah auf die Uhr. »Essenszeit. Bis später.«

»Bis nachher«, antwortete Gus. Dann wies er mit einer Kopfbewegung zum Zeltausgang. »Für uns wird's auch Zeit. Kommt.«

Sein Wohnwagen sah von außen ziemlich klein aus, doch innen war er überraschend geräumig. Eine Trennwand teilte ihn in zwei Zimmer. In der Hälfte mit der Tür standen ein

Herd, verschiedene Regale, ein Küchenschrank, ein Klapptisch, der an der Wand befestigt war, und Klappsitze. Es war eine Küche mit Essecke. Aus einem Topf auf dem Herd duftete es köstlich.

Der andere Raum war ein Schlafzimmer mit zwei Liegen. Eins der Betten war bezogen, hier schlief offenbar Gus. Peter und Santa versuchten nicht zu sehr auf die zweite Liege zu starren, aber sie fragten sich unweigerlich, wo derjenige schlafen würde, der hier nicht unterkam.

Gus ließ ihnen nicht viel Zeit, sich umzusehen. »Der Tisch will gedeckt werden, Santa.« Er zeigte ihr, wo Tischdecke und Besteck aufbewahrt wurden.

Santa fand, dass er ein sehr ordentlicher Mensch sein musste, denn alles war sauber und hatte seinen Platz. Gus schien zu erraten, was sie dachte.

»Ein Wohnwagen muss aufgeräumt sein. Viel zu klein für Durcheinander. Außerdem hat uns meine liebe Mutter, eure Großmutter, gut erzogen.« Er reichte Peter einen Krug. »Hol Wasser. Der Hahn ist gleich in der Nähe des Kantinenzelts.«

Während Peter weg war, deckte Santa den Tisch und Gus rührte im Topf. Er atmete den Duft tief ein. »Wunderbar. Sonntags und donnerstags gibt es immer Eintopf.«

Santa nahm einige Gabeln aus der Schublade. »Warum gerade sonntags und donnerstags?«

»Wegen des Aufbaus. Ich schneide das Fleisch. Hacke das Gemüse. Gebe alles zusammen und lasse es bei schwacher Hitze schmoren. Dann erledige ich meine Sachen im Hauptzelt. Wenn ich zurückkomme, ist das Essen fertig.«

Santa fand das Schubfach mit Salz- und Pfefferstreuer und dem Senfglas.

»Du kannst also kochen, nicht zu glauben! Ich kenne keinen einzigen Mann, der das kann. Aber eigentlich kenne ich auch nur einen Mann, und das ist Mr Stibbings.«

Gus rührte ein letztes Mal im Topf. »Der Pastor hatte vielleicht nicht die gleichen Möglichkeiten, es zu lernen, wie ich. Du hast deine Großmutter nie kennengelernt. Sie war eine ganz schön energische Frau, wirklich wahr, die Gute. ›Wer nicht arbeiten kann, kann auch nicht essen‹, sagte sie immer.«

Santa betrachtete genau den Tisch, um zu überprüfen, ob sie nicht etwas vergessen hatte. »Auch als du klein warst?«

»Da war ich vier. Damals habe ich noch nicht allein gekocht. Aber ich habe geholfen. Und sie hatte Recht. Wie oft habe ich es ihr gedankt.«

Peter kam mit dem Wasser zurück. Gus hielt ihm den Kessel hin. »Füll den für später zum Spülen, den Rest lassen wir draußen stehen. Wir setzen jetzt das Wasser auf, dann ist es heiß, wenn wir es brauchen.« Er nahm einen großen Löffel und verteilte Eintopf auf alle Teller. »Bitte sehr, setzt euch und esst ordentlich. Und dass mir keine Reste im Topf bleiben! Gute Luft macht hungrig.«

Peter füllte den Kessel und stellte ihn auf den Herd, brachte den Krug hinaus, kam wieder herein und setzte sich an den Tisch. Er wandte sich an Santa.

»Beim Wasserholen habe ich Olga und Sascha und noch viele andere Kinder getroffen. Und was sagst du dazu – sie sind in der Schule gewesen.«

Gus probierte den Eintopf und nickte beifällig. »Wunderbar!«

»In der Schule?«, fragte Santa. »Aber sie sind doch erst heute Morgen hier angekommen.«

Gus zog missbilligend die Augenbrauen hoch. »Die Erziehung hängt nicht davon ab, wie lange man sich irgendwo aufhält. Kennt ihr nicht die Gesetze? Jedes Kind muss unterrichtet werden, bis es vierzehn ist.«

Wenn Peter und Santa daran dachten, dass ihre Erziehung eines der liebsten Gesprächsthemen von Tante Rebecca gewesen war, fühlten sich beide ein wenig gekränkt, weil Gus ihnen Unwissenheit unterstellte.

»Natürlich wissen wir das«, sagte Peter. »Nur ist es bestimmt schwierig, sofort nach der Ankunft eine anständige Schule zu finden.«

»Anständig?« Gus sah verwirrt aus. »Alle Schulen sind sich ziemlich gleich. Wenn ihr bei mir bleibt, könnt ihr euch gleich morgen davon überzeugen.«

»Wirklich?« Santa war erschrocken. »In welche Schule gehen wir?«

Gus sah aus, als zweifelte er am Verstand seines Neffen und seiner Nichte. »Welche Schule! Die nächste natürlich. Ich wette, es gibt eine oben in der Straße.«

Peter wurde feuerrot. »Nun ... aber ich muss sagen ... ich war noch nie ... Ich hatte Privatunterricht ...«

Gus schlug mit der Faust auf den Tisch. »Privatunterricht! Du musst einfach mal in eine vernünftige Schule. Was gut genug für euren Großvater war, für euren Vater und für mich, das ist ja wohl auch gut genug für euch.«

»A-aber«, stotterte Peter, »ich dachte … Ich meine … Tante Rebecca hat gesagt …«

Gus schüttelte verzweifelt den Kopf. Dann widmete er sich wieder dem Essen. Zwischen zwei Bissen sagte er: »Man soll nicht schlecht über die Toten reden, aber mir scheint, eure arme Tante hat euch nichts als Unsinn beigebracht. Wisst ihr, was euer Großvater von Beruf war?«

Die Kinder schüttelten den Kopf.

»Er war Gärtner.«

Tante Rebecca hatte nie genau über ihre Stellung im Haushalt der Herzogin gesprochen. Peter und Santa hatten nie danach gefragt. Sie hatten gehört, wie die Herzogin ständig zitiert wurde, und sie schließlich für eine Art ferne Verwandte gehalten.

»Gärtner!«

Gus sah Peter seltsam an. »Dieser Ton ist hier fehl am Platz. Wir können von Glück sagen, wenn du es später mal halb so weit bringst. Ein sehr guter Gärtner war er, euer Großvater. Wurde Chefgärtner in Plyst. Eure Tante hat diesen Ort sicher erwähnt.« Peter und Santa nickten. Den Namen hatten sie tatsächlich oft genug gehört. »Eure Großmutter war dort in der Küche, bis sie heiratete.«

»In der Küche!«

Gus nickte. »Ich habe dir erzählt, Santa, dass sie eine gute Köchin war.«

Peter und Santa aßen schweigend weiter. Es ist ein sehr sonderbares Gefühl, wenn die Welt auf den Kopf gestellt wird. Schließlich hatten die Kinder viele Jahre lang gehört, sie seien zu gut für alle anderen. Jetzt stellten sie nicht nur fest, dass sie aus einer sehr einfachen Familie stammten, sondern Gus war auch noch stolz darauf. Es war verwirrend.

»Was hat unser Vater gemacht?«, fragte Santa schließlich.

»Tom? Er liebte Pferde. Er kam als Pferdepfleger zum Herzog. Wisst ihr, mein alter Vater, euer Großvater, der hat immer gesagt: ›Solange du deine Füße unter den Tisch eines anderen strecken kannst, geht's dir gut!‹«

Santa sah verblüfft aus. »Was meinte er damit?«

Gus wies mit dem Daumen auf den Tisch. »Was steht gewöhnlich darauf?«

Santa schaute sich um. »Essen?«

»Stimmt! Das meinte er damit. Such dir eine Anstellung, und du weißt, woher dein Essen kommt. Das hat euer Vater gemacht.«

Peter schaute auf. »Warum hast du dir keine Anstellung gesucht?«

»Ich!« Gus lachte. »Ich war ja schon kurz davor. Ich habe immer Rad geschlagen und Saltos gemacht und Handstand geübt, und obwohl mein Vater mir dafür so manche Tracht Prügel gab, hat mich das nicht kuriert. Als ich zwölf war, hat er mich für eine Stellung bei sich im Garten empfohlen.« Er lachte wieder. »Ein netter Gärtnerjunge war ich. Stand den ganzen Tag zwischen den Blumentöpfen auf dem Kopf. Dann kommt eines Tages Seine Hoheit daher und sieht mich.«

»Du meine Güte«, sagte Santa, »was hat er mit dir gemacht?«

Gus nahm sich Eintopf nach. »Ich hatte ihn gar nicht gesehen. Er muss eine ganze Zeit lang da gestanden und mich beobachtet haben. Damals wurde er schon ein bisschen gebrechlich und hatte immer einen Gehstock dabei. Plötzlich versetzt er mir damit einen Schlag. Na, da war ich im Handumdrehen wieder auf den Füßen. ›So gärtnerst du also?‹, sagt er zu mir. Dann kommt der nächste Schlag. Und dann schaut er sich um. ›Hol Possit‹, sagt er.«

»Großvater?«, fragte Peter.

»Ja.« Gus aß nachdenklich seinen Teller leer. »Ein wunderbarer alter Knabe, Seine Hoheit. Da geht nichts drüber. An diesem Abend rief er mich zu sich. Ich musste ihm alles zeigen, was ich konnte. Und trotz meines Vaters, der ganz und gar dagegen war, schickte er mich zu Mr Cob in die Lehre.«

Santa sammelte die leeren Teller ein. »War er dagegen, weil du deine Füße nicht unter den Tisch eines anderen gestreckt hast?«

»Zum Teil war es das. Aber vor allem wollte er nicht, dass ich zum fahrenden Volk gehe. So etwas hatte es in unserer Familie noch nie gegeben.«

Peter beugte sich vor. »Bist du seither bei Mr Cob?«

»Nicht die ganze Zeit. Zwischendurch kam der Krieg und Mr Cob musste schließen.«

Santa setzte sich wieder. »Warum?«

Gus stand auf, ging zum Schrank und holte Brot, Butter und Käse heraus. »Vor allem wegen des Futters. Man kann nicht sechs Elefanten, etwa vierzig Pferde und viele Löwen halten, wenn Krieg ist. Deshalb zahlte er alle aus und lagerte seine Sachen irgendwo ein.«

Santa sah besorgt aus. »Was wurde aus seinen Tieren?«

Gus schnitt Brot für alle drei. »Sie gehörten nicht Mr Cob.

Er hatte ein paar Pferde, doch die anderen hatte er extra für die Zirkusnummern geliehen. Die Armee übernahm die meisten Pferde.«

Peter nahm das Stück Brot, das Gus ihm reichte. »Und als der Krieg zu Ende war?«

Gus schnitt sich ein Stück Käse ab. »Mir ging es gut zu der Zeit. Ich reiste durchs ganze Land. Und eines Tages lief ich Mr Cob in die Arme. Am Leicester Square in London war das, kurz nach Weihnachten. ›Was treibst du denn so, Gus?‹, fragt er mich. Nun, zufällig war ich gerade nirgendwo fest angestellt, und das sagte ich ihm. ›Sehr gut‹, sagt er, ›morgen unterschreibst du. Ich geh wieder auf Tournee.‹ Ihr hättet ihn hören sollen. Er war schließlich im Zirkus geboren, und diese Kriegsjahre, in denen er nicht unterwegs war, die trafen ihn hart. ›Ich geh wieder auf Tournee.‹ Er sagte es wie ein Kind, das am Heiligabend das, was es sich gewünscht hat, unterm Weihnachtsbaum findet.«

Gus schien in Erinnerungen an den Tag zu versinken, an dem er Mr Cob wieder begegnet war, denn er saß da und schwieg. Santa aber wollte den Rest auch noch hören, deshalb fragte sie: »Und hast du unterschrieben?«

Gus nahm sich einen Bissen Brot und Käse. »Ja, und dann bin ich bei ihm geblieben.«

Peter rätselte immer noch über die Familiengeschichte. »Wer war unsere Mutter?«

Gus schnitt noch ein Stück Käse ab. »Komische Frau, eure Tante Rebecca, dass sie euch nie etwas über euch erzählt hat. Eure Mutter war Kinderfrau. Sie war eine Waise.« Er strich sich Butter aufs Brot. »Ach, wie das Leben so spielt. So eine

Trapeznummer ist doch eine riskante Sache, könnte man sagen, aber hier sitze ich und genieße meine Mahlzeit. Und eure Mum und euer Dad mit ihrem kleinen Häuschen und einem ganz sicheren und behüteten Leben, die fahren eines Tages in die Stadt zum Einkaufen, und etwas stimmt nicht mit einem Eisenbahnsignal, und was passiert? Sie sind tot.«

Santa nahm sich noch mehr Käse. »Und da sind wir zu Tante Rebecca gekommen.«

»Ja, so war's. Wisst ihr, wir waren fünf Geschwister. Rebecca war die Älteste, sie wurde Zofe bei der alten Herzogin. Dann kam ich. Dann Tom, euer Vater. Dann Sydney und Bert, sie sind beide im Krieg gefallen. Dass dann auch noch euer Dad von zu Hause wegging, war zu viel für Vater. Dann, etwa zwei Jahre danach, verschied meine Mutter, eure Großmutter. Da war auch die alte Herzogin schon tot, und da sie eurer Tante eine kleine Rente hinterlassen hatte, wollte Rebecca euch beide aufnehmen. Das war herzensgut von ihr, denn sie hatte nicht viel. Ich schrieb ihr und bot an, ihr wöchentlich Geld zu schicken, aber das hat sie rundweg abgelehnt. Sie sagte, sie habe bei der Herzogin gelernt, worauf es ankommt, und sie werde euch wie Herren und Damen erziehen, ich möge mich da raushalten. Ihr solltet nicht erfahren, dass es in der Familie etwas so Gewöhnliches gibt wie einen Zirkusclown.«

Santa wies auf den Kessel. »Das Wasser kocht. Soll ich anfangen zu spülen?«

Gus nickte. »Die Schüssel steht in der Ecke. Mach es draußen, dann wird es hier nicht so nass. Peter kann abtrocknen.«

Santa goss Wasser in die Schüssel. »Aber dann konnte sie

es doch nicht verhindern. Dass wir von dir erfahren, meine ich. Denn hier sind wir.«

Gus seufzte. »Die arme Rebecca!« Wieder hob er die rechte Hand, um den Hut abzunehmen, wieder fiel ihm ein, dass er keinen aufhatte, und er senkte sie. »Was sie wohl sagen würde, wenn sie uns jetzt sehen könnte.«

Da klopfte es an der Tür. Gus stand auf. »Das ist sicher die Antwort vom Pastor. Ihr bleibt hier.«

Und tatsächlich. Die Kinder hörten, wie Gus die Wohnwagenstufen hinunterging und wie ein Briefumschlag aufgerissen wurde. Dann: »Das ist keine Antwort.« In der Pause, bevor Gus zurückkam, flüsterte Santa: »Willst du hierbleiben? Ich meine, jetzt, wo du das über die Schule und alles weißt?«

Peter nickte. »Ja. Ich bin nur ganz durcheinander. Du nicht?«

Gus kam zurück, das Telegramm in der Hand. Er legte es auf den Tisch und strich es glatt.

»Der Pastor schreibt …« Dann las er langsam vor: »›Sehr erleichtert natürlich bleibt Entscheidung über Zukunft Ihnen überlassen Stibbings.‹« Er faltete das Telegramm zusammen und steckte es in die Tasche. »Ganz korrekt und angemessen.«

Santa kam zu Gus herüber. Sie trug die Schüssel mit Wasser. »Mr Stibbings ist immer korrekt und angemessen, lieber Gus. Aber was wird denn nun aus uns?«

Gus sah zuerst sie an, dann Peter. »Habt ihr Lust, für den Rest der Tournee bei mir zu bleiben?«

Peter schaute Santa an. »Du schon, nicht wahr?«

Santa nickte. »Ich fände es himmlisch.«

Gus warf einen raschen Blick auf Peter. »Und du?«

»Ich würde gern bei dir bleiben.«

»Gut. Dann ist das abgemacht. Jetzt müssen wir loslegen. Ich muss ein weiteres Bett aufstellen. Mit Mr Cob sprechen. Wenn ihr mit dem Geschirr fertig seid, schreibt ihr dem Pastor und bedankt euch, und ihr bittet Mrs Ford, euch eure Sachen zu schicken. Wir müssen uns beeilen, sonst schaffen wir das nie bis halb sechs.«

»Halb sechs?« Peter blieb an der Tür stehen. »Was ist dann?«

Gus sah empört aus. »Was dann ist? Die Vorstellung natürlich. Deshalb sind wir hier, und das ist das einzig Wichtige. Und wehe, ihr vergesst sie!«

## 6

## *Bei den Tieren*

Es war schrecklich langweilig, Briefe zu schreiben, während draußen alles Mögliche passierte. Peter und Santa konnten sich einfach nicht konzentrieren. Alle paar Minuten ging einer von ihnen zur Wohnwagentür und schaute hinaus. Dort war so viel los. Aus der Stadt kamen Besucher, die sich für ein Sixpence-Stück pro Person die Tiere ansehen wollten. Die Zirkusleute hängten die prächtigsten Kostüme vor ihren Wohnwagen auf, um sie auszubürsten. Eine schicke Frau mit dunkler Haut und schwarzem Haar, das zu einem Pony geschnitten war, kam aus ihrem Wagen, setzte sich auf die Treppe und befestigte künstliche Rosen an einem kleinen hölzernen Reif. Dabei redete sie mit jemandem im Wagen. Santa, die sie hörte, winkte Peter heran.

»Französisch! Herrje, wie gut sie das kann!«

Peter horchte. »Vielleicht ist sie Französin.«

Santa setzte sich wieder. Widerwillig griff sie zum Federhalter und kaute wütend auf seinem Ende herum. »Warum müssen wir Briefe schreiben? Ich würde zu gern sehen, wie sie diesen Rosenreif macht. Ich frage mich, wozu sie den braucht. Er ist zu klein, um ihn zu tragen.«

Sie schaute seufzend auf ihren Brief. »Weißt du, ich habe keine Ahnung, um was ich Mrs Ford bitten soll. Gus hat gesagt, sie soll nur Nützliches schicken. Ich habe ›Regenmantel‹ aufgeschrieben. Der ist bestimmt nützlich. Aber sonst fällt mir nichts mehr ein. Was hast du geschrieben?«

Peter drehte das Blatt um. »Ich habe geschrieben: ›Bitte schicken Sie mir alle Schlafanzüge, auch die alten. Alle Unterhosen, Unterhemden und Socken, die Sie finden können. Meine Hemden und Krawatten. Alle meine Taschentücher. Meinen zweiten Anzug und den alten, der an den Ellbogen geflickt werden muss.‹«

Santa fing eifrig zu schreiben an. »Ich bin vielleicht blöd! Das brauchen wir natürlich! Schlafanzüge. Alle Unterhemden und so was. Alle Strümpfe. Eigentlich habe ich nur drei Paar gute, eins habe ich schon an und eins ist in meinem Koffer. Trotzdem, wenn sie ein bisschen sucht, findet sie vielleicht alte. Was noch?«

Peter schaute wieder auf seine Liste. »Hemden und Krawatten. Die hast du nicht. Bitte sie doch um Schuhe und Taschentücher.«

Santa nickte. »Und mein anderes Kleid und die Jacke. Und meine Sommerkleider, nur werden sie zu kurz sein. Das ist alles.« Schnell schrieb sie darunter: »Alles Liebe, Santa«, dann stand sie auf und ging wieder zur Tür. »Oh, Peter, sieh dir das an. Da klettert ein Mann auf das große Zelt.«

Peter sprang auf. Sie hatte Recht. Ein Mann war hoch oben auf einem der Hauptmasten. Gespannt sahen sie zu und überlegten, was um alles in der Welt er da wohl machte. Plötzlich sahen sie es. Er befestigte eine Kette bunter elektrischer Lichter. Die beiden setzten sich wieder an den Tisch. Santa adressierte einen Umschlag an Mrs Ford und schob ihn Peter zu, damit er seinen Brief hineinsteckte. Peter zeichnete gerade einen Wohnwagen auf das Löschpapier. »Ich frage mich … Meinst du, wir sollten Bill schreiben?«

Santa versuchte gerecht abzuwägen. Natürlich sollten sie Bill schreiben. Einen so freundlichen und hilfsbereiten Menschen hatten sie noch selten getroffen. Andererseits war der Gedanke an einen weiteren Brief nicht sehr angenehm. Niemand konnte an seinem ersten Tag im Zirkus drei Briefe schreiben. Auf ihrem Gesicht stand deutlich die Frage: »Müssen wir?« Und sie sagte: »Morgen haben wir vielleicht mehr zu erzählen.«

Peter war genauso froh über diese Ausrede wie sie. »Bestimmt.« Er schob Santa einen Umschlag zu. »Steck deinen Brief an Mr Stibbings hier in den Umschlag und kleb ihn zu. Ich mache das mit dem an Mrs Ford.« Plötzlich hielt er inne, die Zunge schon zwischen den Lippen, um den Umschlag anzufeuchten. »Findest du es nicht auch komisch, wie wichtig sie uns vorgekommen sind? Jetzt spielen sie überhaupt keine Rolle mehr.«

Santa feuchtete gerade den Umschlag an, deshalb konnte sie nur »Hm« sagen. Aber wenn sie darüber nachdachte, war es wirklich sehr seltsam. Mr Stibbings mit seiner Langsamkeit und seinem Getue. Mrs Ford und ihre ewigen Tränen. Madame Tranchot mit ihrem schwarz gesäumten Taschentuch; und wie sie immer die Hände über dem Kopf zusammenschlug. Miss Fane und ihre Geige. Alle waren plötzlich einfach verschwunden. Als wären sie in eine Schachtel gepackt worden wie die alten elfenbeinernen Mikadostäbchen, die der Herzogin gehört hatten.

Peter hatte den Umschlag für Mrs Ford auf den Tisch gelegt. Plötzlich schlug er mit der Faust darauf. »Nein, wir sind vielleicht Dummköpfe. Wir haben gar nicht angegeben, wohin sie die Sachen schicken sollen.«

Santa sah ihn ratlos an. Ein Zirkus kam und ging, er gehörte nicht zu den Orten, an die man Pakete senden konnte. »Aber wohin soll sie alles schicken? Wir müssen Gus fragen.«

Peter hatte es geschafft, den Umschlag wieder zu öffnen, ohne ihn einzureißen. Er schnitt eine Grimasse. »Ich möchte ihn lieber nicht fragen. Ich glaube, das gehört zu den Dingen, die wir seiner Meinung nach wissen sollten. Ich versuche es selbst herauszukriegen.«

»Wie?«

Peter stand auf und ging zur Tür. Er war nicht gerade wütend, aber seit sie davongelaufen waren, hatte er immer wieder das Gefühl, dass die Leute ihn für dumm hielten. Das war zuvor niemals passiert. Im Gegenteil, Tante Rebecca, Mr Stibbings, Mrs Ford und Madame Tranchot hatten ihm auf ihre Art alle zu verstehen gegeben, dass er ein ziemlich kluger Junge war. Dass er nicht dumm war, wusste er eigentlich. Trotzdem kam er sich durch die Art, wie Gus ihn behandelte, wie ein Blödmann vor, und das war genauso schlimm, als wäre er wirklich einer. Er wollte ihm dazu möglichst keine Gelegenheit mehr geben.

Santa betrachtete ihn besorgt. Sie wusste genau, was er über Gus dachte. Gus erwartete, dass man alles wusste, ohne dass man es erklärt bekam. Sie ging mit Peter zur Tür.

»Ich weiß gar nicht, warum wir Mr Stibbings nicht gesagt haben, dass wir einen Onkel haben.«

Peter zuckte wütend die Achseln. »Du fandst die Idee gut, davonzulaufen. Das hast du jedenfalls gesagt.«

Santa setzte sich auf die Wohnwagentreppe. »Natürlich habe ich das. Aber irgendwie ist es doch komisch, dass wir beide geglaubt haben, davonzulaufen sei die einzige Lösung. Es wäre vernünftiger gewesen zu sagen, dass wir einen Onkel haben.«

Peter trat gegen die Wohnwagentür. »Ich weiß gar nicht, warum uns Tante Rebecca nie etwas über unsere Familie erzählt hat. Warum hat sie nicht gesagt, dass sie bei der Herzogin nur Dienstmädchen war?«

Santa überlegte. »Eigentlich hat sie nie direkt behauptet, dass sie etwas anderes war. Ich meine, sie hat nie gesagt, woher sie diese schreckliche Herzogin kannte. Jedenfalls bin ich froh darüber. Ich konnte Lady Moira, Lady Marigold und die Manliston-Mädchen nie leiden! Jetzt muss ich nicht mehr sein wie sie.«

Peters Miene hellte sich auf. »Und ich muss nicht mehr das machen, was Lord Bronedin gemacht hat.«

Santa streckte die Beine aus. »Wir müssen gar nichts mehr machen wie irgendjemand anders. Wir sind einfach nur wir.« Plötzlich beugte sie sich vor und umschlang ihre Knie. »Ich kann mir die Haare abschneiden.«

Da hatte Peter Zweifel. Natürlich wusste er, dass Santa ihr Haar lästig fand. Trotzdem hielt er es nicht unbedingt für eine gute Idee, es abzuschneiden. Manchmal sah es ziemlich hübsch aus. »Ich würde das nicht tun. Vielleicht siehst du schrecklich aus mit kurzen Haaren.« Er stellte sich neben Santa. »Schau, da ist Alexis. Wir fragen ihn, wohin das Paket geschickt werden soll.«

Alexis setzte sich zu ihnen auf die Treppe. Es dauerte ziemlich lange, bis er sie verstand. Peter und Santa unterbrachen einander, und sie redeten zu schnell für sein schlechtes Englisch. Als er begriffen hatte, worum es ging, stand er auf und lief die Stufen hinunter. »Ich werde meinen Vater fragen. Er versteht diese Sachen.« Er drehte sich um und streckte einen Finger hoch. »Ihr wartet? Ja?«

Sein Vater, Maxim Petoff, war in seinem Wohnwagen. Alexis holte ihn und stellte sie einander förmlich vor. »Das ist mein Vater, Maxim Petoff. Er ist Reitdirektor. Er dressiert die Pferde. Versteht ihr? Ja?«

Weder Peter noch Santa verstanden viel. Sie hatten noch nie eine Pferdenummer gesehen, deshalb hatten sie keine Ahnung, was es bedeutete, Pferde zu dressieren. Aber sie lächelten höflich, als wäre alles völlig klar.

Maxim Petoff war einer dieser Männer, die einem auf Anhieb sympathisch waren. Er war groß und hatte das gleiche lockige braune Haar wie Olga und Sascha. Seine äußeren Augenwinkel hoben sich ein wenig, als würde er lächeln. Seine Wangenknochen waren noch höher als die seiner Kinder, und wenn er lachte, sah man seine schönen Zähne. Zuerst streckte er Santa die Hand entgegen, dann Peter.

»Ihr seid also Neffe und Nichte von Gus. Und ihr habt Ärger mit einer Kiste. Gehen wir hinein, dann könnt ihr es mir erzählen.« Er stieg in den Wohnwagen und setzte sich an den Tisch. Er hatte etwas Raumfüllendes, nicht wegen seiner

Größe, sondern seiner Art, so dass der Wohnwagen, der ihnen vorhin sehr geräumig erschienen war, ihnen plötzlich sehr klein vorkam. »Nun?« Er lächelte Peter zu.

Peter erklärte. Als er fertig war, überlegte Maxim ein wenig, dann fragte er: »Dieser Brief soll nach London?«

Santa und Peter nickten.

»Sie bekommen ihn morgen. Am Freitag. Dann müssen sie die Kiste packen. Dann muss die zum Bahnhof gebracht werden. Bis dahin ist es wahrscheinlich Montag. Es ist teuer, die Kiste mit dem Personenzug zu schicken, also wird sie wahrscheinlich als Frachtgut geschickt. Nächste Woche haben wir drei Tage Carlisle. Drei Tage Whitehaven. Es ist die Woche vor Ostern.« Er hielt inne und sagte dann so stolz wie jemand, der ein schweres Rätsel gelöst hat: »Die Kiste muss nach Whitehaven.«

Diese beiläufige Erwähnung von Städten faszinierte Santa. Schließlich war für sie schon die Fahrt nach Bridlington ein großes Abenteuer gewesen, und so, wie Mr Petoff von großen Entfernungen sprach, klang es nicht nach mehr als dem Spaziergang zu einer Geigenstunde bei Miss Fane.

»Und wohin fahren wir danach?« Sie musste das »wir« ein bisschen betonen. Es war großartig, dass damit sie selbst und der Zirkus gemeint war.

Maxim lachte. »So ist es richtig. Sag immer ›wir‹. Ihr gehört schon zu uns. Wir« – er strahlte sie an – »fahren nach Blackpool. Dort bleiben wir die ganze Woche.« Er stand auf. »Ich muss los. Beim Aufbau habe ich immer viel zu tun.« Er tätschelte Santas Kopf und lächelte Peter zu. »Wir werden gute Freunde sein.«

Gus kam gerade zurück, als der Brief an Mrs Ford zum zweiten Mal zugeklebt wurde. Er nickte beifällig. »So ist es richtig. Zwei Briefe in einem Umschlag. Man soll jeden Penny zweimal umdrehen. Das war schon immer mein Motto.« Er nahm den Brief an Mrs Ford in die Hand. »Wohin lasst ihr das Paket schicken?«

Peter und Santa antworteten gleichzeitig und versuchten nicht zu selbstzufrieden zu klingen. »Whitehaven.«

Aber Bewunderung erwarteten sie von Gus offenbar vergeblich. Er überlegte einen Moment. Dann nickte er.

»Ja. Whitehaven ist am besten. Die Woche vor Ostern. In Carlisle könnten wir es verpassen. Außerdem ist am Karfreitag keine Vorstellung. Da haben wir Zeit, eure Sachen in Ordnung zu bringen.« Er sah auf die Uhr. »Um vier gibt's Tee. Ich halte jetzt meinen Mittagsschlaf. Ihr beiden könnt euch ein bisschen umsehen. Ich habe Mr Cob gesagt, dass ihr hier seid, es ist also alles in Ordnung.«

Peter und Santa sprangen die Stufen hinunter. Sie wussten genau, wohin sie wollten. Mittlerweile mussten alle Tiere angekommen sein, und sie hatten sie noch nicht gesehen. Sie rannten los.

Obwohl sie beobachtet hatten, wie die Stallungen aufgebaut wurden, überraschte ihr Anblick sie jetzt völlig. Beeindruckt schwiegen sie, als sie hindurchgingen.

In den zwanzig Boxen rechts standen Pferde. Zehn kastanienbraune und zehn graue. Links, wo zuvor freier Raum gewesen war, gab es jetzt zwei große Käfige mit Metallstangen. Zwischen den Stangen schauten Löwen aus schläfrigen, uninteressierten Augen hindurch. Weiter am Ende, hinter den

Löwenkäfigen, waren weitere zehn Boxen mit Pferden. Vier davon waren cremefarben. Die zehn Braunen waren nach Zutaten in der Küche benannt: Pfeffer, Salz, Essig, Senf, Tapioka, Kaffee, Kakao, Reis, Soda und Nelke. Die Namen der Grauen waren weniger einheitlich: Zeus, Wacholder, Ferdinand, Keks, Goldstück, Rotkehlchen, Milchbrötchen, Läufer, Lorenzo und Kanada. Die Namen der Löwen waren nicht angegeben, doch über den beiden Käfigen stand: »Satans Löwen«. Die vier Schimmel hatten edel klingende Namen: König, Kaiser, Radscha und Präsident. Die anderen sechs hießen Regenbogen, Whisky, Wald, Zauberer, Krümel und Wünschdirwas.

Peter und Santa gingen weiter in die andere Hälfte der Ställe. Rechts war ein großer Wagen mit der Aufschrift »Schmidts Seelöwen«. Aus dem Wagen drangen Geplätscher und merkwürdig heiseres Gebell. Neben den Seelöwen war ein kleines Gehege, auf dem ein paar Hundehütten standen. Darin spielten vier Königspudel. Sie schauten auf, als die Kinder stehen blieben und sie betrachteten. Sie hatten lustige Augen, aber dabei wirkten sie auch ein bisschen eingebildet. Auf den Dächern ihrer Hütten stand: »Lucilles Königspudel«. Dem Gehege gegenüber standen sechs weitere große, schwere Pferde und zehn Shetlandponys. Die Pferde hatten vernünftige Namen, die zu ihrer Größe passten: Mack, Fred, Carter, Mike, Paul und Joseph. Die Ponys hießen Prissy, Diamant, Alice, Nixie, Aschenputtel, Nimbo, Poppy, Fanny, Lucy und Lassie.

Am Ende des Zelts, wo die hölzerne Plattform aufgebaut war, standen sechs Elefanten. Sie waren mit Seilen am Boden festgebunden, doch das schien ihnen gleichgültig zu sein. In fast tänzerischen Bewegungen wiegten sie sich hin und her. Wenn jemand in ihre Nähe kam, streckten sie hoffnungsvoll den Rüssel hoch, der deutlich signalisierte: »Hast du nicht ein bisschen was für uns?«

Peter und Santa, die schweigend ein paar Minuten lang die Elefanten beobachtet hatten, stießen plötzlich schwere Seufzer aus, als hätten sie den Atem angehalten.

»Ist dir klar«, sagte Peter, »dass es sechsundvierzig Pferde sind?«

Santa nickte. »Hm. Wenn man die kleinen mitzählt. Was gefällt dir am besten?«

Peter musste nicht lange überlegen. »Die Pferde. Dir nicht?«

Sie hörten unterdrücktes Lachen hinter sich, und da stand der alte Ben. Er hatte, wie üblich, einen Strohhalm im Mund und nickte Peter beifällig zu.

»Das ist vernünftig, keine Frage. Elefanten sind in Ordnung. Die hier sind sogar blitzgescheit. Doch wenn sie dressiert sind, sind sie immer irgendwie komisch, egal was sie machen. Pferde aber, die sind schön.«

»Da sind noch die Königspudel«, sagte Santa. »Die magst du auch, nicht wahr?«

Ben kaute nachdenklich an seinem Strohhalm. »Sehr hübsche kleine Nummer«, sagte er schließlich. »Aber, weißt du, für mich sind diese Hunde keine Hunde, wenn du verstehst, was ich meine. Mir persönlich ist ein Foxterrier allemal lieber. Aber klug sind sie!« Er spuckte seinen Strohhalm aus und bückte sich nach einem neuen. »Fast zu klug, diese französischen Hunde. Wisst ihr, wenn diese Hunde Englisch sprechen würden statt ihrer Sprache – Französisch –, würde ich mich in Acht nehmen. Ich glaube, sie würden jedes Wort verstehen.«

Peter und Santa schauten ihn scharf an. Vielleicht machte er Witze? Aber nein. Sein Gesicht war ganz ernst. Ihm war klar, was sie dachten.

»Nein, ich meine es ernst. Wenn ihr so viele Zirkustiere gesehen hättet wie ich, dann wüsstet ihr Bescheid. Manche sind so klug, das ist nicht mehr normal.«

Peter hob einen Strohhalm auf und kaute ebenfalls darauf herum. Es schmeckte ihm nicht besonders, aber das tat man anscheinend in so einem Stall.

»Magst du die Seelöwen?«

Ben grinste. »Ja. Ich freue mich immer, wenn sie auftreten. Es tut gut zu hören, wie die Kinder über die Nummer lachen.«

Santa lehnte sich an eine Zeltstange. »Sind sie auch klug?«

Ben schaute zum Wagen der Seelöwen hinüber und lächelte liebevoll. »Das weiß ich immer noch nicht genau. Ihr wisst doch, wie es mit Kindern ist. Messerscharfer Verstand. Dabei wissen sie gar nicht, dass sie klug sind. Manchmal denke ich, mit den Seelöwen ist es genauso. Sie sind einfach für solche Auftritte gemacht.« Er hielt inne und brach ein Stück von seinem Strohhalm ab. »So ist das mit großen Künstlern. Und das gilt auch für meine besten Pferde.«

Peter trat aus der Reichweite eines Elefanten heraus. Der hatte ihm ins Ohr geblasen. »Welche sind deine besten Pferde?«

Ben bedeutete ihnen mit einer ruckartigen Kopfbewegung, mit ihm zu kommen. Sie gingen an den Ponys vorbei und hinüber zu Mack, Fred, Carter, Mike, Paul und Joseph. Ben kramte in seiner Tasche und holte ein paar Zuckerstückchen heraus. Eine Hälfte gab er Peter, die andere Santa.

»Gebt ihnen ein bisschen was. Sie tun nichts.« Er gab Fred einen kleinen Klaps, damit er Santa durchließ. »Mach Platz, Fred.«

Peter schaute sich um, bevor er Carter Zucker gab. »Sie kommen mir viel größer als die anderen Pferde vor.«

Ben spuckte seinen Strohhalm aus. »Das sind sie auch. Sie sind für die sogenannten Jockeynummern. Ihr werdet es sehen, wenn ihr in die Vorstellung geht. Diese sechs sind Suffolk Punches, das ist eine der ältesten Pferderassen der Welt. Unschlagbar zum Reiten ohne Sattel; man muss ihnen den Rücken mit Talkum einreiben.«

»Talkum? Ist das nicht ein Kinderpuder?« Santa kam aus Pauls Box. Talkum hatte Tante Rebecca manchmal benutzt. »Verwendet man es auch für Pferde?«

Ben nahm sich einen weiteren Strohhalm. Er wischte ihn an seiner Jacke ab. »Ja, damit die Voltigierer nicht vom Rücken abrutschen. Euch kann man wirklich noch eine Menge beibringen. Gus hat gesagt, ihr habt noch nie eine Vorstellung gesehen. Vielleicht kann er Mr Cob dazu bringen, euch heute Abend mit hineinzunehmen. Wenn ja, dann achtet mal auf die Arizonas. So heißen sie. Es ist eine Reitnummer mit vielen tollen Tricks. Die Kenets führen sie vor. Vier Brüder – Ted, Jo, Willy und George –, und sie haben Paula Petoff dabei.«

Santa gab Joseph ihren letzten Zucker und gesellte sich

wieder zu den anderen. »Mr Ted Kenet kennen wir und Paula Petoff auch fast. Jedenfalls haben wir Mr Petoff und Alexis, Olga und Sascha getroffen.«

Ben hatte seinen Strohhalm genug gesäubert und steckte ihn in den Mund. »Nun, wenn ihr diese Reitnummer der Arizonas seht, achtet auf die Pferderücken.« Er fuhr mit der Hand über Mikes Hinterteil. »Dann wird euch auffallen, dass sie grau aussehen. Das kommt vom Talkum. Wie gesagt, es sorgt dafür, dass die Artisten nicht abrutschen.«

Peter ging zur Seite, um die Besucher aus der Stadt durchzulassen, die die Tiere besichtigen wollten.

»Darf man einfach so hier herein?«, fragte er flüsternd.

Ben schüttelte den Kopf. »Sie legen ein Sixpence-Stück hin. Und die meiste Zeit machen sie so viel Ärger, als hätten sie ein Pfund gezahlt. Mr Cob bringt extra große Schilder an mit ›Rauchen verboten‹. Aber die Hälfte der Besucher kann anscheinend nicht lesen. Man sollte meinen, selbst ein Knirps von zwei Jahren weiß, dass man in einem Stall keine Zigaretten wegschmeißen darf. Aber sie wissen es nicht. Meine Jungs passen die ganze Zeit auf. Trotzdem hatten wir mal ein Feuer.«

»Du meine Güte!« Santa lehnte sich an die Wand von Mikes Box. »Was ist passiert?«

»Nun« – Ben schob seinen Strohhalm in den anderen Mundwinkel –, »es war nicht bei diesem Mr Cob. Es war bei seinem Vater. Natürlich war es damals nicht so wie heute. Wir hatten nicht all die Pferdepfleger und anderes Personal. Und vor allem gab es keine Wasserleitungen auf dem Platz. Also, nach der Vorstellung konnten die Leute gegen Geld die Ställe besichtigen, wie heute auch. Eine scheußliche Nacht war das, ganz schön windig. Irgendein Idiot, wir haben nie rausgekriegt, wer, muss seine Kippe ins Stroh einer der Boxen geworfen haben. Na ja, vielleicht war das Stroh feucht. Jedenfalls ist das Feuer nicht sofort ausgebrochen. Wir hatten uns alle schon schlafen gelegt. Die Schlafbaracke – so nennen wir das Schlafzelt der Männer – für die Pferdepfleger war am anderen Ende des Platzes. Ich habe im Futterzelt geschlafen, und das stand – wie jetzt auch – direkt hinter den Elefanten. Plötzlich schrecke ich hoch … Habt ihr je einen Brand gerochen?«

»Nein.« Peter schüttelte den Kopf. »Stand das Zelt in Flammen?«

Ben kaute einen Moment an seinem Strohhalm. Sein Blick war ins Leere gerichtet, als könnte er irgendwo jene Nacht vor vielen Jahren sehen.

»Es war komisch, zuerst spürte ich nur ein Brennen in den Augen. Dann kam plötzlich ein Windstoß, und eins von den Pferden hat gewiehert.« Er schüttelte den Kopf. »Wir waren aus dem Futterzelt raus, bevor einer das Wort ›Feuer‹ sagen konnte. Jemand wurde losgeschickt, die Männer zusammenzurufen. Die Tierwagen und Boxen waren nicht so groß wie heute. Es war mehr alles in einem. Obwohl das sechzig Jahre her ist und ich damals gerade fünfzehn war, werde ich den Lärm in diesem Zelt nie vergessen. Wir hatten achtzehn Pferde, und sie schrien alle. Es gab eine Nummer mit verschiedenen Tieren. Ein Löwe, zwei Panther, drei Eisbären und ein Affe. Der Löwe versuchte die Stangen seines Käfigs niederzureißen und die Panther und die Eisbären gebärdeten sich wie verrückt.«

»Was war mit dem Affen?«, fragte Santa.

»Ich selbst habe ihn nicht gesehen, ich hatte mit den Pferden zu tun. Aber ein Pferdepfleger hat mir später erzählt, der Affe hätte sich benommen wie ein Kind. Hätte in der Käfigecke gesessen und dicke Tränen geheult, die ihm übers Gesicht liefen. Jämmerlich war das anzusehen, sagten sie. Wir hatten auch fünf Elefanten, die alle sofort in panischer Angst fliehen wollten. Nun, als Erstes brachten wir natürlich die Pferde hinaus, und währenddessen lief jemand die Raubtier- und Elefantendompteure holen. Dann kamen alle Zeltarbeiter und bildeten eine Kette mit Wassereimern. Und in null Komma nichts war auch die Feuerwehr aus der Stadt da. Mittlerweile tobte der Sturm und trieb die Flammen aufs große Zelt zu.«

Er hielt inne. Santa versuchte ihn nicht zu drängen, aber sie wollte unbedingt wissen, was dann geschehen war.

»Und hat das große Zelt Feuer gefangen?«

»Nein. Das konnten wir gerade noch verhindern.«

»Und die Tiere?«, fragte Peter. »Habt ihr sie alle rechtzeitig hinausbekommen?«

Ben sah traurig aus. »Alle bis auf das Pferd, in dessen Box das Feuer ausgebrochen war. Brandy Ball hieß er. Ein Jagdpferd. Wir brauchten ihn zum Dressurreiten. Er ist verbrannt.«

Santa sah ihn entsetzt an. »Wie schrecklich!«

»Ja, wirklich.« Ben ging langsam an den Boxen vorbei. »Heutzutage kritisiert mich Mr Cob manchmal, wenn ich mit jemandem schimpfe, den ich beim Rauchen erwische. Beim ersten Mal bin ich noch freundlich. Aber wenn sie nicht schnell ihre Zigaretten ausmachen, dann werde ich schon mal ein bisschen grob. Doch ich sage immer zu Mr Cob: ›Sie würden das auch tun, wenn Sie sich an den alten Brandy Ball erinnern könnten.‹«

Santa und Peter nahmen ihn in die Mitte. Peter schaute zu ihm auf. »Was ist Dressurreiten?«

Ben schmunzelte. »Ihr zwei wollt zu viel auf einmal wissen. Als ihr mich gefragt habt: ›Ben, welches Pferd ist das beste?‹, da habe ich euch nicht genau geantwortet. Lernt ihr erst mal die Pferde kennen. Dieser Stall ist wie die Welt draußen. Es gibt einfache Leute und kluge Leute. Also, diese Suffolk Punches sind einfach. Sie sind wie Bauersleute. Vielleicht etwas schüchtern, aber zuverlässig. Nun, ihr werdet sie noch genauer kennenlernen. Seht ihnen bei der Arbeit zu. Wenn ihr alles über sie wisst, werdet ihr ein paar von den anderen kennenlernen. Versteht ihr, alle neuen Wörter nützen euch nichts, wenn ihr nicht wisst, was sie bedeuten.«

Jetzt standen sie vor den Löwenkäfigen. »Und die Löwen? Sind sie klug?«

Ben betrachtete die Tiere nachdenklich. »Was Satan mit ihnen macht, ist wunderbar. Natürlich arbeitet er mit ihnen, seit sie klein sind. Und er duldet keine Tollpatsche in seiner Nummer. Aber ich mache mir nicht viel aus dressierten Kätzchen. Ich mag keine Dressurnummern, die hinter Gitterstäben vorgeführt werden müssen. Alle anderen Tiere sind frei und haben Spaß an ihrer Arbeit.«

»Die Löwen nicht?«, fragte Peter.

Ben schüttelte den Kopf.

»Manche behaupten es. Aber viele – darunter auch Mr

Cob – finden es traurig, dass ein Zirkus unbedingt eine Raubtiernummer haben muss. Genauso bedauerlich ist es übrigens, dass es so viele gefährliche Vorführungen gibt – die Hochseilakrobatik zum Beispiel, die ohne Netz gezeigt wird.«

Santa lehnte sich an das Geländer vor den Löwenkäfigen. »Warum hat Mr Cob sie dann in seinem Programm?«

Ben saugte nachdenklich an seinem Strohhalm. »Weil der Mensch ist, wie er ist. Hunderte, Tausende gehen nicht in den Zirkus, um sich an der Geschicklichkeit, der Schönheit und allem zu erfreuen, sondern weil sie etwas Gefährliches sehen wollen.«

Peter war verblüfft. »Warum?«

»Schwer zu sagen. Vielleicht hat das mit unserer Vergangenheit als Wilde zu tun. Viele Menschen haben sich seither nicht viel weiterentwickelt. Jedenfalls ist es eine Tatsache – und jeder im Zirkusgeschäft wird euch das bestätigen –, dass die Raubtiere und die riskanten Vorführungen die Publikumsmagnete sind.«

Santa sah ihn verständnislos an.

»Wieso denn Magnete?«

Ben spuckte seinen Strohhalm aus.

»Das heißt, dass die Leute erst deswegen in die Vorstellung kommen. Wenn wir zum Beispiel eine neue große Attraktion im Programm haben, dann sagt Mr Cob immer zu mir: ›Das wird ein echter Publikumsmagnet.‹ Versteht ihr?«

Peter und Santa nickten. Ben lächelte. »Nun, es ist Zeit für meinen Tee. Wenn Mr Cob euch heute Abend zuschauen lässt, dann achtet auf meine Suffolk Punches. Und auf Paula und die Kenets.«

Peter und Santa schauten ihm nach. Santa warf das Haar von den Schultern zurück. »Ich glaube, für uns ist auch Teezeit. Meinst du, Mr Cob erlaubt uns, heute in die Vorstellung zu gehen?«

Peter spuckte seinen Strohhalm aus, wobei er versuchte, Ben nachzuahmen. »Es hat so geklungen. Fragen wir Gus.«

»Gute Idee.« Santa rannte los. »Komm, wir machen ein Wettrennen. Bestimmt gewinne ich.«

Peter schoss ihr nach. »Bestimmt nicht.«

## 7

# *Der Zirkus*

Gus war wach, als sie zurückkamen. Das heißt, er öffnete gerade die Augen.

»Nun«, sagte er, »was habt ihr gemacht?«

Sie erklärten, dass sie bei den Tieren gewesen seien und mit Ben gesprochen hätten.

Gus gähnte und schaute auf die Uhr. »Teezeit. Hol einen Kessel Wasser, Peter.«

Peter ging mit dem Kessel hinaus. Santa legte das Tischtuch auf und fing an, den Tisch zu decken. Gus kam aus dem anderen Raum herein und betrachtete sie beifällig. »So ist es schön. Ich lege zum Tee selten das Tischtuch auf, weil ich nur eine Tasse trinke, aber mit einer Frau im Haus ist es was anderes.«

Peter kam zurück und stellte den Wasserkessel auf den Herd. Santa gab ihm mit einem Blick zu verstehen, dass Gus gut gelaunt sei, also ein günstiger Moment, wegen der Zirkusvorstellung zu fragen. Peter räusperte sich.

»Lieber Gus, würdest du vielleicht bitte – ich meine, Ben hat gesagt, dass – äh, also …«

Gus sah ihn gereizt an. »Hammelkeule und Rum, Junge,

kannst du nicht einfach sagen, worum es geht? ›Lieber Gus, würdest du vielleicht bitte‹ und ›Ben hat gesagt‹ und ›äh, also …‹ Was willst du denn?«

Peter wurde rot. Wieder war er der Dummkopf. Hätte er die Bitte nur Santa überlassen! Aber Gus schaute ihn unverwandt an. Jetzt musste er es zu Ende bringen.

»Wir haben uns gefragt …« Er machte eine Pause und Santa hielt den Atem an aus Angst, er würde wieder zögern, doch endlich brachte er es heraus: »… ob du Mr Cob wohl bitten würdest, uns heute Abend hineinzulassen?«

Gus antwortete nicht sofort. Er ging zum Spiegel und rückte seine Krawatte gerade. Peter und Santa glaubten, er überlege, ob er mit Mr Cob reden wolle oder nicht. Aber darum ging es nicht. Gus versuchte Peter gerecht zu behandeln. Vom ersten Moment an hatte ihn der Junge in seinem eleganten blauen Mantel gereizt. Gerade bevor er eingeschlafen war, hatte er sich ernst ins Gewissen geredet, weil er ungerecht zu ihm gewesen war. Was konnte man schon von jemandem erwarten, hatte er sich gesagt, der bei Rebecca aufgewachsen war? Er hatte sich vorgenommen, toleranter zu sein. Doch jetzt war ihm Peter mit einer einzigen Frage gleich wieder auf die Nerven gegangen. Deshalb beschäftigte er sich mit seiner Krawatte, bevor er antwortete. Er wollte Zeit schinden, um sich zu beruhigen. Lächelnd drehte er sich um.

»Warum nicht? Aber nur zur ersten Vorstellung, weil ihr Kinder früh ins Bett müsst.«

Santa holte die Butter heraus und hüpfte damit zum Tisch. »Oh, vielen Dank, Gus!«

Gus schaute auf den Tisch. »Ist das gut so? Was esst ihr denn sonst zum Tee?«

Santa stellte Marmelade dazu. »Nur das. Brot und Butter und Marmelade. Manchmal Kuchen, aber nicht oft, weil man zum Kuchenbacken Eier braucht und Tante Rebecca nicht viel Geld hatte.«

Gus setzte sich. »Und dann gibt es vermutlich noch Abendessen, bevor ihr zu Bett geht?«

»Ja.« Santa maß den Tee für die Kanne ab. »Nicht viel. Die Herzogin fand, Kinder sollten vor dem Schlafengehen keine schwere Mahlzeit zu sich nehmen.«

»Ich habe die alte Herzogin nie gemocht – was sie gesagt hat, lässt mich also ziemlich kalt. Was haltet ihr von Brot und Milch oder einem Milchpudding oder etwas in der Art?«

Santa stellte die Teekanne auf den Tisch. »Das wäre sehr gut. Bei Tante Rebecca gab es oft Brot und Schmalz zu Abend.«

Gus goss Tee ein. Er wies mit dem Kopf auf das Essen. »Greift zu. Ich esse nie etwas zum Tee am Nachmittag. Dafür lange ich später beim Abendessen zu. Jetzt, wo ihr zwei da seid, habe ich mit den Kenets ausgemacht, dass ich bei ihnen esse. Sonst würde ich euch mit Geschirrklappern wecken.«

Peter strich Marmelade auf ein Stück Brot. »Das stört uns nicht.«

»Es geht nicht darum, was dich stört, junger Mann, sondern was ich mit anderen vereinbare«, sagte Gus und seine Augen funkelten.

Santa sah, dass Peters Ohren sich rot färbten, ein schlechtes Zeichen. Sie malte sich aus, wie eine Menge wütender

Antworten in ihm hochstieg. Sie warf ihm einen Blick zu, der ihn bat, nichts zu sagen. Eine Zeit lang aßen sie schweigend. Dann fragte sie: »Wo sollen wir schlafen?«

Gus trank in kleinen Schlucken seinen Tee. Er haderte mit sich. Er war ja ein feiner Onkel! Er hackte auf Peter herum, sobald dieser nur den Mund aufmachte. Jetzt lächelte er Santa zu. »Die Schmidts haben noch ein Feldbett und Bettzeug übrig. Das stellen wir hier für dich auf. Peter schläft bei mir im anderen Zimmer.«

Santa schnitt noch ein Stück Brot ab. »Sind das die Schmidts, denen die Seelöwen gehören?«

»Ja, genau.« Gus goss sich noch Tee ein. »Ihr seht sie bestimmt irgendwo in der Nähe. Sie haben zwei Kinder in eurem Alter, Zwillinge. Fritzi und Hans.«

Santa bestrich ihr Brot mit Butter. »Gehen sie mit uns zur Schule?«

Gus rührte in seiner Tasse. »Bestimmt. Ihr werdet ganz schön viele sein.«

Santa schluckte ihren Bissen hinunter. »Olga und Sascha Petoff, Peter und ich, Hans und Fritzi Schmidt. Sechs.«

Gus trank einen Schluck Tee. »Nein. Ihr seid sieben. Die Moulins haben auch ein Kind.«

Peter betrachtete im Geist noch einmal die Tierwagen. Dann sah er Gus ratlos an. »Die Moulins haben keine Tiere, oder?«

Gus lehnte sich in seinem Stuhl zurück und zündete sich eine Zigarette an. »Doch. Königspudel.«

»Oh!« Santa zog die Augenbrauen hoch. »Über dem Gehege stand ›Lucilles Königspudel‹.«

»Ja, so heißen sie. Wegen Madame Moulin, ihr Vorname ist nämlich Lucille. Die Moulins haben eine Tochter, Fifi. Ein gescheites Kind. Und eine annehmbare kleine Akrobatin, dabei ist sie höchstens zehn.«

»Wirklich?« Santa war überrascht. »Sehen wir sie nachher in der Vorstellung?«

»Nein.« Gus blies einen Rauchring zur Decke. »Sie darf in England noch nicht auftreten. Hier gibt es ein entsprechendes Gesetz. Man bekommt frühestens mit zwölf eine Arbeitserlaubnis, und dann gibt es noch viele Vorschriften. In England tritt der Nachwuchs für gewöhnlich erst mit vierzehn auf.«

Peter hatte aufgegessen. Er lümmelte auf seinem Stuhl. »Was ist mit Alexis? Geht er nicht zur Schule?«

Santa fand die Frage dumm. »Du weißt doch selbst, dass er nicht hingeht. Er hat heute Morgen mit uns im großen Zelt gesessen.«

Gus stand auf, also taten Peter und Santa es ihm nach und begannen abzuräumen.

»Merkwürdig, dass Alexis jetzt nicht mit auftritt«, sagte Santa. »Olga hat gesagt, er würde nächsten Winter dabei sein, aber nur, wenn er sich anstrengt.«

Gus stand an der Tür. »Wenn es nach Maxim ginge, würde Alexis jetzt schon arbeiten. Aber Mr Cob gibt ihm keinen Vertrag. Unser Direktor ist vernünftig.«

»Warum? Ist Alexis nicht gut genug?«

Gus warf seine Kippe weg. »Kommt drauf an.« Er kam an den Tisch zurück. »Ich werde Alexis bitten, euch heute Abend zur Vorstellung mitzunehmen. Er kommt, wenn ihr mit dem Geschirr fertig seid. Ich gehe jetzt das Bett holen.«

Die Spülschüssel stand auf einer Zuckerkiste neben dem Wohnwagen. Peter brachte den Wasserkessel hinaus und füllte sie. Santa spülte, er trocknete ab. Bei der Arbeit beobachteten sie, was um sie herum geschah. Der Zirkus veränderte sich wieder. Den ganzen Nachmittag hatte er verschlafen gewirkt. Kaum jemand war zu sehen gewesen außer Ben und den Pferdepflegern, die aufpassten, während die Leute aus der Stadt sich die Tiere anschauten. Aber jetzt herrschte Betriebsamkeit. Eigentlich geschah gar nicht viel, doch es lag eine gewisse Spannung in der Luft, fast wie vor einem Gewitter.

Peter, der gerade einen Teller abtrocknete, ging auf die andere Seite des Wohnwagens. Im Nu war er zurück. »Komm und schau dir das an. Da stehen Hunderte von Menschen an der Kasse.«

Santa nahm die Hände aus der Schüssel, hielt sie von sich weg, damit sie nicht ihren Mantel bespritzte, und ging hinüber.

Es stimmte. Der Kassenwagen wurde vor den Zaun gezogen. Leute, die Eintrittskarten kaufen wollten, sobald die Schalterfenster geöffnet wurden, bildeten eine lange Schlange. Peter und Santa betrachteten sie interessiert. Plötzlich wurde ihnen seltsam zu Mute. Es ist ein komisches Gefühl, von etwa hundertfünfzig Menschen auf einmal angestarrt zu werden, und genau das passierte gerade. Sie liefen schnell zurück zu ihrem Abwasch. Santa kicherte, als sie eine Tasse ins Wasser tauchte. »Ich glaube, sie denken, wir gehören dazu.«

Peter griff nach einem anderen Teller. »Das stimmt doch.«

Santa hielt inne und starrte ihn an. »Meinst du?«

Peter nickte.

Sie schauten sich um. Das große Zelt. Die aufgereihten Wohnwagen. Die kleineren Zelte. Aus den Wohnwagen hörten sie Gelächter und Gespräche in vielleicht fünf verschiedenen Sprachen. Sie hörten ein kurzes heiseres Bellen. Sie hörten tiefes Gebrüll.

Santa sah Peter an. Beide fingen an zu lachen. Das hier war so anders als alles, von dem sie je geträumt hatten. Aber es stimmte, sie gehörten dazu. Die Situation war so sonderbar, dass sie einfach lachen mussten.

Dann kam Gus mit zwei blonden Kindern zurück. Sie trugen ein Feldbett, mehrere Decken und zwei Kopfkissen. Gus stellte das Bett ab und lehnte es an den Wohnwagen.

»Das sind mein Neffe und meine Nichte. Und das hier sind Hans und Fritzi Schmidt.«

Peter und Santa grinsten, die Schmidt-Kinder grinsten zurück.

Die beiden sahen recht hübsch aus. Ihr Haar war fast so blond wie Santas. Hans' Haare waren so kurz geschnitten, dass es aussah, als hätte er kaum welche. Fritzis waren zu zwei Zöpfen geflochten, die mit Schleifen an den Kopf gebunden waren.

»Was sagst du dazu, Santa?«, fragte Gus. »Mrs Schmidt wollte herüberkommen und dein Bett beziehen. Sie sagte, du wüsstest vermutlich nicht, wie man das macht.«

Santa spülte das letzte Messer. »Natürlich weiß ich das.« Die Herzogin hatte darauf bestanden, dass Lady Moira, Lady

Marigold und die Manliston-Mädchen alle häuslichen Verrichtungen lernten, aber das fügte sie nicht hinzu. Die Herzogin hatte gesagt: »Jede Frau muss fähig sein, diese Arbeit selbst zu erledigen, wie kann sie sonst andere anweisen?« Obwohl Tante Rebecca keine großen Möglichkeiten für Santa gesehen hatte, andere anzuweisen, hatte ihr viel daran gelegen, sie gut auszubilden. Sie hatte es auch Peter beigebracht. Schließlich war sie nicht mehr die Jüngste, und sie hatte ihr Leben lang gearbeitet. Sie war froh über Hilfe im Haus. Die Mitarbeit im Haushalt war höchstwahrscheinlich einer der wenigen Punkte, auf denen Tante Rebecca bestanden hätte, selbst wenn die Herzogin nie davon gesprochen hätte.

»Meine Mutter hat einen Witz gemacht«, erklärte Hans ernst.

Fritzi stieg die Wohnwagenstufen hinauf. »Santa und ich bauen das Bett. Meine Mutter glaubt, dass in England keine Frau Haushaltsdinge lernt.«

Gus und Peter hievten das Bett die Stufen hinauf. Als sie zu viert im Raum standen und Hans von der Tür aus hereinschaute, schien es kaum Platz für ein Feldbett zu geben, doch irgendwie brachten sie es hinein.

»Komm, Peter«, sagte Gus, »den Rest überlassen wir den Frauen. Morgen kaufe ich ein Zelt. Darin verstauen wir tagsüber das Bett. Und im Sommer kannst du darin schlafen, Santa. Die Bezüge sind in der Schublade unter meinem Bett.«

Santa und Fritzi gingen in den anderen Raum. Unter Gus' Bett war ein großes Schubfach, in dem mehrere Laken, Kopfkissenbezüge und Handtücher lagen. Alles war ordentlich zusammengefaltet und in einer Ecke mit »G. Possit« gekennzeichnet. Fritzi war voller Bewunderung. Sie klatschte in die Hände und schnappte nach Luft.

»Gus ist vielleicht ein Mann! Das ist so kolossal ordentlich, genau wie meine Mutter es macht!«

Sie nahmen zwei Leintücher und zwei Kopfkissenbezüge und gingen zurück in den anderen Raum. Santa war es zwar gewohnt, Betten zu beziehen, doch es entging ihr nicht, dass Fritzi schneller und gründlicher war als sie. Trotzdem gab es bei ihr keine Falte! Santa war froh, als es getan war. Fritzi war so gewissenhaft bei der Sache, dass Santa fürchtete, sie müssten gleich noch mal von vorn anfangen. Weil Mrs Schmidt ihr schließlich Bett, Decken und Kopfkissen geliehen hatte, hätte sie sich dem schwerlich verweigern können. Doch ihrer Ansicht nach war Fritzi schrecklich penibel. Als sie fertig waren, gingen sie hinaus, wo Peter und Hans auf den Stufen saßen.

Peter sah zu Santa hoch. »Ich habe ihn über die Seelöwen ausgefragt. Die, mit denen sie arbeiten, kommen aus Kalifornien. Mr und Mrs Schmidt haben sie gekauft, als sie noch klein waren.«

»So ist es.« Fritzi setzte sich auf die oberste Stufe und klopfte neben sich, damit Santa sich dort hinsetzte. »Mein Großvater macht keine Seelöwennummer. Er hat Raubtiere.«

Hans nickte. »Er hatte die besten Raubtiere in ganz Deutschland.«

Peter streckte die Beine aus. »Und warum hat euer Vater keine?«

Hans schaute zu Fritzi auf. Beide zuckten die Schultern.

»Mein Vater hat mit Bären gearbeitet«, erklärte Hans, »und in Hamburg hat er meine Mutter kennengelernt.«

Fritzi gab Santa einen Klaps aufs Knie, damit sie ihr auch wirklich zuhörte. »Sie hat zwei Seelöwen. Sehr gute Tiere.«

Hans nickte Peter zu. »Versteht ihr?«

»Nein.« Peter schüttelte den Kopf. »Warum hat euer Vater nicht mit seinen Bären weitergemacht?«

Hans sah Fritzi an. Sie nickte und fuhr mit der Geschichte fort, wobei sie langsam sprach, als hätte sie es mit minderbegabten Wesen zu tun. »Die Bären haben unserem Großvater gehört.«

Peter drehte sich um. »Ich hab's. Die Seelöwen gehörten eurer Mutter.«

Fritzi und Hans sahen zufrieden aus. »So ist es«, stimmte Hans gemessen zu.

Santa stützte sich auf die Ellbogen. »Aber woher wusste euer Vater, wie man Seelöwen dressiert? Sie sind doch ganz anders als Bären.«

»Nein.« Hans machte ein sehr ernstes Gesicht. Offenbar war für ihn und Fritzi Tierdressur kein Thema, das man nebenbei abhandelte. Man diskutierte es ordentlich oder gar nicht. »Alle Tiere sind wie kleine Kinder. Zuerst müssen sie sprechen lernen.«

Santa setzte sich auf. »Welche Sprache sprechen Seelöwen?«

»Mit uns«, erklärte Hans, »sprechen sie deutsch. Mit euch würden sie englisch sprechen.«

»Aber sie sprechen doch keine Sprache«, entgegnete Peter. »Tiere können das nicht.«

»Alle Tiere lernen sprechen.« Fritzis Ton ließ erkennen, dass sie über so viel Unwissenheit nur staunen konnte. »Wie sollen sie sonst gehorchen? Zuerst gibt man ihnen einen Namen. Von Tag zu Tag hört das Tier besser, wenn man es ruft.«

»Dann«, fuhr Hans fort, »bringt man ihm sein erstes Kunststück bei. Sprecht ihr Deutsch?« Santa und Peter schüttelten den Kopf. »Also, unser bester Seelöwe heißt Helmut. Mein Vater sagt auf Deutsch: ›Helmut, komm.‹ Es dauert zwei, vielleicht drei Tage, dann kommt er auch.«

Fritzi unterbrach ihn. »Dann gibt man ihm einen Fisch.«

Hans erklärte weiter. »Helmut geht zurück ins Becken. Er überlegt, warum er wohl einen Fisch bekommen hat. Am nächsten Tag sagt mein Vater wieder: ›Komm‹, und Helmut erinnert sich. Er kommt, er kriegt seinen Fisch, und er hat seine erste Lektion gelernt.«

Peter und Santa hatten so aufmerksam zugehört, dass sie gar nicht bemerkt hatten, was beim Zelt vorging. Jetzt hörten sie plötzlich Orchestermusik. Sie schauten auf und sahen, dass die Musiker vor dem großen Zelt spielten. Alle trugen grüne Uniformen mit einem weißen Stern auf der Jacke und einem weißen Band an der Mütze. Der Dirigent hatte eine grüne Jacke an und eine weiße Hose mit grünem Streifen.

»Was macht das Orchester da?«, fragte Santa.

Hans und Fritzi verstanden nicht, warum sie fragte. Sie konnten ja nicht ahnen, dass es Kinder auf der Welt gab, die nicht wussten, dass jeder Zirkus sein eigenes Orchester hat.

»Die Musiker locken die Leute herein«, sagte Fritzi schließlich.

Jetzt sahen Peter und Santa einander verständnislos an. Ben hatte davon gesprochen, dass die Leute wegen einer bestimmten Attraktion zur Vorstellung kamen. Vielleicht war das auch eine davon? Gehörte das Orchester Mr Cob? War es einer von diesen Publikumsmagneten?

»Ist es Mr Cobs Orchester?«, fragte Santa vorsichtig Fritzi, die nickte. »Und spielt es, damit die Leute wissen, dass gleich die Vorstellung anfängt, und Karten kaufen?«

»So ist es«, sagte Hans.

Santa warf Peter einen zufriedenen Blick zu. Offenbar hatten sie das verstanden.

Alexis kam aus dem Wohnwagen der Petoffs. Er winkte Peter und Santa. Sie standen auf.

»Morgen«, sagte Fritzi, »holen wir euch ab und nehmen euch mit zur Schule.«

Der erste Zirkusbesuch ist für jeden ein Ereignis. Und Peter und Santa, die elf und zwölfeinhalb Jahre alt geworden waren, ohne auch nur ein einziges Mal ins Kino zu gehen, kam es vor, als wären sie für mehr als zwei Stunden in eine Märchenwelt versetzt worden. Trotz allem, was Ben, Hans und Fritzi ihnen erzählt hatten, hätten sie nie gedacht, dass Tiere so klug sein konnten. Sie wussten zwar, dass es eine Nummer mit den Pferden geben würde. Und sie hatten erwartet, dass die Hunde Pfötchen geben würden. Aber sie wussten nicht, worauf sie sich bei den Elefanten einstellen sollten. Und sie hatten keine Ahnung, wie Seelöwen aussahen, und noch nicht einmal im Traum hätten sie ihnen so viel Intelligenz zugetraut.

Mr Cob stand am Eingang zum großen Zelt. Er trug eine rote Jacke und einen Zylinderhut, und in der Hand hielt er eine lange Peitsche.

»Mr Cob«, sagte Alexis, »das sind Peter und Santa, Gus' Neffe und Nichte.«

Mr Cob schüttelte beiden die Hand. Er war ein großer Mann mit grau meliertem Haar, sein Mund sah aus, als hätte er schon viele Befehle gegeben, und seine Augen musterten ihr Gegenüber mit einem schnellen, blitzenden Blick.

»Ich habe gehört, ihr wart noch nie in einer Zirkusvorstellung.«

»Nein, Herr Direktor«, sagte Peter.

»Nun« – Mr Cob schaute in die Runde –, »drüben ist noch eine Loge frei.« Er wandte sich an Alexis. »Sag dem Mädchen, es soll euch dort reinlassen.« Er nickte den Kindern zu. »Weil es doch euer erster Zirkusbesuch ist. Wenn ihr das nächste Mal in die Vorstellung wollt, sagt ihr mir Bescheid, dann könnt ihr euch einfach irgendwo in die hinteren Reihen setzen.«

Peter hatte noch etwas Geld übrig und wollte ein Programm. Doch das Mädchen, das sie in die Loge ließ, schien es ihnen nur ungern zu verkaufen. »Alexis kann euch sagen, was gezeigt wird«, protestierte sie. »Das ist doch rausgeschmissenes Geld.«

Alexis stimmte ihr zu. »Das ist wirklich überflüssig. Ich erkläre euch alle Nummern.«

Doch Peter und Santa blieben dabei. Das war ihre erste Zirkusvorstellung und sie wollten genau wissen, was geschah.

Also zahlten sie drei Pence und steckten über dem Programm die Köpfe zusammen. Es gab achtzehn Nummern.

1. Der Kurier aus Moskau
2. Die zwei Frasconis mit ihrer atemberaubenden Trampolinnummer
3. Maxim Petoffs Ponys
4. Lucille und ihre Königspudel
5. Die Arizonas mit ihren sensationellen Reitkünsten
6. Peekaboo, das komödiantische Pferd
7. Maxim Petoffs Pferdeballett
8. Die Elgins, eine Sensation der Akrobatik
9. Mademoiselle Paula Petoff, die anmutigste Reiterin Europas. Ohne Sattel!
10. Satans Löwen
11. Verfolger und Verfolgter, einmalige Clownerien
12. Schmidts Seelöwen
13. Die Kenets zeigen die Hohe Schule der Pferdedressur
14. Die Martinis mit ihrer weltberühmten Risley-Nummer
15. Die Clowns oder: Wasser ist nicht nur zum Waschen da
16. Kundras Elefanten
17. Die tanzenden Schmetterlinge, sechzehn junge Damen in einer noch nie da gewesenen Tanz- und Akrobatik-Darbietung
18. Die Wirbelwinde mit ihrer umwerfenden Trapezvorstellung

Während sie das Programm lasen, kam das Orchester von draußen herein und die Musiker nahmen auf einem Balkon über dem Artisteneingang Platz. Alexis deutete hinauf.

»Achtet auf den Dirigenten. Wenn er seinen Stab hebt, fängt die Vorstellung an.«

Peter schaute wieder ins Programm. »Das Erste heißt ›Der Kurier aus Moskau‹.«

Alexis machte eine Handbewegung, als wollte er alle Wörter aus dem Programm wischen. »Das ist bestimmt Paula, meine Schwester. Aber vielleicht fängt es heute auch mit etwas anderem an.«

Peter wollte das glauben, was in seinem Programm stand. Schnell und heftig entgegnete er: »Es steht aber da. Ich denke nicht, dass sie etwas Falsches ins Programm schreiben.«

Alexis sah gekränkt aus. »Nun geh doch nicht gleich in die Luft. Im Zirkusprogramm steht vielleicht, was du sehen wirst, aber nicht, wann.«

Peter ärgerte sich noch immer. »Dann sollten sie nicht drei Pence dafür verlangen.«

Alexis wandte sich an Santa: »Im Zirkus gibt es jeden Tag zwei Vorstellungen. Oft verändert sich die Reihenfolge: Die Nummer, für die am meisten aufgebaut werden muss, wird am Ende der ersten Vorstellung gezeigt. Dann ist für die nächste Vorstellung alles vorbereitet.«

Santa stieß Peter in die Seite. »Verstehst du jetzt? Es steht alles da. Aber es kommt nicht in dieser Reihenfolge.«

Alexis zeigte auf eine Anzeigetafel über dem Orchester und eine andere über dem Eingang. »Dort stehen die Nummern.«

»Das ist aber ein albernes System!«, sagte Peter.

Santa versetzte ihm einen leichten Tritt. »Sei still. Was ist denn los mit dir?«

Peter trat zurück. »Wer hat gestern auf der Straße geheult?«

Wenn sie einmal angefangen hatten zu streiten, konnte es eine Ewigkeit dauern, aber in diesem Moment hob der Dirigent seinen Stab. Alexis lehnte sich in seinem Sitz zurück. »Es geht los.«

Sofort hatten Peter und Santa ihre Auseinandersetzung vergessen. Das Orchester spielte. Scheinwerfer leuchteten auf das Sägemehl in der Manege. Die Manegenhelfer öffneten das Gitter zum Artisteneingang, der auch Sattelgang genannt wurde. Ein aufregender Geruch nach Tieren, Erde und Sägemehl erfüllte das große Zelt. Mr Cob nahm seinen Platz neben dem Artisteneingang ein, während zwei Manegenhelfer die Zeltklappen hochhielten. Das ganze Zelt erstrahlte in bunten, lebhaften Farben. Die Vorstellung hatte begonnen.

Alle Mitwirkenden zogen in einer Parade vorbei. Weder Peter noch Santa bekamen viele Einzelheiten davon mit. Es gab so viel zu sehen, so viel Neues. Da gab es Clowns in allen nur vorstellbaren Kostümen. Gus stolzierte im Matrosenkostüm auf riesigen Stelzen vorbei. Dann kamen die Pferde, prächtig herausgeputzt. Die Ponys zogen eine kleine Kutsche, in der ein als Schmetterling verkleidetes Mädchen stand. Die vier Königspudel waren vor einen winzigen, farbenfroh bemalten Wagen gespannt. Besonders eindrucksvoll wirkten die sechs Elefanten mit ihren goldenen Decken auf dem Rücken. Sie hielten jeweils den Vordermann am Schwanz. Auf dem ersten Elefanten saß ein ganz in Gold gekleideter Mann, selbst sein Turban war golden. Das war bestimmt Kundra. Darauf folgten noch mehr Artisten in fantastischen Kostümen, aus Samt, mit Flitter besetzt oder durchsichtig, alles mit Sinn fürs Fröhliche ausgesucht. Eine bunte und prachtvolle Prozession. Es war wie in einem Traum. Danach fanden Peter und Santa es beinahe seltsam, dass die Manege noch mit Sägemehl bestreut war. Es hätte sie nicht überrascht, wenn der Boden jetzt aus Gold gewesen wäre.

Doch zum Träumen blieb nicht viel Zeit, denn in der nächsten Sekunde blitzte eine Eins auf der Anzeigetafel auf.

»Jetzt kommt Paula«, flüsterte Alexis.

Paula hatte rote Haare wie ihr Bruder. Sie trug eine jadegrüne Samttunika und eine Mütze aus dem gleichen Material, auf der eine Straußenfeder wippte. Sie stand auf den Rücken von zwei Grauschimmeln, mit einem Fuß auf jedem. So ritt sie im Kreis durch die Manege. Als sie am Sattelgang vorbeikam, trabte ein drittes Pferd herein. Es lief unter ihren gespreizten Beinen hindurch, dabei fasste sie ihn an einem Seidenzügel und ließ ihn die Gruppe anführen. Die drei Pferde liefen im Kreis, bis sie wieder am Sattelgang waren, da lief ein vierter Schimmel herein und unter ihren Beinen hindurch, wurde eingefangen und an die Spitze dirigiert.

Santa bekam Angst. »Ach du Schreck, sie fällt bestimmt runter!«

Alexis lachte. »Nein. Sie reitet so, seit sie klein ist.«

»Wie viele Pferde sind es nachher?«, fragte Peter.

»Sieben hat sie am Zügel vor sich«, erklärte Alexis, »und auf zwei steht sie. Das macht neun.«

Die Kinder fingen an zu zählen. Fünf. Sechs. Beim siebten fürchteten sie, Paula würde den Seidenzügel verfehlen. Aber nein, schon hatte sie ihn und leitete ihre Pferde unter donnerndem Applaus hinaus. Sofort war sie zurück und verbeugte sich lächelnd in der Manege.

Lautes Gelächter erklang und plötzlich war alles voller Clowns. Peter griff nach dem Programm. »Was ist das? Oben steht keine Nummer.«

»Nein. Es sind die Clowns. Eine Reprise.«

»Eine was?«, fragte Santa.

Alexis verzog das Gesicht, aber er versuchte trotzdem, es ihr zu erklären. »Immer wenn die Clowns zwischen zwei Nummern auftreten, um die Pause zu füllen, heißt es Reprise. Sie machen die vorige Nummer nach oder die, die dann kommt, aber sie machen es lustiger.«

»Das kann nicht stimmen«, sagte Peter. »Die Clowns kommen erst als elf und fünfzehn. Das steht im Programm.«

»Dann sind das keine Reprisen«, erklärte Alexis geduldig. »Das ist dann ihr eigener Auftritt. Achtung, jetzt kommen die Frasconis.«

Und wirklich: Während die Clowns in der Manege und auf der Umrandung herumgesprungen waren, hatten die Manegenhelfer ein Trampolin aufgebaut. Ein älterer Mann, der auch wie ein Helfer gekleidet war, hatte alles überwacht. Jetzt stand er am Sattelgang neben Mr Cob.

»Wer ist das?«, flüsterte Santa Alexis zu.

»Das ist Mr Frasconi. Er ist ein sehr großer Artist auf dem Trampolin. Das sind seine beiden Söhne. Er hat sie unterrichtet und sich den ganzen Auftritt ausgedacht.«

Die zwei Frasconi-Söhne trugen eng anliegende dunkelrote Hosen und samtene Oberteile mit Leopardenmuster. Was sie auf dem Trampolin vorführten, war atemberaubend. Auch wenn das Trampolin für manchen Zuschauer aussah wie eine Matratze, die etwas erhöht lag – für die beiden Brüder war es alles andere. Der kleinere federte auf und ab, schoss plötzlich hoch, als würde er bis in die Kuppel hinaufschießen, und kam in erstaunlichen Drehungen und Saltos wieder herunter. Und wie verdreht er auch herunterkam, sein größerer Bruder, der Träger, fing ihn immer sicher auf.

»Ich kann kaum glauben, dass sie richtige Menschen sind.« Santa seufzte, als sie schließlich mit ihren Sprüngen aufhörten und sich vor dem Publikum verbeugten.

Nach einer weiteren Reprise der Clowns trabten die Ponys herein. Alexis beugte sich vor und beobachtete sie aufmerksam.

»Ich glaube«, sagte er besorgt, »Prissy ist nicht ganz gesund.«

Peter und Santa wechselten einen Blick. Für sie sahen die zehn Ponys alle gleich aus. Sie dachten, Alexis wollte nur angeben. Maxim Petoff sah eindrucksvoll aus in der Manege. Er trug Reitkleidung und hatte eine Peitsche in der Hand, die er jedoch nicht benutzte. Seine Befehle waren nur gemurmelt, und trotzdem gehorchten ihm die Ponys. Sie hatten schwierige Aufgaben. Sie mussten sich in Gruppen aufteilen und in entgegengesetzten Richtungen im Kreis traben. Sie mussten, die Vorderbeine auf der Umrandung, einmal um die Manege herumgehen. Sie mussten einen Moment lang auf den Hinterbeinen stehen wie die Hunde, die Pfötchen geben. Als die

Vorführung vorbei war, gab Maxim am Ausgang jedem von ihnen eine Belohnung aus seiner Tasche.

Lucilles Königspudel waren tatsächlich unheimlich klug. Drei von ihnen führten ausgesprochen schwierige Kunststücke vor. Die vierte Hundedame – sie hatte viel Sinn für Humor – war der Clown. Sie versuchte zu tun, was die anderen machten, doch immer scheiterte sie knapp. Das Publikum brüllte vor Lachen.

Peter stieß Santa an. »Weißt du noch, wie Ben sagte, sie seien fast zu klug? Das finde ich auch. Die Hündin, die immer alles falsch macht – sie weiß genau, dass sie uns zum Lachen bringt.«

Santa nickte, dann packte sie ihn am Arm. »Schau. Sie hat diesen kleinen Rosenreif, den wir heute Nachmittag gesehen haben. Die Frau, die ihn gemacht hat, das war bestimmt Lucille. Sie hat Französisch gesprochen.«

Peter legte den Kopf schief und betrachtete Lucille. »Aber diese Frau hat blonde Haare.«

Santa sagte nichts. Sie wünschte, sie würde so gut beobachten wie Peter. Die Haarfarbe hatte sie ganz vergessen. Aber natürlich, jetzt erinnerte sie sich, das Haar war schwarz gewesen, und sie hatte einen Pony.

Der Rosenreif war für die Clownhündin. Sie stand ein Stückchen entfernt von Lucille und schaute sie über die Schulter hinweg an, mit heraushängender Zunge. Sie sah wirklich frech aus.

Das Orchester, das einen Marsch gespielt hatte, wechselte plötzlich zu einem Walzer. Die Hündin streckte den Schwanz in die Höhe. Lucille warf ihr den Rosenreif zu, und sie fing ihn mit dem Schwanz auf. Nach einer kurzen Pause begann der Ring sich zu drehen. Die Hündin schwang ihn im perfekten Dreivierteltakt.

Sie wusste genau, dass sie klug war. Kaum hatte sie die Nummer beendet, fing sie an sich aufzuspielen. Sie war wie ein kleines Kind, das bei zu viel Lob durchdreht. Sie rannte im Kreis in der Manege herum, während Lucille versuchte, sie einzufangen. Sie zerkaute einen Ball. Sie ging ohne Anweisung auf den Hinterbeinen. Und schließlich, als Lucille alle Hunde weggeschickt hatte und sich in der Manege verbeugte, sauste sie zurück und verneigte sich ebenfalls. Lucille war ziemlich dick, mit üppigem Vorbau und Hinterteil. Das hatte die Pudeldame offenbar bemerkt, ebenso, dass die Verbeugungen dadurch etwas schwerfällig ausfielen. Kaum zu glauben, dass ein Hund die Verneigung einer dicken Frau imitieren kann, doch diese Hündin schaffte es. Die Leute lachten Tränen.

Während der Reprise wurde die Nummer acht angezeigt. Alexis grinste. »Das werden die Elgins sein. Ihre Nummer ist sehr, sehr schön. Bodenakrobatik.« Er bemerkte, wie ratlos die beiden aussahen, und fügte hinzu: »Die Fuße bleiben auf dem Boden.«

Santa beobachtete mit einem Auge den Einzug der Artisten und mit dem anderen einen Clown, aus dessen Hut Wasser spritzte, doch es störte sie, dass Alexis so viele Fehler machte. »Füße«, sagte sie. »Es heißt ›Füße‹, nicht ›Fuße‹.«

»Ach ja, stimmt.« Aber Alexis hörte nicht richtig zu. Er ließ den Artisteneingang nicht aus den Augen.

Die Nummer der Elgins war wirklich wunderbar. Die Trikots der drei Männer und zwei Mädchen waren sehr knapp und aus rotem Samt. Mit ihrem Auftritt stellten sie lebende Bilder dar. Dafür schleuderten die Männer einander die Mädchen zu, als würden sie Holzkeulen durch die Luft werfen, so lässig waren ihre Bewegungen. Und die beiden Mädchen wirkten, als wären sie unverwundbar, so unbesorgt schossen sie durch die Luft. Peter und Santa fanden das alles sehr hübsch, doch sie mochten die Nummer nicht so sehr wie die anderen. Alexis dagegen war blass vor Vergnügen, als die Elgins fertig waren.

»Das sind große Künstler«, sagte er.

Peter beobachtete zwei Clowns, die Bälle ins Publikum warfen. Er hoffte, sie würden nicht in ihre Loge zielen. Es wäre grässlich, wenn alle sie anstarrten, doch es war sehr wahrscheinlich, dass die beiden sie ins Visier nahmen, weil Alexis bei ihnen saß. Alle Zirkusleute mussten ihn kennen.

»Ich finde«, entgegnete er, »dass Paula viel besser ist. Ich wette, keiner von ihnen könnte neun Pferde zugleich reiten.«

Alexis betrachtete ihn mitleidig. »Du weißt nicht, was du da redest.«

Santa seufzte. Peters Streitlust war ermüdend, doch Alexis' Erwiderung hätte jeden geärgert. Sie erwartete, dass Peter widersprach, und das wollte er auch, doch in diesem Moment traf ihn ein Ball des Clowns am Kopf. Die Bälle hatte Peter ganz vergessen. In seinen Gedanken wirbelten verschiedenste Entgegnungen für Alexis durcheinander. Statt eine auszusprechen, wurde er seinen Ärger los, indem er den Ball mit aller Kraft zurückwarf. Der Ball verfehlte den Clown und sprang in der Mitte der Manege auf. In diesem Moment erschien die Fünf auf der Anzeigetafel.

»Ein guter Schlag«, sagte Alexis sorgfältig, er hatte nach Worten gesucht.

Peter zog Santa am Ärmel. »Das sind die Arizonas.«

Da sie am Nachmittag die Pferde mit dem Talkum auf dem Rücken gefüttert hatten, fühlten sie sich jetzt den Arizonas irgendwie verbunden, vermutlich auch weil sie zum ersten Mal ein bisschen wussten in einer Welt, in der jeder andere sich auskannte. Wenn jemand in ihrer Nähe die Nummer kritisiert hätte, wären sie wütend geworden. Doch an Kritik dachte niemand. Alle Kenets waren wunderbare Reiter. Die Brüder und Paula waren gekleidet wie Cowboys. Ein Kenet schwang ein Lasso, mit dem er nicht nur die Pferde, sondern auch seine Brüder einfing. Die Nummer lief mit rasender Geschwindigkeit ab und wurde von den Rufen der Reiter in der Manege begleitet. Sie sprangen vom Boden auf die Pferde und auf die Schultern der andern. Sie schlugen Saltos und landeten im Stand auf den Pferderücken. Sie bildeten Pyramiden. Sie sprangen von einem Pferd zum andern. Sie ritten alle zugleich auf einem Pferd. Es war unheimlich aufregend, ihnen zuzuschauen. Peter und Santa waren ganz erschöpft, als die Pferde hinausliefen, während Paula und die Kenets sich in der Manege verbeugten.

Doch es blieb kaum Zeit zu verschnaufen, denn die Clowns stolperten wieder in die Manege. Gus war bereits in verschiedenen Kostümen in verschiedenen Sketchen aufgetreten, doch diesmal hatte er ein Lasso dabei, wie der eine Reiter gerade. Er ging genauso geschickt damit um wie der andere, nur dass er dabei lustig war. Er warf es den anderen Clowns um den Körper und verhedderte sich dann selbst im Lasso. Er benutzte es als Springseil. Das machte er gekonnt, doch immer wenn er sicher durch das Seil gekommen war, strahlte er so in die Runde, dass man annahm, er habe es nur durch einen glücklichen Zufall geschafft, und man konnte das Lachen nicht unterdrücken. Schließlich fing er drei Clowns auf einmal ein, dann verstrickte sich sein Fuß im Seilende und er wurde auf dem Rücken aus der Manege gezogen.

Alexis freute sich, dass Peter und Santa ihren Onkel so komisch fanden. »Er ist ein sehr guter Künstler«, sagte er bewundernd.

Als Nächstes kam Nummer siebzehn, eine anmutige Tanzaufführung. Die Mädchen trugen blaue Kleider, und an ihrem Rücken waren blaue Flügel befestigt. Sie drehten sich zum Walzer von der schönen blauen Donau. Dann legten sie plötzlich Kleider und Flügel ab, darunter trugen sie knappe blaue Trikots und kurze Hosen. Sie warfen einander durch die Luft, genauso wie die Elgins es gemacht hatten.

Danach wurde Nummer sechs angezeigt. Die meisten Zuschauer hatten schon einmal ein komödiantisches Pferd gesehen und wussten, wie lustig das sein konnte. Für Peter und Santa war es natürlich etwas Neues. Sie mussten lachen, bis ihnen alles wehtat.

Gerade als Peekaboo aus dem Ring trottete, erschienen Gus und Ted Kenet. Sie trugen eng anliegende Kostüme und glitzernde kurze Hosen. Auf der Anzeigetafel erschien die Nummer achtzehn.

Überrascht fragte Peter Alexis: »Ist Gus einer von den ›Wirbelwinden‹?«

Alexis blieb keine Zeit zu antworten, denn Santa zappelte aufgeregt auf ihrem Sitz herum und sagte: »Denk doch mal nach, heute Morgen haben wir ihnen dabei zugesehen, wie sie alles aufgebaut haben.«

Sie hatte Recht. Gus und Ted kletterten hinauf zu ihrem Trapez. Natürlich verstanden Santa und Peter gar nichts vom Trapezturnen, deshalb war ihnen nicht bewusst, dass diese Vorführung technisch brillant war. Santa bekam noch dazu eher wenig von allem mit, weil sie so sehr fürchtete, Gus könnte stürzen, dass sie die meiste Zeit über die Augen geschlossen hielt. Peter sah zu, aber er spürte, dass seine Handflächen nass wurden. Ted Kenet hatte gesagt, er brauche Schwefelbonbons und Sarsaparilla-Limonade, damit er kühles Blut behielt. Das schien Peter nun ein schwacher Schutz zu sein angesichts der beängstigenden Leichtigkeit, mit der die beiden sich am Trapez bewegten. Sie schienen zu vergessen, dass nichts zwischen ihnen und dem Boden war, sie schwangen hin und her und hielten einander zuerst am Knie und dann am Fußgelenk fest. An den Händen schienen sie sich so gut wie nie zu fassen.

»Ist er schon runtergefallen? Ist er schon runtergefallen?«, fragte Santa Alexis immer wieder.

Er verstand, wie ihr zu Mute war. »Nein, noch nicht. Ich werde es dir sagen.« Gerade als Santa das Gefühl hatte, es nicht länger auszuhalten, gab es tosenden Applaus. Alexis klatschte mit aller Kraft und flüsterte: »Zu Ende.«

Santa sah ihn aus dem Augenwinkel an. War es möglich, dass auch Alexis froh war, als die Trapeznummer vorbei war?

Danach gab es eine Pause. Dann Nummer sieben, Maxim Petoffs Pferdeballett.

Maxim ging mit seinen Ballettpferden um wie mit seinen Shetlandponys. Er flüsterte Befehle und die Pferde schienen ihn zu verstehen. Die Grauschimmel tanzten in Paaren auf ihren Hinterbeinen Walzer. Die Füchse zeigten einige komplizierte Figuren. Dann stiegen einige Pferde hoch und gingen aufrecht durch die Manege. Andere tanzten einen Twostepp. Es schien, als würden sie alles können. Sie wussten sogar, wie sie sich hintereinander aufstellen sollten, denn nach jeder Gruppendarbietung schob sich jedes Pferd an seinen Platz. Nach den Einzeldarbietungen bedankten sich die Pferde bei den Zuschauern für den Applaus, indem sie niederknieten. Das Publikum liebte sie. Und es liebte auch Maxim, der so kräftig aussah und offenbar ein so sanfter Tierlehrer war.

Dann kam Gus wieder an die Reihe. Diesmal ging es bei den Clowns darum, wer Bestimmer war. Er und einer von den Kenets zeigten eine lustige und zugleich beängstigende Nummer auf Leitern. Die beiden hatten Leimtöpfe und Plakate dabei, suchten einen Platz in der Manege, an den sie ihre Plakate kleben konnten, und der Spaß begann. Sie taten, als würden sie streiten. Sie kletterten die Leitern hinauf, schwankten hin und her und beschimpften sich dort oben weiter. Wie sie sich mit Leim bekleckerten! Peter und Santa lachten, bis ihnen die Tränen übers Gesicht liefen. Doch die ganze Zeit fragten sie sich, wie Gus das zweimal am Tag über sich bringen konnte, er war doch so ein sauberer Mensch!

Nummer neun. Santa fand, dies war die schönste Darbietung von allen. In einem rosafarbenen Ballettkleid erschien Paula auf einem der Suffolk Punches und sprang durch einen Papierreifen, den ihr Vater hielt. Sie sah reizend aus mit ihrem flammend roten Haar und den Rüschenröcken. Das Publikum schien sie anzubeten, alle klatschten, bis die Hände schmerzten.

Wenn sieben Seelöwen auftreten, wissen die meisten Leute ungefähr, was passiert. Peter und Santa hingegen hatten noch nie zuvor Seelöwen gesehen, geschweige denn welche bei einem Auftritt erlebt. Trotz allem, was sie von Hans und Fritzi sowie von Ben gehört hatten, waren sie auf diese brillante Darbietung überhaupt nicht vorbereitet. Seelöwen haben wirklich keine klugen Gesichter. Sie sehen nicht wie Artisten aus. Doch sie sind so gescheit! Schmidts Seelöwen zeigten alles, was zu einer guten Vorstellung dazugehört. Sie balancierten Bälle auf der Schnauze. Sie jonglierten. Sie kletterten auf eine Pyramide aus Holzwürfeln und balancierten auf einer Flosse. Sie spielten Instrumente. Dann waren sie begeistert von ihrer eigenen Geschicklichkeit und rollten beim ersten Zeichen von Applaus herum, schlugen die Flossen aneinander und forderten mehr. Sie waren so klug wie Lucilles Pudel. Nur waren die Pudel offensichtlich hervorragende Artisten, die sich ihrer Begabung bewusst waren, während die Seelöwen einer Bande frühreifer Kinder glichen. Sie ähnelten Gus mit dem Lasso, blitzgescheit, doch offensichtlich immer überrascht und voll kindlicher Freude, wenn sie etwas richtig machten.

Als Nächstes kamen die Martinis – Vater, Sohn und zwei

Töchter. Die Mädchen trugen Satinanzüge. Santa glaubte, sie seien jünger als sie. Doch Alexis versicherte ihr, dass sie erwachsen waren. Bevor sie auftraten, versuchte er zu erklären, was eine Risley-Nummer war. Der Erste, der auf die Idee kam, mit einem Jungen zu jonglieren wie mit einem Ball oder Stab, hieß Mr Risley, erzählte Alexis. Die Vorführung war sehr erfolgreich und seither war sie als Risley-Nummer bekannt.

»Aber hat sich der Junge dabei nicht verletzt?«, fragte Peter.

Alexis zuckte die Schultern. »Vielleicht. Aber jeder Clown, der als Risley-Junge anfängt, ist froh darüber. Das ist großartiges Training.«

Santa wollte gerade sagen, dass sie nie froh wäre, wenn sie sich wehtäte, wie großartig das Training auch sein mochte, da liefen die Martinis in die Manege.

Nach der Aufführung der Martinis kamen die Elefanten. Die sechs Tiere hielten ihren Vordermann am Schwanz, als sie in die Manege stapften. Auf ein Zeichen von Kundra wurden ein großer Tisch und vier Stühle hereingebracht. Vier Elefanten setzten sich an den Tisch, die beiden anderen spielten Kellner. Es war sehr lustig. Peter und Santa hatten in jeder Minute ihren Spaß daran, doch Peter war es zugleich ein bisschen unangenehm, dass er die Elefanten so lustig fand. Sie schienen wunderbare Geschöpfe zu sein, irgendwie zu majestätisch, um belacht zu werden.

Die nächste Nummer der Clowns war sehr nass. Es gibt wohl immer wieder Situationen, in denen man gern viele Eimer voll Wasser über jemand anderen ausgießen würde.

Fast genauso gut ist es, anderen dabei zuzusehen. Und dafür gab es keine bessere Gelegenheit als in Cobs Zirkus. Einziges Zugeständnis an die folgenden Nummern war eine wasserdichte Plane, die über den Manegeboden gebreitet wurde, bevor die Nummer begann. Danach gab es keine Rücksicht mehr. Obwohl die Clowns vollständig angezogen waren – das heißt, sie trugen Kleidung, wenn auch ungewöhnliche –, schütteten sie einander ganze Kübel voll Wasser in die Kragen, warfen eimerweise Wasser aufeinander, rutschten im Wasser, setzten oder legten sich hinein. Es war die reinste Planschorgie und das Publikum fand sie wunderbar.

Als schließlich Paula und die Kenets kamen, um die Hohe Schule der Pferdedressur vorzuführen, waren Peter und Santa ganz benommen. Ihr Tag war ungeheuer aufregend gewesen und von all dem wahnsinnigen Nervenkitzel, dem Applaudieren und Lachen waren sie müde geworden. Dass ein Pferd zu derartigen Kunststücken fähig war, war unglaublich, aber schließlich war alles hier unglaublich. Sie konnten schon beinah nicht mehr staunen.

Alexis wirkte ein bisschen enttäuscht. »Gefällt euch die Hohe Schule nicht? Das ist die meistbeste Kunst beim Reiten.«

»Es heißt nicht ›meistbeste‹«, tadelte Santa. »Und es hat uns gefallen.«

Peter nickte. »Ich glaube, es war das Beste von allem, aber wir haben so viel gesehen!«

Alexis war zufrieden. »Das ist so. Jetzt kommt noch Satan, und dann ist es vorbei.«

Während der Reprise wurde ein großer Eisenkäfig zusammengebaut. Von einer seiner Seiten führte ein Tunnel in den Sattelgang. Plötzlich streiften gelbe Geschöpfe hindurch. Satan, als Teufel kostümiert mit Dreizack und allem, kam von der anderen Seite. Die Türen schlossen sich mit einem Knall. Er war mit den Löwen allein.

Satan war ein hervorragender Raubtierdompteur; zugleich war er ein großer Unterhalter. Er wusste: Das Publikum wollte das Gefühl haben, er sei in Gefahr. Um diese Spannung zu erzielen, hatte er seinen Löwen beigebracht zu brüllen, nach ihm zu schlagen, wenn er vorbeiging, und den Eindruck zu erwecken, als würden sie beim geringsten Anlass losspringen. Raubtiernummern sind nie ganz ungefährlich, doch Satan liebte seine Löwen, er kannte sie, seit sie Junge waren. An manchen Abenden waren sie schwierig, schlecht gelaunt oder jähzornig. Heute aber nicht. Doch Peter und Santa wussten das nicht. Sie waren einfach entsetzt. Jede Sekunde rechneten sie damit, dass Satan gefressen wurde. Sie konnten nur die Finger in die Handflächen graben und wünschen, dass die Nummer nicht mehr so lange dauerte.

Und dann war die Zirkusvorstellung plötzlich zu Ende. Das Orchester spielte die Nationalhymne, »God Save the Queen«. Peter, Santa und Alexis gingen über das struppige Gras zu Gus' Wohnwagen.

»Gute Nacht«, sagte Alexis. »Schlaft gut.«

Gus hatte einen Zettel auf den Tisch gelegt: »Nehmt euch, was ihr zum Abendessen wollt, und geht schnell ins Bett.«

Santa blinzelte. »Ich glaube, ich will gar nichts essen. Du?«

Peter wollte eigentlich auch nichts, aber Santa sah aus, als täte ihr eine Mahlzeit gut. »Mach du dich schon mal fertig. Ich bringe Brot und Milch für uns beide.«

Santa verzehrte Brot und Milch im Bett. Peter saß mit seinem Teller am Fußende. Plötzlich schauten beide auf.

Peter öffnete die Tür. »Es ist das Orchester. Sie fangen wieder an.«

Sie hörten zu. Das Orchester spielte aus voller Kraft. Von der Menge, die auf Einlass wartete, drangen Stimmengewirr und Gelächter herüber. Ein Pferd wieherte. Jemand rief etwas auf Deutsch. Ein Löwe brüllte. Peter schloss die Tür. Er lächelte Santa zu, während er ihr den leeren Teller abnahm. Es war zu seltsam, um wahr zu sein. Waren sie wirklich ein Teil von alldem?

## 8

## *Schule*

Hans und Fritzi holten Peter und Santa ab. Der Morgen war kalt und feucht. Hans und Fritzi trugen Regenmäntel und Gummistiefel, um den Hals hatten sie lange Schals gewickelt. Hans hatte nichts auf dem Kopf, Fritzi aber eine komische kleine blaue Filzmütze mit einer Bommel obendrauf. Ihre Kleidung war nicht schick, aber sie schien zweckmäßig.

Fritzi runzelte die Stirn, als sie bemerkte, dass Santa das Gleiche trug wie bei ihrer Ankunft. »Sind eure anderen Sachen noch nicht angekommen?«

»Nein.« Santa schaute an sich hinunter. »Bei meinen ist auch ein Regenmantel dabei.«

Hans wies mit einer Kopfbewegung auf ihre Füße. »Habt ihr auch Gummistiefel?«

»So wie eure?« Peter schüttelte den Kopf. »Nein, so was tragen wir nie.«

Gus kam an die Wohnwagentür. Er trug einen Pullover und Hausschuhe, und er rauchte. Jetzt war Zeit zum Zeitunglesen und er hasste es, dabei gestört zu werden.

»Hammelkeule und Rum! Ihr Kinder macht ja ein Theater; bis ihr mal loskommt! Was ist denn?«

Fritzi deutete auf Santas Füße. »Mit diesen Schuhen will sie raus!«

Hans ergänzte: »Genau wie Peter. Die halten doch nichts ab.«

Gus betrachtete Peters und Santas Füße. »Zeigt mal eure Sohlen.« Peter und Santa hoben die Füße an. Gus nickte Fritzi und Hans zu. »Die taugen nichts. Ich spreche später mit eurer Mutter. Vielleicht geht sie mit den beiden einkaufen.«

Im Weggehen sagte Fritzi: »Das macht meine Mutter bestimmt.«

Hans winkte Peter und Santa. »Kommt. Wir holen Fifi ab.«

Fifi saß auf den Stufen des Wohnwagens der Moulins. Sie war klein und hatte eine bräunliche Hautfarbe. Ihre schwarzen, glatten Haare trug sie in einer Ponyfrisur. Auch sie war dem Wetter entsprechend angezogen, doch sie sah ganz anders aus. Eine blaue Baskenmütze war über dem rechten Auge in die Stirn gezogen. Sie hatte eine hübsche blaue Matrosenjacke an und ein dunkelblaues Regencape. Auch sie trug Gummistiefel, doch sie waren nicht so groß und plump wie die von Hans und Fritzi. Sobald sie die vier kommen sah, stand sie auf.

»Guten Morgen, Hans. Guten Morgen, Fritzi.« Sie ging die Stufen hinunter und streckte Santa höflich die Hand entgegen. »Guten Morgen.«

Santa wollte ihr gerade die Hand schütteln, als die schwarzhaarige Frau, die sie bei der Anfertigung des Rosenreifs gesehen hatten, aus der offenen Tür schaute. »Sind der kleine Neffe und die Nichte von Gus da?«

Fifi stellte Peter und Santa mit einer Handbewegung vor. »Ja, Maman.« Sie wandte sich Peter und Santa zu und deutete mit einer weiteren Geste auf ihre Mutter. »Das ist meine Mutter, Madame Moulin.«

Madame Moulin lächelte. »Fifi freut sich sehr, dass ihr gekommen seid. Jetzt seid ihr mehr Kinder zum Spielen.«

Santa war so verwirrt wegen der Haare, dass sie ganz ihre Manieren vergaß. »Aber im Zirkus, bei Ihrem Auftritt mit den Pudeln, da hatten Sie blonde Haare.«

Peter wurde rot. Er trat Santa ans Fußgelenk. »Sei still, du Dummchen.«

Aber Madame Moulin war kein bisschen wütend. Sie lachte. »Das ist nur eine Perücke. In der Manege wirken goldene Haare besser.«

Fifi griff nach Santas Hand. »Schnell, schnell, sonst kommen wir zu spät.«

»Aber was ist mit Olga und Sascha?«, fragte Santa. »Kommen sie nicht mit?«

Fifi zuckte vielsagend die Achseln und gab damit zu verstehen, dass weder sie noch sonst jemand sagen könne, was Olga und Sascha machten. Den unausgesprochenen Kommentar schien sie für ausreichend zu halten, denn sie sagte nichts.

Fritzi war offenbar an Fifis Art gewöhnt, sie antwortete, als hätte Fifi laut gesprochen. »So ist es. Sie haben überhaupt kein Zeitgefühl. Los jetzt. Sonst kommen wir zu spät.« Sie griff nach Peters Arm und zog ihn weiter.

Hans schloss zu ihnen auf. »Sie sind Russen. Russen sind nie pünktlich.«

Sie gingen an den Wohnwagen entlang und durch das Tor im Zaun, der das große Zelt umgab. Gerade als Hans das Tor schloss, hörten sie hinter sich jemand rufen. Olga und Sascha kamen angerannt. Sie warteten, bis die beiden keuchend vor ihnen standen.

»Guten Morgen, Olga. Guten Morgen, Sascha«, sagte Fifi.

Fritzi sah die beiden missbilligend an. »Immer kommt ihr zu spät!«

Olga hüpfte den Weg entlang. »Wir sind nicht zu spät, und wenn, dann weil Alexis und mein Vater einen schrecklichen Streit hatten und das Frühstück nicht gemacht wurde.«

Das interessierte Santa. »Macht nicht eure Mutter das Frühstück?«

Jetzt waren sie auf der gepflasterten Straße, die zwar nass, aber nicht schlammig war. Sascha schlug ein Rad.

»Natürlich. Aber nicht wenn Alexis und mein Vater sich streiten.«

Peter löste seinen Arm aus Fritzis Griff. Er hasste es, weitergezogen zu werden wie ein unartiges kleines Kind, das nach Hause laufen würde, wenn man es nicht an der Hand hielt. »Warum nicht?«, fragte er Sascha. »Hat sie sich auch mit ihnen gestritten?«

Olga lief auf den Händen voraus, machte einen Sprung und kam normal gehend zurück zu ihnen. »Wie soll sie kochen, wenn es einen Streit gibt?«

Fritzi machte einen Schmollmund. »Immer dieses Theater, Olga! Du solltest keinen Überschlag auf der Straße machen, wenn deine Unterhose nicht zu deinem Kleid passt.«

Olga schlug ein Rad. »Warum muss sie dazu passen?«

Fritzi warf Santa einen verzweifelten Blick zu, den Santa erwiderte. Sie wussten – auch wenn sie die Einzigen waren –, dass ein Mädchen besser die Füße auf dem Boden behält, wenn es beigefarbene Unterhosen zu einem marineblauen Rock trägt.

Fifi war jetzt neben Sascha. »Sag mal, Sascha, waren dein Vater und Alexis einer Meinung?«

Sascha und Olga hörten sofort auf herumzuwirbeln. Hans und Fritzi machten ernste Gesichter. Alle warteten auf Saschas Antwort.

»Nein. Mein Vater sagt, wir haben schon immer mit Pferden gearbeitet und Alexis muss das auch tun.«

»Aber da ist doch noch Paula«, sagte Fifi.

Olga legte ihr den Arm um die Schultern. »Aber sie ist ein Mädchen. Vielleicht heiratet sie irgendwann.«

»Bestimmt heiratet sie«, meinte Fifi. »Aber Sascha ist doch auch noch da.«

Alle sahen Sascha nachdenklich an.

Hans schüttelte den Kopf. »Mein Vater sagt, dass Mr Petoff Recht hat. Alexis ist der älteste Sohn. Er muss die Pferde übernehmen.«

Fifi hob die Hände und zog die Augenbrauen hoch. »Warum denn? Alexis ist ein Artist. Aber sein Talent gilt nicht den Pferden. Mein Papa sagt, es ist falsch, ihn zu etwas zu zwingen, das er nicht will.«

Sascha hüpfte auf einem Bein. »Aber ich habe Talent fürs Reiten. Ben sagt das und mein Vater auch. Ich bin acht. In sechs Jahren trete ich mit auf.«

Hans zog ein Gesicht. »Sechs Jahre! Für deinen Vater geht es um das, was jetzt passiert.«

»Und was will Alexis machen, wenn er nicht mit den Pferden arbeitet?«, fragte Santa.

Die anderen Kinder sahen überrascht aus. Offenbar waren Alexis und seine Zukunft ein so verbreitetes Gesprächsthema im Zirkus Cob, dass sie nicht annahmen, jemand wisse nicht Bescheid.

»Er will Akrobat werden«, erklärte Olga. »Wollte er schon immer.«

»Er ist sehr gut«, fügte Sascha hinzu.

Fifi nickte. Sie sprach mit Autorität. Offenbar wusste sie, wovon sie redete. »Ausgezeichnet ist er!«

Sie näherten sich der Schule. Sascha sagte leiser: »Er trainiert jeden Tag mit den Elgins.«

Olga hob den Finger. »Aber das ist ein Geheimnis. Mein Vater weiß es nicht. Und Gus darf es auch nicht erfahren, er könnte es unserem Vater sagen.«

»So«, schloss Hans. »Komm, Peter. Hier ist die Schule.«

Natürlich waren die Zirkuskinder für die anderen Schüler interessant. Als sie ankamen, herrschte ein aufgeregtes Durcheinander. Denn sie waren nicht nur Zirkuskinder, sondern auch Ausländer. Und dann hatten sie noch andere gute Seiten. Auf dem Schulhof führten sie die erstaunlichsten Dinge vor. Ihre Handstände, ihre Überschläge, die für sie das Alltäglichste auf der Welt waren, beeindruckten die Kinder in den Städten, in denen sie gastierten.

Falls die Lehrer ein flaues Gefühl bekamen, als plötzlich zwei russische, zwei deutsche Kinder und ein französisches

Mädchen ankamen, um für drei Tage am Unterricht teilzunehmen, dann ließen sie es sich nicht anmerken. Die Kinder hatten Karten dabei, auf denen ihr Kenntnisstand vermerkt war, und ein Blick darauf bewies, dass ihre Herkunft für sie kein Hindernis war. Sie waren den meisten ihrer englischen Altersgenossen voraus.

Peter und Santa hatten keine solchen Karten. Für den Anfang sollten sie in Klassen mit Kindern ihres Alters gehen. Peters erste Stunde war Mathematik, Santa hatte Geografie. Beide brauchten keine fünf Minuten, um zu merken, dass sie erschreckend weit hinterher waren. Es war ein entsetzlicher Schock, denn sie hatten als selbstverständlich angenommen, dass sie weitaus besser unterrichtet worden seien als gewöhnliche Schulkinder. Den ganzen Morgen sagten sie sich, wenn die Fächer wechselten: »Diesmal werde ich sicher glänzen.« Aber das geschah nicht. Schließlich war Mrs Ford keine Lehrerin gewesen, und dass ihr Mann unterrichtet hatte, hatte sie nicht zum Unterrichten befähigt. Noch vor der Mittagspause waren Peter und Santa zutiefst beschämt und kamen zu der übertriebenen Erkenntnis, dass sie überhaupt nichts wussten. Peter hatte wenigstens nur mit sich selbst zu tun, aber Santa war in derselben Klasse wie Fritzi und diese sah oft so aus, als staune sie über die Unfähigkeit von Menschen, die keine Deutschen waren.

Auf dem Schulhof warteten weitere Demütigungen auf sie. Die Jungen, die gesehen hatten, was Hans und Sascha konnten, nahmen an, dass jeder Junge vom Zirkus auf den Händen so glücklich war wie auf den Füßen. Sie glaubten nicht, dass Peter keinen Handstand fertigbrachte.

»Was kannst du denn dann?«, fragte einer von ihnen. Er ging in Peters Klasse, er wusste also schon, dass es vieles gab, was Peter nicht konnte.

Peter war verzweifelt. Schließlich war er als möglichst gute Kopie von Lord Bronedin erzogen worden. Bisher hatte er Lord Bronedin für einen Langweiler gehalten, aber jetzt, da Peter sich so wertlos vorkam, flüchtete er sich in Arroganz und sagte: »Ich gehöre nicht zum Zirkus. Zu Hause hatte ich einen Privatlehrer.«

Die anderen Jungen brachen in lautes Gelächter aus.

»Einen Privatlehrer!«

»Das muss ein toller Lehrer gewesen sein.«

»Was hat er dir beigebracht?«

»Latein.«

Eine kleine Pause entstand, dann bogen sich die Jungen vor Lachen.

»Er hatte einen Privatlehrer.«

»Und der hat ihm nichts als Latein beigebracht.«

Sie konnten sich kaum halten. Da sorgte Hans für eine Ablenkung. Er sprang in die Luft, packte seine Knöchel, drehte sich herum und landete sicher auf den Füßen. Die Jungen umringten ihn voller Bewunderung.

»Habt ihr das gesehen?«

»Mach's noch mal, Hans.«

Peter lehnte an der Mauer und haderte mit sich. Warum hatte er so eine alberne Antwort gegeben? Er hätte wissen müssen, dass sie lachen würden. Warum waren er und Santa so erzogen worden? Es war alles falsch gelaufen. Sie wussten nichts und niemand wollte mit ihnen befreundet sein. Und wie er da so an der Mauer stand, schwelgte er in einer Orgie von Selbstmitleid. Es läutete, der Unterricht ging weiter. Hans kam auf Peter zu. Er griff in die Tasche und holte ein Bonbon heraus.

»Für dich«, sagte er.

Peter wollte keine Süßigkeiten. Er wünschte sich jemand, der ihm gesagt hätte: »Kümmere dich nicht um sie. Die sind doch nur neidisch.« Er ging davon. »Nein, danke.«

Hans sah ihm erstaunt nach. Doch er beließ es bei einem philosophischen Achselzucken und aß das Bonbon selbst.

Santa erlebte ähnlich unschöne Dinge, wenn auch in abgeschwächter Form.

»Lauf auf den Händen, Santa«, sagte jemand, als sie aus dem Schulgebäude kam.

Santa schaute schüchtern auf. »Das kann ich nicht.«

Olga, Fifi und Fritzi nahmen sie in Schutz. »Sie kann das nicht«, erklärte Olga. »Die beiden sind bei einer Tante aufgewachsen, die ihnen nichts beigebracht hat.«

Fifi nahm ein Bein und hielt es sich über den Kopf. »Aber wirklich gar nichts. Ihr Onkel sagt, sie sind wie zwei neugeborene Babys.«

Fritzi nickte. »Meine Mutter sagt, jemanden in dermaßener Unwissenheit zu erziehen ist grausam.«

Santa stand daneben wie ein dummes Ding, während das alles vor sich ging. Sie hätte gern gesagt, dass sie wenigstens Französisch konnte. Aber wenn Fifi dabei war, ging das nicht. Fifi würde mit einem Satz beweisen, dass Santa nicht viel Französisch konnte. Also griff sie auf etwas zurück, mit dem sie nie hatte angeben wollen.

»Ich spiele Geige.«

Olga, Fifi und Fritzi staunten.

»Hast du deine Geige dabei?«

»Ein wunderbares Instrument!«

Fifi zuckte die Achseln und hob die Hände. Die Geste sagte deutlich: Wenn sie Geige spielen kann, was wollt ihr dann noch?

Danach gingen die Mädchen endlich weg. Fifi gab eine kleine akrobatische Vorstellung und die anderen sahen ihr beeindruckt zu.

Santa blieb allein zurück und schalt sich eine Idiotin. Was um alles in der Welt hatte sie dazu gebracht, die Geige zu erwähnen? Jetzt würden sie von ihr verlangen, dass sie ihnen etwas vorspielte. Nur zu gut konnte sie sich ihre Gesichter vorstellen, wenn sie anfing mit »O Traurigkeit, o Herzeleid! Ist das nicht zu beklagen?«. Dann, als es läutete, fiel ihr etwas ein, das sie aufmunterte. Sie hatte Mrs Ford nicht gebeten, ihr die Geige zu schicken. Also konnte sie auch nichts vorspielen.

»Heute geht's früh ins Bett«, sagte Gus. »Wir fangen morgen schon um sechs an.«

Santa saß auf den Wohnwagenstufen und machte ihre Mathematikaufgaben. »Dürfen wir beim Abbau zuschauen? Hans sagt, das ist noch spannender als der Aufbau.«

Gus nickte. »Stimmt. Aber ihr geht jetzt in die Schule, da könnt ihr nicht bis in die Puppen aufbleiben. Nächste Woche habt ihr frei, dann könnt ihr dabei zusehen.«

Peter saß über einen Atlas gebeugt. »Kann ich mir nicht vorstellen.«

Santa schaute kurz von ihren Aufgaben auf. Was war nur mit Peter los? Von Anfang an hatte er den Zirkus so aufregend gefunden wie sie. Aber seit der Schule gestern schmollte er. Natürlich war es ärgerlich, dass er in die tiefere Klasse gehen musste, mit Hans, der anderthalb Jahre jünger war und noch dazu viel klüger. Aber ihr ging es auch nicht besser. Sie war aus Fritzis Klasse in Fifis und Olgas geschickt worden, die erst zehn waren, und das war schließlich auch kein Spaß. Santa fand sogar, dass es für sie schlimmer war. Peter hatte es nicht mit jemandem zu tun, der vor allen Lehrern einen Knicks machte wie Fifi und deshalb die anderen ausstach, die nicht auf solche Ideen kamen. Und Peter hatte es nicht mit Olga zu tun, die nie aufzupassen schien, die Klasse zum Lachen brachte und trotzdem besser war.

Gus betrachtete Peter und seufzte. Was für ein schwieriger Junge! Was war nur mit ihm los? Zu Beginn hatte ihm der Zirkus anscheinend gefallen, doch seit gestern war er so brummig wie ein Bär. Verschnupft und schweigsam war er zum Mittagessen gekommen. Und zur Teezeit war es noch schlimmer gewesen. Gus hatte ihn und Santa mit Mrs Schmidt zum Einkaufen geschickt und gehofft, das würde Peter aufmuntern, aber nein, er kam mit der gleichen miesen Laune zurück und hatte um den Wohnwagen herumgelungert, bis es Zeit fürs Bett war. Heute das Gleiche. Was hatte ihm denn dermaßen die Laune verdorben? Gus versuchte gerecht zu sein, aber er vermutete, dass es an Peters Arroganz lag. Der Junge hielt sich für zu gut, um diese Schule zu besuchen. Wenn das stimmte, dann sollte er diese Einstellung so schnell wie möglich überwinden.

Gus stand auf. »So, ich muss jetzt mal rüber ins Garderobenzelt. Warum geht ihr beide nicht zu den Boxen und Käfigen? Ihr könnt zuschauen, wie die Tiere in die Manege gebracht werden. Aber kommt niemandem in die Quere.«

Santa stand auf, um Gus durchzulassen. Dann arbeitete sie weiter an ihren Matheaufgaben. Sie würde niemals allein zu den Tieren gehen, aber wenn sie Peter fragte, würde er bestimmt Nein sagen. Wenn sie ihn in Ruhe ließ, schlug er es vielleicht selbst vor.

Peter sah Santa aus den Augenwinkeln an. Er wusste, dass er sich abscheulich verhielt, obwohl er es eigentlich nicht wollte. Aber ihm war einfach elend zu Mute. Bei Tante Rebecca hatte er ganz selbstverständlich immer als der Klügere von ihnen beiden gegolten. Santa hatte ihn immer bewundert. Sie wusste, dass meistens er die besten Einfälle hatte, und sie hatte ihm gern die Planungen überlassen. Jetzt plötzlich war er ein Niemand. Jeder Zeltarbeiter verstand mehr vom Zirkus als er. All diese Deutschen, Russen und Franzosen waren besser in der Schule als er. Gus hielt ihn für einen hoffnungslosen Dummkopf, der noch nicht einmal Pullover und Gummistiefel kaufen konnte, so dass er in Begleitung von Mrs Schmidt gehen musste. Aber ihm war das egal. Sollten sie ihn doch alle für einen Dummkopf halten. Wahrscheinlich war er das sogar, warum sich also Gedanken machen?

Trotzdem tat es ihm leid, dass er so eklig zu Santa war. Sie konnte wirklich nichts dazu. Er besänftigte sein Gewissen, indem er sich sagte: Schließlich kann sie auch allein zu den Boxen gehen, oder etwa nicht? Doch sein Gewissen ließ sich nicht besänftigen. Er und Santa hatten immer alles gemeinsam gemacht. Es war unwahrscheinlich, dass sie jetzt allein gehen würde.

Santa kämpfte weiter mit den Zahlen. Sehnsüchtig schaute sie zum großen Zelt hinüber. Schon bildete sich eine Schlange an der Kasse. Es war Samstag. Einige Zuschauer der Matinee, die bereits vorüber war, schlenderten noch bei den Gehegen umher. Irgendwo spielte jemand ein paar Töne auf einem Blasinstrument. Offenbar sammelten sich die Musiker, gleich würde das Orchester herauskommen und vor dem Zelt spielen.

Olga und Sascha kamen zum Wohnwagen und lehnten sich an.

»Was machst du?«, fragte Olga, stützte sich an den Stufen ab und hob das rechte Bein zu einer Arabesque.

Santa war froh, sie zu sehen. Sie legte Heft und Stift weg. »Ich versuche diese Aufgaben zu lösen.«

Sascha machte einen Handstand an der Wand des Wohnwagens. »Wo ist Peter?«

Santa wies mit einer Kopfbewegung auf ihn.

Sascha, immer noch im Handstand, spreizte langsam die Beine. »Warum braucht ihr beide eigentlich so lange für eure Aufgaben? Du warst gestern Abend damit beschäftigt und heute Morgen auch.«

Santa fand die Frage gemein. Es war doch ganz klar, warum sie sich so schwertaten.

»Wir sind so weit zurück. Das weißt du doch.«

Langsam schloss Sascha die Beine wieder. »Ich verstehe es trotzdem nicht.« Mit einem Satz landete er auf den Füßen.

»Wie ich und Olga zuerst nach England kamen, konnten wir nicht gut Englisch.«

Olga fuhr mit ihrer Übung fort. »Das stimmt. Wir sprachen gar nicht gut. Wir gingen jeden Tag in die Schule und jeden Tag weinten wir, weil wir nicht verstanden, was die anderen sagten. Also fragte ich meinen Vater: ›Muss ich da hin?‹«

Sascha lief ein paar Schritte auf den Händen. »Weißt du, wir konnten Deutsch. Das ist die Sprache des Zirkus.«

Diese Behauptung weckte Peters britischen Patriotismus. Er kam an die Wohnwagentür. »Das stimmt überhaupt nicht. Die Sprache des Zirkus ist Englisch. Hier spricht jeder Englisch.«

Olga fasste ihr rechtes Bein am Knöchel und hielt es sich über den Kopf. »Weil wir in England sind. Aber unter den Artisten nicht.«

Sascha ließ sich hintenüberfallen, dann stand er wieder auf den Händen und machte ein paar Schritte. »Mr Cob spricht Deutsch mit den Artisten. Das machen alle Zirkusdirektoren.«

»Na, dann ist das einfach dumm von ihm.« Peter wandte sich erneut seinem Atlas zu. »Englisch ist viel besser.«

Olga schaute an dem über ihren Kopf gehobenen Bein vorbei zu Santa und verzog das Gesicht. »Er hat wohl so eine Stimmung. Mein Vater hat das auch oft.«

Santa war froh, dass sie es als Stimmung bezeichnete. Sie selbst hätte es Jähzorn genannt.

Sascha ließ sich wieder nach hinten überfallen. Als er sich einmal mehr mit den Füßen abgestoßen hatte und auf den

Händen stand, sagte er zu Santa: »Ich habe dir von uns und der Schule erzählt. Nie wollten wir gehen. Immer mussten wir.«

Er ließ sich in die Brücke fallen und Olga ergänzte: »Teils, weil es in England ein Gesetz dafür gibt, und teils, weil mein Vater wollte, dass wir Englisch lernen. Dann, eines Tages, konnten wir es. Es ging so.« Sie schnalzte mit den Fingern. »Von da an mochten wir die Schule. So wird es bei euch auch sein.«

»Aber Peter und ich sind Engländer. Das ist was anderes.«

Sascha ging ganze sechs Schritte auf den Händen, bevor er umfiel. »Es ist trotzdem das Gleiche. Fritzi sagt das und Fifi und Hans auch. Ihr habt anders gelernt. Eines Tages versteht ihr es.«

Santa hoffte sehr, dass die beiden Recht hatten, aber sie hegte düstere Zweifel. Schon an ihrem ersten Tag in der Schule hatte sie festgestellt, dass Mrs Fords Unterricht seltsame Lücken aufwies. Sie nahm Heft und Stift. »Ich hoffe wirklich, ihr behaltet Recht.«

Olga machte einen Sprung in die Luft und landete auf der untersten Treppenstufe. Sie gab Santa einen Klaps aufs Knie. »Nun mach nicht ein so trauriges Gesicht. Sieh mal, da kommt das Orchester. Komm, wir lutschen ein paar Zitronenschnitze.«

»Zitronen!« Santa zog die Augenbrauen hoch. »Wozu das denn?«

Sascha war begeistert. Er schlug dreimal schnell hintereinander ein Rad. »Au ja, Zitronen! Los.«

Santa schaute nach Peter. »Kommst du mit, Peter?«

Peter schüttelte den Kopf und starrte weiter in den Atlas.

Hilflos sah Santa die anderen an. »Ich kann nicht. Er will nicht mit.«

Olga und Sascha machten seltsame Geräusche. Sie griffen nach Santa und zogen sie von den Stufen.

»Wenn jemand eine Stimmung hat oder Launen«, sagte Olga streng, »selbst so schlechte Launen, dass man sagt, gleich erschießt er sich, dann lässt man ihn besser allein.«

»Aber«, keuchte Santa, die hinter ihnen zum Wohnwagen der Petoffs lief, »Peter hat nie davon gesprochen, sich zu erschießen. Das würde er nie machen.«

»Bei uns«, erklärte Sascha, »spricht man immer davon, sich zu erschießen.«

Das tat Santa leid. »Wie schrecklich. Und passiert das oft?«

»Nein.« Olga rannte die Stufen ihres Wohnwagens hinauf. »Nie. Aber die meisten fühlen sich besser, wenn sie es gesagt haben. So geht man mit Stimmungen oder Launen um.«

Olga, Sascha und Santa hatten je eine viertel Zitrone in der Hand, als sie hinüber zum großen Zelt gingen. Das Orchester hatte sich gerade davor aufgestellt und begann zu spielen.

»Versteck deine Zitrone in der Hand und lutsche sie nicht, bis wir es auch machen«, flüsterte Olga.

Santa tat wie geheißen, doch sie fragte sich, was die beiden vorhatten.

Olga, Sascha und Santa gingen schweigend zum Orchester. Sie stellten sich direkt hinter den Dirigenten. Dann schaute sich Olga um und nickte leicht. Gleichzeitig begannen sie und Sascha an ihren Zitronenstücken zu lutschen.

Santa machte das Gleiche, obwohl die Zitrone so sauer war, dass sich in ihrer Mundhöhle alles zusammenzog.

Die Wirkung auf das Orchester war verheerend. Zuerst gab ein Bläser auf, dann ein zweiter. Der Anblick dieser Zitronen machte ihnen den Mund so trocken, dass es unmöglich war zu blasen. Dann sahen der Trommler und der Mann am Becken, was geschah, und fingen an zu lachen. Die Musik wurde immer schwächer und hörte schließlich auf. Der Dirigent schaute sich um, sah die drei Kinder und machte eine Drohgebärde, woraufhin Olga und Sascha um das große Zelt herum auf die andere Seite liefen. Sie mussten so lachen, dass sie kaum laufen konnten. Santa rannte nach einem ängstlichen Blick auf den Dirigenten hinter ihnen her.

»Du meine Güte«, sagte sie. »Euretwegen konnte das Orchester nicht weiterspielen. Was wird jetzt passieren?«

»Nichts.« Sascha kicherte. Er schaute Olga an. »Hast du gesehen, wie der alte Ted versuchte, sein Horn zu blasen?«

Die Erinnerung daran schien für Olga dermaßen komisch zu sein, dass sie sich vor Lachen ins nasse Gras warf. Als sie sich beruhigt hatte, stand sie auf. »Was machen wir jetzt? Sollen wir jemandem das Bettzeug so falten, dass er sich nicht ausstrecken kann?«

Sascha war begeistert. »Komm, wir machen das mit Mutters Bett und legen ihr den Fisch hinein, den sie heute gekauft hat.«

»Den Fisch!« Vor Freude über diese großartige Idee klatschte Olga in die Hände. »Er ist kalt, die wird vielleicht schreien! Komm, Santa, du kannst uns helfen.«

Aber Santa hatte für einen Abend mehr als genug von den

Petoffs. Sie hielten das alles offenbar für sehr komisch, doch sie hatten auch keinen Onkel Gus, den sie nicht gut kannten und der es sich vielleicht anders überlegte und seine jungen Verwandten ins Waisenhaus schickte.

»Nein. Geht nur. Ich will lieber zu den Pferden.«

Bei den Käfigen sah es jetzt ganz anders aus. Von der schläfrigen Atmosphäre war nichts mehr zu spüren. Die Tiere hatten das Orchester gehört, und jedes von ihnen war erregt. Es war die gleiche Art Erregung, die man hinter den Kulissen im Theater spürt, wenn der Bühnen-Assistent sagt: »Eine halbe Stunde bis zum Auftritt.« Die Pferde trugen ihren Manegeputz und warfen den Kopf hin und her, als wollten sie sagen: »Mal sehen. Sitzt das auch gut? Ich kann nicht arbeiten, wenn es irgendwo pikst.«

Die Seelöwen waren in ihren Bassins, aber auch dort war viel los. Mr Schmidt legte Fische in ein Fass. Er lächelte Santa zu. »Meine Kinder rufen.« Er klopfte auf den Wagen. »Und sie sagen: ›Das Orchester spielt schon. Beeil dich.‹«

Die Pudel benahmen sich wie Ballerinen kurz vor dem Auftritt. Sie standen keine Sekunde still. Sie zappelten. Sie stellten sich auf die Hinterbeine. Sie schüttelten sich. Lucille in Zirkuskostüm und Perücke war bei ihnen. Sie streckte Santa die Hand entgegen.

»Guten Abend.« Stolz betrachtete sie ihre Hunde. »Das sind große Artisten, und so temperamentvoll.«

»Sie sind schrecklich klug«, sagte Santa.

Lucille nickte. »Aber schwierig! Du weißt doch, wie es ist mit Artisten. Sie sind alle große Kinder. Wenn auch nur eine Kleinigkeit nicht stimmt, können sie nicht ihr Bestes geben.

Deshalb komme ich möglichst früh vorbei, um nach meinen Hunden zu sehen. ›Wie geht es dir heute, Simone? Und dir, Violette? Ist alles in Ordnung, Marie?‹ Dann kommt Mis an die Reihe. Sie ist mein Clown. Ein richtiges kleines Genie. Und ich frage: ›Na, Mis, wie geht es dir?‹ Ich würde gern mehr zu ihr sagen. Am liebsten würde ich ihr auch noch einen Kuss geben, aber nein.« Leiser fuhr sie fort: »Artisten sind eifersüchtig. Das liegt in ihrer Natur. Wenn ich Mis küsse, muss ich sie alle küssen, sonst arbeiten sie nicht.«

»Soll das heißen, sie würden weder springen noch sonst was?«

Lucille hob beide Hände. »Ganz bestimmt nicht. Wenn ich sie streicheln würde und ihnen Zucker gäbe, würden sie vielleicht ein bisschen was tun. Aber dann wiederum wäre Mis verstimmt. Sie könnte nicht auftreten. Die Nummer wäre ruiniert.«

Santa betrachtete die Pudel voller Respekt. Offenbar hatten auch sie das, was die Petoffs Launen oder Stimmungen nannten. Natürlich konnten sie nicht sagen, sie würden sich erschießen, doch offenbar waren ihre Drohungen für Lucille genauso schlimm. Santa hätte gern noch weitergefragt, doch Mis zwickte Lucille leicht in den Fuß. Es war völlig klar, was sie damit sagen wollte. *Genug mit diesem Mädchen geredet, was ist mit mir?* Aus Sorge, Mis würde noch eifersüchtig werden, ging Santa davon.

Die Ponys waren aufgeregt. Die Pferdepfleger legten ihnen das Geschirr an, und noch bevor sie es spürten, gebärdeten sie sich wie wild. Sie stampften auf, sie tollten herum, sie warfen die Köpfe zurück. Die Pferdepfleger machten unaufhörlich besänftigende Geräusche, hin und wieder sagten sie auch etwas, »Ruhig jetzt, Diamant«, »Mach Platz, Lucy«, »Steh still, Nixie.«

Nur die Suffolk Punches wirkten gelassen. Außer dem Talkum, das ihnen ins Fell gerieben wurde, brauchten sie keine Kostümierung. Sie sahen aufmerksam aus. Auch sie hatten die Orchestermusik gehört, aber Aufgeregtheit war nicht ihre Sache. Sie glichen den Stammgästen in einer Wirtschaft auf dem Land in Zeiten des Aufruhrs – natürlich interessierte sie, was im Rest der Welt vorging, aber sie hatten nicht das Bedürfnis, viele Worte darüber zu verlieren.

Die Elefanten waren bereits kostümiert. Ihre Pfleger hatten ihnen die Samtdecken übergelegt. Sie schwankten immer noch von einer Seite zur anderen, doch mit einem Unterschied: Behutsam hoben sie ein Bein nach dem anderen. Sie schwangen ihre Rüssel, nicht um zu betteln, sondern zur Probe. Sie waren wie Schauspieler, die sich in ihre Rollen einfinden müssen, bevor ihr Stichwort zum Auftritt fällt.

Eine Stimme hinter ihr ließ Santa zusammenfahren. »Wo ist denn dein Bruder heute Abend?«

Santa strahlte Ben an. Sie lehnte sich an eine Zeltstange. »Er lernt Geografie. Wir gehen jetzt in die Schule und sind sehr schlecht im Unterricht.«

»Ich dachte mir, dass ihr in der Schule seid. Deshalb wart ihr wohl gestern auch nicht zu sehen.«

»Ja, das war zum Teil wegen der Schule. Aber vor allem, weil wir mit Mrs Schmidt Gummistiefel und Pullover kaufen mussten. Als wir zurückkamen, haben wir Hausaufgaben gemacht, weil wir so weit zurück sind, und wir mussten Bill schreiben, das ist ein Mann in London, der schrecklich nett zu uns war. Und dann war es Zeit zum Schlafengehen.«

Ben schob seinen Strohhalm in den anderen Mundwinkel. »Ich habe gestern fast den ganzen Tag verschlafen, weil ich den größten Teil der Nacht auf war. Eins meiner Ponys war krank.«

»Etwa Prissy?«

Ben nickte. »Ja. Sie hatte Fieber.«

»Ist es nicht schrecklich«, sagte Santa, »wenn man glaubt, jemand hätte gelogen, dabei stimmt das gar nicht? Am Donnerstag bei der Vorstellung hat Alexis gesagt, dass Prissy krank aussieht, und ich dachte, er würde nur angeben.«

Ben spuckte seinen Strohhalm aus. »Alexis gibt selten an. Wenn er sagt, ein Pferd ist krank, dann hat er fast immer Recht.«

»Warum arbeitet er denn nicht mit Pferden, wenn er so viel über sie weiß?«

Ben bückte sich nach einem neuen Strohhalm. »Über Pferde weiß man Bescheid, wenn man mit ihnen aufgewachsen ist. Ich habe im Tragkorb an einem Pony gesessen, als ich zwei war. Solche Körbe hast du wahrscheinlich noch nie gesehen. Man legt sie einem Pony über den Rücken. Das ist perfekt, um ein Baby zu transportieren. Mit vier konnte ich reiten. Mit fünf gab es kein Pferd, das ich nicht geritten hätte. Aber das bedeutet nicht automatisch, dass ich mit Pferden in der Manege auftreten wollte.«

»Kann Alexis nicht gut reiten?«

»Der Petoff ist noch nicht geboren, der nicht reiten kann. Aber du weißt doch, wie es ist, wenn der Vater irgendwas meisterhaft macht. Bist du nicht so gut wie er, entscheidest du dich am besten für etwas ganz anderes. Wenn ein Pferd sich nicht für die Hohe Schule dressieren lässt, heißt das nicht, dass es kein erstklassiges Zirkuspferd werden kann.«

»Alexis will also lieber so etwas machen wie die Elgins?«

Ben nickte.

»Das ist nicht so aufregend wie Reiten, oder?«

Ben kaute nachdenklich auf seinem Strohhalm herum. »Für mich bedeutet ein Zirkus Pferde. Mehr interessiert mich nicht. Aber andere mögen anderes. Mich fragt zwar keiner – aber wenn Alexis mein Junge wäre, würde ich ihm seinen Willen lassen. Wenn man ein Pferd am Maul reißt, bockt es nur.«

Santa wollte gerade fragen, was das mit Alexis zu tun hatte, da tippte ihr Gus auf die Schulter. Er war schon für die Parade kostümiert. Er trug seinen Matrosenanzug und hielt meterweise Stoff von seinen Hosenbeinen hoch, die über seine Stelzen fallen sollten. Ted Kenet hatte ein richtiges Clownskostüm an, einen Anzug aus Satin, der über und über mit Strass besetzt war. Dazu einen kleinen spitzen weißen Filzhut und weiße Socken in Lackschuhen. Sein Gesicht war kalkweiß geschminkt, mit scharlachroten und schwarzen Quadraten und Dreiecken.

»Nun? Wie steht's?«, fragte Gus. »Hab ich richtig gehört, dass du und die Petoff-Kinder vor dem Orchester Zitronen gelutscht habt?«

Santa wurde tiefrot. »Ja.«

Gus wandte sich an Ben. »Was machen wir jetzt mit ihr?«

Ben lachte. »Als ich das zum ersten Mal gemacht hab, hat mir der Direktor den Hintern versohlt.«

Gus lächelte. »Hier ist es genauso. Und er schlägt kräftig zu.«

Ted griff in die Tasche seines Anzugs und zog seine kleine Tüte mit Schwefelbonbons hervor. Er bot sie Santa an. »Nimm lieber eins. Es klingt, als müsstest du kühles Blut bewahren.«

Santa schaute zu Gus hoch. Würde er sie wirklich schlagen? Vielleicht schlug man Kinder im Zirkus.

Gus lachte und zog sie im Spaß an den Haaren. »Jetzt haben wir sie aber erschreckt.« Bewundernd betrachtete er die Strähne in seiner Hand. »Was für schöne Haare, nicht wahr?«, sagte er zu Ted.

»Da fällt mir ein ...« Santa fasste ihn am Ärmel. »Könnte ich sie mir abschneiden lassen?«

»Abschneiden!«, sagten die drei Männer wie aus einem Mund. Gus starrte sie an. »Matjes und Pellkartoffeln, Mädchen! Warum willst du dir die Haare schneiden?«

»Ach, sie nerven. Sie lassen sich so schwer kämmen. Ich brauche Stunden dazu.«

Gus schaute sie erschrocken an. »So was hab ich ja noch nie gehört. Die Haare bleiben lang! Eines Tages wirst du froh darum sein.«

»Das Haar ist die Zierde der Frau«, sagte Ted.

Santa wollte nicht unhöflich sein, immerhin hatte sie ein dickes Schwefelbonbon von ihm im Mund, aber sie fand es ein bisschen gemein, dass er ihr in den Rücken fiel.

»Das hat meine Tante Rebecca auch immer gesagt. Weil

eine Herzogin es zu ihr gesagt hat. Aber ich verstehe überhaupt nicht, warum du das auch sagst.«

Getrappel war zu hören. Die Pferdepfleger stellten ihre Schützlinge zur Parade auf.

»Jetzt sind wir dran«, sagte Gus. »Und egal, wer das gesagt hat, du behältst deine Zierde, Mädchen, oder ich versohle dich wirklich.«

Santa schaute Ted und Gus nach. Dann wandte sie sich an Ben. »Ich hätte nicht gedacht, dass Leute im Zirkus so ein Theater um Haare machen.«

Doch Ben hatte mit seinen Pferden zu tun und gab keine Antwort.

Obwohl Peter und Santa früh zu Bett gegangen waren, kam es ihnen vor, als hätten sie kaum geschlafen, als Gus sie weckte. Er war schon angezogen und hatte den Wasserkessel auf den Herd gestellt.

»Zieht euch an, wir trinken noch eine Tasse Tee, bevor wir aufbrechen. Ich gehe hinaus und lass den Motor warm laufen.«

Um sechs Uhr morgens ist es im April noch kalt, besonders auf einer Klippe, wo der Wind vom Meer her bläst. Peter und Santa waren froh um ihre neuen, dicken Pullover. Sie tranken ihren Tee fast in Trance, immer noch halb im Schlaf. Währenddessen ging Gus durch den Wohnwagen, verschloss Schränke und befestigte alles, was herunterfallen könnte.

Peter setzte sich vorn auf den Beifahrersitz.

»Am besten wechselt ihr euch ab«, sagte Gus.

Doch eigentlich war es gleichgültig, wer wo saß, denn es

dauerte nicht lange, da schliefen Peter und Santa. Sie wachten erst wieder auf, als Gus plötzlich sagte: »Haltet die Augen auf, ihr zwei, und schaut nach den grünen Sternen aus.«

Sie waren in einer Stadt. Jetzt fuhren sie durch enge Straßen. An den Laternenpfählen hingen grüne Sterne auf weißem Grund.

»Ist das Carlisle?«, fragte Santa.

Gus nickte. »Es ist schnell gegangen, wir sind beinah die Ersten. Vor uns sind die Kenets.«

Sie schauten hinaus. Direkt vor ihnen bog ein anderer Wohnwagen um die Ecke. Santa sah aus dem Rückfenster. Ihr eigener Wohnwagen versperrte ihr die Sicht. Dann, als auch sie um die Ecke bogen, schwang er ein wenig zur Seite und auf der Straße dahinter sah sie einen ganzen Strom von Autos, und jedes zog einen Wohnwagen.

Peter deutete auf einen Laternenpfahl. »Da ist wieder ein Stern.«

Gus schwieg ein Weilchen. Dann sagte er: »Da wären wir.«

Sie holperten über trockenes Gras. Zwei Hauptmasten standen schon und hoben sich vom blassblauen Himmel ab. Das Kantinenzelt war aufgebaut, ein wunderbarer Duft nach gebratenen Eiern und Schinken wehte heraus. Auf den Stufen des Wagens, der vorausgefahren war, stand ein Mann und rief Gus »Guten Morgen« zu. Der Wohnwagen der Kenets war schon an seinem Platz und wurde vom Auto abgekoppelt, das rückwärts auf seinen Parkplatz fuhr. Ein Wohnwagen nach dem anderen kam heran, jeder grün und weiß bemalt. Überall waren Gespräche und Gelächter zu hören.

Manche Zirkusleute scherzten, Gus und die Kenets wären wohl die ganze Nacht aufgeblieben, um als Erste anzukommen. Gus gab Santa den Kessel. Sie blieb einen Moment stehen und schaute sich um.

»Es ist genau wie letzten Donnerstag in Bridlington«, flüsterte sie Peter zu.

Da vergaß Peter seine Kümmernisse. Alles war so heiter, dass er schwerlich unzufrieden sein konnte. Tief atmete er die Zirkusluft ein.

»Aber diesmal gehören wir dazu!«

9

# *Der Abbau*

In Carlisle war es nicht sehr angenehm. Es regnete die ganze Zeit. Peter war immer noch schlecht gelaunt und hasste sich dafür. Gus machte sich Sorgen, weil Peter so unglücklich wirkte. Eigentlich war er überzeugt, dass es an Peters Arroganz lag, deretwegen er nicht in die Schule gehen wollte, doch zwischendurch gab es immer wieder Momente, in denen Gus überlegte, ob nicht er selbst die Schuld trug. Dann bemühte er sich etwas Nettes zu sagen, Peter antwortete kurz angebunden, Gus verlor die Geduld, schimpfte, und Peter war noch mürrischer als sonst. Santa war auch nicht besonders heiter gestimmt; das war sie nie, wenn Peter unglücklich war.

Es war schade, dass das Wetter während der drei Tage in Carlisle so schlecht war, noch am Sonntag war es wunderschön gewesen und beinah heiß. Peter und Santa standen in der Sonne und beobachteten den Aufbau in allen Einzelheiten. Dann, als die Pferde ankamen, gab Ben den beiden Karottenbündel, und sie gingen damit zu den Pferden und fütterten sie.

Das Mittagessen verlief munter, als hätte die Sonne bis in

ihr Inneres hineingestrahlt. Der Eintopf war besonders gut. Gus fuhr Peter nicht über den Mund und Peter widersprach ihm nicht.

Am Nachmittag hatten sie mit den anderen Kindern gespielt, die Akrobatikübungen auf der Plane machten, die für die Auftritte mit Wasser benutzt wurde und gerade zum Trocknen in der Sonne lag. Die anderen versuchten den beiden das Radschlagen beizubringen. Einmal schaffte Peter es fast, und obwohl es nicht sehr gut war, klatschten alle und gleich fühlte er sich besser. Selbst ein halbes, nicht sehr gutes Rad zu schlagen war immerhin etwas. Santa hörte ihn pfeifen, als er zum Tee über den Platz ging.

Heute waren sie am Nachmittag bei den Schmidts eingeladen. Gus schaute sich ein Auto an, das die Kenets vielleicht kaufen wollten, und er hatte Mrs Schmidt gebeten, sich am Nachmittag um etwas zu essen für Peter und Santa zu kümmern. Den beiden gefiel es großartig. Die Schmidts machten sich nichts aus Tee, sie tranken Kaffee. Weil Sonntag war, hatte Mrs Schmidt Sahne gekauft und sie steif geschlagen, jetzt löffelte sie große Portionen in jede Tasse. Es gab besonders leckeres Brot mit Kümmel auf der Kruste. Und sie unterhielten sich sehr anregend über Seelöwen. Mr Schmidt erklärte die Schwierigkeiten bei ihrer Erziehung.

»Als meine Frau anfing, kaufte sie drei Seelöwenmännchen. Drei, acht und zwölf Jahre alt waren sie. Zuerst konnten sie kein Wort Deutsch.«

Mrs Schmidt nickte. »Das stimmt. Kein Wort.«

»Also sprach meine Frau jeden Tag mit ihnen. Und jeden Tag lernten sie etwas dazu, so wie ein Kind in der Schule.«

»Wie lange haben sie gebraucht?«, fragte Peter.

Mrs Schmidt trank einen Schluck Kaffee und wischte sich die Sahne von den Lippen. »Drei Monate. Vielleicht vier.«

»Dann, als sie Deutsch konnten, musste sie ihnen das kleine Kunststück beibringen«, erklärte Mr Schmidt.

Santa stützte sich auf die Ellbogen. »Wo haben Sie die Seelöwen unterrichtet, Mrs Schmidt?«

Alle Schmidts sahen einander an. Offenbar war ihnen diese Frage wichtig.

»Ja, wo?« Mr Schmidt beugte sich vor. »Nun stellt euch einmal vor, ihr hättet drei Seelöwen. Ihr hättet ihnen gut Englisch beigebracht, jetzt aber brauchtet ihr Platz, damit sie ein Kunststück lernen. Wohin würdet ihr sie bringen?«

Weder Santa noch Peter hatten jemals über so eine Frage nachgedacht. Aber jetzt, als sie überlegten, erschien sie ihnen schwierig zu beantworten. Man konnte drei junge Seelöwen irgendwo in einem Wagen unterbringen. Aber wohin ging man, wenn man einen Platz von der Größe der Manege brauchte? In einem Park konnte man sie nicht dressieren, das würde zu viel Aufsehen erregen.

»Ja, wo würde man wohl hingehen?«, fragte Peter.

Mr Schmidt hielt seine Tasse hoch, damit ihm jemand nachschenkte. »Manchmal findet man einfach nichts. Manchmal, im Winter, gibt es irgendwo ein leeres Schwimmbad. Jedenfalls war die große Frage stets: Wo trainieren wir die Seelöwen? Finden wir einen geeigneten Platz?«

»Nun, Sie müssen einen gefunden haben.« Santa strich sich Butter auf ein weiteres Stück Brot. »Ihre Seelöwen sind ja jetzt unheimlich klug.«

Mrs Schmidt lächelte. »Das sind nicht dieselben. Die Seelöwen von damals haben wir nicht mehr.«

»Ich spreche von einer Zeit, die viele Jahre zurückliegt. Damals hatte meine Frau die ersten drei«, erklärte Mr Schmidt. »Nachdem sie die Tiere drei Monate lang Deutsch gelehrt hatte und dann einen Raum fand, in dem sie ihnen die kleinen Kunststücke beibringen konnte, stellte sich heraus, dass einer dumm war. Er konnte nicht lernen. Er musste verkauft werden. Und sie kaufte einen anderen.«

»Der, den ich dann kaufte« – Mrs Schmidt lächelte versonnen –, »war ein hervorragender Artist.«

Mr Schmidt seufzte. »Einfach dufte.«

»Er blieb«, fuhr Mrs Schmidt fort, »jahrelang bei uns. Ich hatte ihn noch, als die Kinder geboren wurden. Er hieß Hans, und ich nannte meinen Jungen nach ihm. Er spielte Trompete wie kein anderer Seelöwe vor ihm. Es war, als könnte er Musik spüren. Wir waren damals in Deutschland. Ich brachte ihm bei, ein deutsches Lied zu spielen, der Anfang ist: ›Du, du liegst mir im Herzen‹. In Deutschland kannten das alle, und alle sangen mit. Dann wurde er blind.«

Ihre Augen füllten sich mit Tränen. Sie schaute bittend ihren Mann an, damit er die Geschichte zu Ende erzählte.

»Eines Tages kam meine Frau zu mir. ›Hans kann nichts mehr sehen‹, sagte sie. ›Nun muss Willi die Trompete blasen.‹ An diesem Abend blies Willi die Trompete. Er machte das nicht so gut wie Hans, aber das ganze Publikum sang mit. Von da an spielte er immer Trompete. Dann sagte eines Tages meine Frau zu mir: ›Heinrich, komm mal zum Sattelgang und beobachte Hans, während Willi trompetet.‹ An diesem

Nachmittag blieb ich während des Auftritts nicht mitten in der Manege, sondern bewegte mich zum Artisteneingang hinüber, und da sah ich Hans.« Mr Schmidt rührte einen Moment schweigend in seinem Kaffee. Dann schaute er auf. »Der alte Seelöwe wiegte den Kopf zu ›Du, du liegst mir im Herzen‹ – genau im Takt. Er hob und senkte den Kopf so, als würde er die Trompete blasen. Als das Lied zu Ende war und alle Zuschauer klatschten, rollte er lachend auf die Seite und schlug die Flossen zusammen. Er war so glücklich darüber, dass er gut gespielt hatte.«

Santa legte das Messer weg. »Und er hat nie gemerkt, dass er nicht selbst gespielt hat? Dass Willi es an seiner Stelle machte?«

Mr Schmidt nickte. »Nein, nie. Bis zu seinem Tod. Er war blind, er konnte nichts sehen. Und das war ein Geschenk Gottes. Ich glaube, es hätte ihm das Herz gebrochen, wenn er mitbekommen hätte, dass Willi spielte.«

Danach herrschte eine Zeit lang andächtige Stille, die nicht durch weitere Fragen unterbrochen werden durfte. Die ganze Familie Schmidt ehrte so den toten Seelöwen. Dann schaute Mr Schmidt auf.

»Es war, als hätte Hans uns Glück gebracht. Nach seinem Tod lief es nicht mehr so gut. Wir bekamen ein Angebot aus England. Das war fein. Wir freuten uns. Aber es stellte sich heraus, dass für uns doch keine glückliche Zeit anbrach. Immer wieder starben uns Seelöwen weg.«

Peter lehnte sich in seinem Stuhl zurück. Der Kaffee war gut gewesen, aber nach drei Tassen mit Schlagsahne fühlte sich sein Magen sehr voll an. »Sterben sie denn so schnell?«

Mr Schmidt zündete sich eine Zigarette an. »Es war so: Als wir nach England kamen, ging unser Zirkus auf Tournee. Das Jahr war sehr heiß. Das war schlecht fürs Herz der Tiere. Eines Morgens ging ich in ihren Wagen – ein Seelöwe war tot. Dann starb ein zweiter. Schließlich hatten wir gar keine Seelöwen mehr. So ist es immer – man arbeitet mit ihnen, sie sind klug, sie werden so etwas wie Kinder für uns. Dann kommt eine Hitzewelle. Und sie sterben.«

»Gehen Seelöwen gern in die Manege?«, fragte Santa.

»Am Anfang muss man sie unterrichten und dressieren. Sie müssen sich an Lärm und Licht gewöhnen. Wenn ihnen beides nichts mehr ausmacht, sind sie perfekte Artisten. Sie können, wie ein Schauspieler sagen würde, ihr Publikum ›fühlen‹.«

Hans aß noch. Er schluckte hinunter, dann sagte er: »Sonntags langweilen sie sich, weil keine Vorstellung stattfindet. Da fressen sie kaum ihren Fisch.«

Mr Schmidt stand auf. »In der Manege sind sie ganz aufgeregt. Schaut sie an, dann seht ihr, dass sie zittern wie ein Hund, der im Wasser gewesen ist. Jeder sagt: ›Ich bin der Nächste. Der Ball ist für mich. Ich balanciere ihn auf der Nase.‹ Und dann klappt vielleicht etwas nicht. Ein Seelöwe verfehlt den Ball. Ich mache ein bisschen langsamer. Ein anderer Seelöwe wartet auf den Ball. Vorher hat das Tier vor Aufregung gezittert und nun will es auch zeigen, was es kann. Dann kommt der Ball nicht. Da hat der Seelöwe keine Lust mehr. Er geht an den Rand der Manege. Und macht einfach nicht mehr mit.«

»Was, nie mehr?«, fragte Santa entsetzt.

»Oh doch, am nächsten Tag. Alle Artisten sind große Kinder. Wenn auch nur eine kleine Sache falsch läuft, geht für sie gleich die Welt unter. Aber wenn ein Zuschauer besonders lange klatscht, dann geht die Sonne wieder auf.«

Peter stand auf, nach so viel Sahne musste er sich bewegen. »Ist ihnen klar, wenn sie einen Fehler gemacht haben?«

Alle Schmidts lachten. Diese Frage kam ihnen sehr komisch vor. Genauso gut hätte man Gus fragen können, ob es ihm bewusst sei, wenn ihm in einem Sketch ein Fehler unterlief.

Fritzi sagte streng: »Was für eine alberne Frage. Natürlich wissen sie das.«

Ihr Ton reizte Peter zum Widerspruch. »Ich wette, nur weil sie keinen Fisch bekommen.«

Mr Schmidt klopfte ihm auf die Schulter. »Nein, Peter. Es ist so: Wenn sie einen Ball verfehlen oder ihn nicht so gut balancieren, kriegen sie keinen Fisch. Trotzdem merken sie auch selbst, wenn sie schlecht sind. Die Arbeit ist ihr ganzer Stolz. Und dann sind sie böse auf sich. Genauso ist es bei den Artisten. Vielleicht werden sie von anderen gelobt. Vielleicht sagen die Leute: ›Das war gut.‹ Aber ein Artist weiß, was gut ist und was schlecht. So ist es auch bei meinen Seelöwen. Angenommen, einer pfuscht beim Auftritt, aber ich tue so, als hätte ich es nicht gesehen, und gebe ihm seinen Fisch, als hätte er es gut gemacht. Dann frisst er zwar seinen Fisch, aber er freut sich nicht. Er hat es schlecht gemacht, und er spürt es vor allem hier.« Mr Schmidt tippte sich aufs Herz. »Wenn du hier etwas spürst, dann ist ein Fisch kein Trost.«

Am Abend nahmen die Schmidts Peter und Santa mit in

die Kirche. Gus sagte, sie müssten auf jeden Fall sonntags zur Kirche, doch die Zeit konnten sie selbst wählen. Es war ein schöner Gottesdienst, sie sangen als letzten Choral »Auf, Christenmensch, auf, auf zum Streit« und waren froh, dass sie mitgegangen waren.

Als sie wieder in den Wohnwagen kamen, war Gus zurück. Er hatte ihr Abendessen bereit, Welsh Rabbit, und keiner machte dieses überbackene Toastbrot mit Milch und Käse besser als Gus. Das war im ganzen Zirkus Cob bekannt.

Danach ging Gus weg, Peter und Santa spülten das Geschirr und legten sich dann schlafen. Bevor sie das Licht ausmachten, schauten sie ein letztes Mal aus dem Fenster. Die Wohnwagenreihe sah aus wie eine gut beleuchtete Dorfstraße. Im Kantinenzelt spielte jemand »Shenandoah«. Ein Löwe brüllte. Ein leichter Wind wehte und es roch schwach nach Tieren und Sägemehl.

Peter zog den Kopf zurück. »Also, gute Nacht.«

»Gute Nacht.« Mehr sagte Santa nicht, aber sie wusste, dass Peter froh war, im Zirkus zu sein – zumindest an diesem Abend.

Am Montag, als sie aufwachten, goss es in Strömen. In den drei Tagen, die sie in Carlisle verbrachten, gab es immer wieder heftige Regengüsse. Jetzt war der Zirkus ganz verändert. Der Platz, der am Sonntag so gut ausgesehen hatte, verwandelte sich langsam in einen aufgewühlten Sumpf. Die Pferdepfleger und Zeltarbeiter liefen in Regenmänteln und Gummistiefeln herum. Auch die Artisten mussten sich in den großen Holzschuhen, in denen sie immer von den Garderobenzelten zum großen Zelt gingen, mit größter Vorsicht ihren Weg suchen, damit die Manegenschuhe darunter nicht verschmutzt wurden.

Und dann lief auch noch das Geschäft schlecht. Es war die Woche vor Ostern, und die Woche vor den Feiertagen ist für fahrende Künstler nie besonders ertragreich. Die meisten Leute sparen das Geld für die Tage danach auf. Mr Cob hoffte vor allem auf ein großes Publikum, weil er erstklassige Unterhaltung zu bieten hatte, und dass dieser Zirkus gut war, sprach sich meist schnell herum. Auch durch eine schöne Straßenparade wollte er Interesse wecken.

Dazu wurden am Tag nach dem Aufbau immer alle Tiere und die meisten Artisten zusammengerufen. Sie stellten sich, vom Orchester angeführt, vor dem großen Zelt auf. Mr Petoff, die Kenets und Paula folgten auf ihren Pferden. Dann kamen die Clowns, manche auf Stelzen, manche auf komischen Fahrrädern, und Gus fuhr eine erschreckend alte Rostlaube von einem Auto. Hinter ihm zogen die Ponys eine Kutsche. Dann kamen die Elefanten, die ihren Vordermann am Schwanz hielten, auf dem ersten ritt Kundra. Dahinter lenkte Ben einen Vierspänner, in der Kutsche saßen alle Tänzerinnen in Krinolinen. Darauf folgte Lucille, sie stand, von ihren Königspudeln umgeben, auf einem Wagen mit flacher Plattform. Als Vorletzte kamen die Pferdepfleger mit den übrigen Pferden, und den Schluss bildete ein weiterer flacher Wagen, auf dem die Martinis, die Frasconis und die Elgins jonglierten und ihre Akrobatikkünste zeigten.

Aber an diesem Montag in Carlisle war an eine Parade nicht zu denken. Es regnete in Strömen. Die Artisten saßen in miserabler Stimmung im großen Zelt herum, einige unterhielten sich und andere trainierten.

Die Kinder waren zur üblichen Paradezeit natürlich in der Schule. So entging ihnen die allgemeine Niedergeschlagenheit. Aber der Weg zur Schule und zurück war scheußlich. Sie fanden es grässlich, dass sie bei diesem Wetter in die Schule mussten. Alle kamen in mürrischer Laune in ihre Wohnwagen zurück.

Das Dumme war, dass jeder glaubte, sich mit Recht beschweren zu können. Wenn es regnet, macht es keinen Spaß, im Zelt oder im Wohnwagen zu leben. Die einzige Frage war: Wer beschwerte sich bei wem? Jeder dachte, für ihn wäre die Situation am schlimmsten.

Bis Mittwochabend war alles patschnass. Der Zeltmeister stand in der Manege und schaute zum Segeltuch über sich hinauf; jeder Teil der Rippung war zu sehen, ein sicheres Zeichen dafür, dass das Zelt völlig durchnässt war. Er starrte düster nach oben. Mit all diesem Wassergewicht würden sie ihre helle Freude am Abbau haben. Er sah sich schon bis zwei oder drei Uhr früh knietief im Schlamm waten.

Die Schule war für dieses Trimester zu Ende. In Whitehaven begannen für die Kinder die Osterferien. Santa erinnerte Gus an sein Versprechen, dass sie beim Abbau zusehen dürften.

Gus lachte bitter. »Da habt ihr euch ja einen schönen Abend ausgesucht! Aber warum nicht? Ihr sollt ruhig miterleben, dass eine Tournee nicht nur Honigschlecken ist.«

Peter und Santa verfolgten die zweite Vorstellung vom Sattelgang aus. Sie schlüpften durch den Vorhang an der

Seite, krochen unter die Sitze und sahen von da aus zu. Von Gus hatten sie schon gehört, dass jeder Artist sich zwei Nummern vor seinem eigenen Auftritt anstellen musste, um in die Manege zu gehen; dass die Artisten wussten, welche Nummer gerade an der Reihe war, indem sie einfach auf die Musik hörten; dass nur die Musik ihnen vermittelte, was geschah, und dass alle damit ganz zufrieden waren. Wenn ein Artist nicht auf die Musik hörte und zu spät zu seinem Auftritt kam, musste er Strafe zahlen. Doch Peter und Santa wussten nicht, was im Sattelgang vorging. Die meiste Zeit fanden sie das sogar spannender als die Ereignisse in der Manege. Die Frasconi-Söhne erregten zuerst ihre Aufmerksamkeit.

»Schau mal!« Santa zog Peter am Ärmel, um ihn von den Clowns abzulenken. »Verrückt, diese Klamotten!«

Die Frasconi-Brüder waren mit Regenmänteln über den Trikots aus dem Garderobenzelt der Männer gekommen. Der Trägerbruder warf seine Clogs ab und hob, ohne den Regenmantel auszuziehen, den anderen Bruder über seinen Kopf. Der obere hatte auch noch seinen Regenmantel an. Es sah sehr merkwürdig aus, wie er sich in diesem Aufzug auf die Hände seines Bruders stützte.

Peekaboo, das Zirkuspferd, das aus zwei Männern bestand, kam aufrecht auf den Hinterbeinen herein. Es hatte Clogs an allen vier Füßen und zwei Regenmäntel, einen vorn und einen hinten. Eigentlich sah es noch komischer aus als in der Manege – wie ein echtes Pferd, das zusammengefaltet war.

Die Vorstellung hatte mit Satans Löwen begonnen. Sowie sie fertig waren, beaufsichtigte Satan ihren Rückzug in die

Reisekäfige und brachte sie zum Bahnhof. Dann kam er zum Artisteneingang zurück, weil er mit Mr Cob sprechen wollte, während in der Manege gerade die Arizonas auftraten. Die Schminke tropfte ihm vom Gesicht.

»Harte Arbeit heute Abend, Satan«, sagte Ted Kenet.

Satan nickte. »Du sagst es. Regen macht die Löwen ja immer nervös. Aber bei dem Regen, den wir hier gehabt haben, sind sie fast verrückt geworden. Diesmal fällt mir der Abschied kein bisschen schwer.«

»Warum mögen Löwen keinen Regen?«, flüsterte Santa Peter zu.

Peter schüttelte den Kopf. Das war einer dieser Informationsfetzen, die man in einem Zirkus immer wieder aufschnappte.

Die Elgins liefen in ihren Regenmänteln herein, die sie auf die Stufen zum Orchester legten. Sie warfen ihre Clogs ab und drückten die Füße in die Talkumwanne. Dann fingen sie mit dem Aufwärmen an. Peter und Santa schauten verblüfft zu. Bei der Art der Artisten, ihre Muskeln zu lockern, hätte sich jeder andere die Knochen gebrochen. Die Mädchen streckten erst das rechte Bein aus und dann das linke, damit die Männer sie ihnen gestreckt über die Köpfe hoben. Die Männer hielten die Beine nicht nur, sie versetzten ihnen auch den einen oder anderen kräftigen Ruck, wenn sie in der richtigen Stellung waren. Sie hoben einander hoch. Sie sprangen rückwärts und lehnten sich im Handstand an die Zeltwand. Zwei Männer hoben ein Mädchen hoch. Einer hielt sie am Kopf, der andere an den Beinen, und dann bogen sie sie zu einem Reifen und hielten sie über ihre Köpfe.

Peter gab Santa einen Rippenstoß. »Und das will Alexis machen. Soll er ruhig, ich beneide ihn nicht.«

Santa starrte entsetzt auf das Mädchen, von dem sie fürchtete, es würde jeden Moment entzweibrechen, und nickte. »Ich auch nicht. Ich an seiner Stelle würde beim Reiten bleiben, auch wenn ich es nicht so gut könnte wie mein Vater.«

Die Seelöwen kamen in unglaublicher Aufregung in den Sattelgang. Bellend stürzten sie aus ihrem Becken und fielen in ihrer Erregung fast übereinander. Jedes Bellen klang, als würden sie sagen: »Wir sind dran! Wir sind dran! Wir sind dran!«

Peter und Santa hatten einen guten Blick auf die Martinis, die warteten, bis sie mit ihrer Risley-Nummer an der Reihe waren. Aus der Nähe sah man deutlich, dass die beiden Miss Martinis keine Kinder waren. Die jüngere war zwar nicht viel größer als Santa, doch sie musste ungefähr siebzehn sein. Sobald die Familie ankam, warfen alle ihre Frotteemäntel ab, zogen die Clogs aus, rieben sich die Füße mit Talkum ein und fingen mit ihrer Art des Aufwärmens an. Das bedeutete, dass Mr Martini mit dem älteren Mädchen jonglierte, der Sohn mit dem jüngeren. Die beiden Mädchen setzten dabei ungerührt ihr Gespräch auf Italienisch fort.

Für Peter und Santa wurde es langsam unbequem unter den Sitzen. Sie krochen heraus und spazierten durch die Stallungen, die seltsam verlassen wirkten.

Alle Pferde außer denen, die Paula und die Kenets noch für den Auftritt brauchten, waren schon am Bahnhof. Die Bereiter führten gerade die letzten Zirkuspferde aus den Boxen, als die Kinder hereinkamen. Die Seelöwen, Pudel und Löwen waren schon fort. Nur die Elefanten standen noch in ihrem Käfig. Sie waren für ihre Nummer kostümiert, die als Nächstes an der Reihe war. Der Elefantendompteur hatte schon ihre Füße losgebunden. Sie waren aufgeregt, weil sie gleich drankamen, und probten eifrig. Sie schwangen ihren Rüssel von einer Seite zur anderen und hoben die Füße. Als sich Peter und Santa näherten, fasste Ben beide an den Schultern und zog sie in eine der Boxen, die noch nicht abgebaut waren. In diesem Moment gab Kundra einen Befehl auf Hindustani. Der erste Elefant trat aus dem Käfig. Der zweite fasste ihn am Schwanz und folgte ihm. In einer ordentlichen Reihe liefen sie zum Sattelgang.

»Ihr müsst aufpassen, ihr zwei«, sagte Ben. »Sonst werdet ihr eines Tages umgestoßen oder niedergetreten. Die Tiere würden das niemals absichtlich machen, aber vor dem Auftritt sind sie einfach sehr nervös.«

Peter und Santa wollten gerade hinausgehen, da hörten sie Pferdehufe. Um die Biegung im Zeltgang kam einer der Kenets. Er beugte sich aus dem Sattel und betrachtete die Vorderbeine seines Pferds. Es war schön anzusehen, wie es die Hufe hob. Links, rechts, links, rechts. An der Zeltwand drehten sie um. Das Pferd machte einen Fehler. Der Reiter ließ es einen Moment still stehen, dann ging es perfekt im Rhythmus weiter.

»Würde das Pferd diesen Fehler in der Manege machen, wenn es nicht vorher noch üben würde?«, flüsterte Peter.

Ben lachte in sich hinein. »Es gab noch nie einen Dressurreiter, der nicht angegeben hätte. Jeder wäre gern vorn, wenn er dürfte.«

Peter seufzte. »Ich wollte, ich könnte reiten.«

»Wirklich, Junge?« Ben betrachtete ihn nachdenklich. »Dein Vater war Pferdepfleger, hat Gus mir erzählt. Vielleicht liegt es dir ja im Blut. Komm mal an einem Morgen, wenn ich die Pferde in der Manege trainiere. Dann setz ich dich in den Sattel und wir sehen mal, wie du dich da machst.«

»Oh, wirklich?« Peter strahlte. Das war etwas! Wenn er lernen dürfte, die Pferde zu trainieren, würde er sich sicher wohler fühlen.

Santa ging in die Mitte des Stallzelts. Ein Pferdeknecht nahm die Wand einer Box auseinander. »Warum trainierst du sie nicht draußen? Im großen Zelt ist es doch bestimmt langweilig für sie. Im Freien hätten sie es viel schöner.«

Ben kaute an einem kleinen Strohhalm, der schon ziemlich zerbissen war, aber es lagen nicht mehr viele saubere herum. »Sie sind nicht entsprechend beschlagen. Ein Pferd, das für diese Arbeit beschlagen ist, kann nicht über Land galoppieren. Wir trainieren sie nicht nur zum Training, sozusagen. Sie könnten auch anfangen zu schwanken. Diese Suffolk Punches, auf denen die Arizonas reiten, die habt ihr doch beim Auftritt gesehen?« Peter und Santa nickten. »Nun, in welcher Richtung sind sie durch die Manege getrabt? Im Uhrzeigersinn oder entgegengesetzt?«

Sie versuchten sich zu erinnern.

»Im Uhrzeigersinn«, sagte Santa.

Peter dachte etwas länger nach. »Entgegengesetzt.«

Ben kaute bedächtig. »Peter hat Recht. Egal wo ihr eine Nummer mit einem ungesattelten Pferd seht, es ist immer gleich. Nun, wenn die Pferde zwölf Runden in der Manege hinter sich haben, muss jemand sie zwölf Mal im Uhrzeigersinn reiten. Anderenfalls fangen die Pferde an zu schwanken. Das ist nur logisch. Versucht ihr mal, immer in der gleichen Richtung im Kreis zu gehen. Da verliert ihr auch das Gleichgewicht.« Ben spuckte seinen Strohhalm aus. »Jetzt muss ich los.« Er nickte Peter zu. »Also, komm mal vorbei. Ich will sehen, wie du dich machst.«

Santa ging zurück und kickte dabei mit den Spitzen der Gummistiefel die Erde auf.

Peter schaute sie an. »Bestimmt hat er uns beide gemeint.«

Hochmütig sagte Santa: »Dabei will ich überhaupt nicht reiten.«

Peter zuckte die Achseln. »Das ist doch albern. Warum hast du ihn nicht gefragt?«

Santa hüpfte zur Zeltwand. »Pass du lieber auf«, sagte sie harsch. »Wenn du ein bisschen die Ohren aufmachen würdest, könntest du sechs Elefanten kommen hören.«

Peter sprang auf die andere Seite des Zelts. Er hätte ihr gern gesagt, sie solle nicht so gemein sein, aber bis die Elefanten vorbeigegangen waren, war es zu spät.

Sie sahen den Elefanten nach, die zum Bahnhof trotteten und durch Regen und Schlamm stapfen mussten. Wie gewöhnlich hielt einer den anderen am Schwanz. Einer der Pfleger ritt auf dem Anführer. Peter hob die Zeltklappe. Sie schauten den Tieren nach, die in der Nacht verschwanden und durch ihre graue Farbe schon bald wie Schatten wirkten.

»Wenn jemand in Carlisle nicht weiß, dass ein Zirkus hier war, und plötzlich den Elefanten begegnet, bekommt er wahrscheinlich einen ziemlichen Schreck«, sagte Peter.

Sie gingen zurück zum Sattelgang. Die Wirbelwinde kamen gerade zum Schluss, Gus und Ted Kenet kreisten immer schneller durch die Luft. Dann verstummte die Musik. Die beiden glitten zu Boden und verbeugten sich in der Manege. Der Dirigent erhob seinen Taktstock. Das Orchester spielte die Nationalhymne, »God Save the Queen«.

Krach! Peng! »Verlassen Sie das Zelt bitte zügig.« Alle hatten zu tun. Alle arbeiteten angestrengt. Zwei oder drei Minuten lang waren Peter und Santa so verwirrt, dass sie kaum mitbekamen, was geschah. Dann ordneten sie ihre Eindrücke.

Die Zuschauer strömten hinaus. Die Aufforderung, das Zelt zügig zu verlassen, galt ihnen. Doch natürlich beeilten sie sich überhaupt nicht. Wer wollte schon nach Hause gehen, wenn man so aufregende Dinge beobachten konnte? Die Einlasser waren hereingekommen und drängten nun das Publikum hinaus. Sie glichen beinah Schäferhunden, die eine störrische Herde antrieben.

Keiner, der zum Zirkus gehörte, kümmerte sich jetzt noch um das Publikum. Als die letzten Klänge der Nationalhymne verhallten, waren Artisten, Manegenhelfer, Zeltarbeiter durch den Sattelgang hereingeströmt. Die Musiker eilten von ihrem Balkon herunter. Mr Cob stand mitten in der Manege.

Das Krachen und Klappern kam von den Sitzen, die abgebaut und aufgestapelt wurden, wobei zuerst die an die Reihe kamen, die von den hinausgehenden Zuschauern am weitesten entfernt waren. Das Auffallendste aber waren die Leute, die damit zu tun hatten. Natürlich halfen alle Arbeiter mit, aber auch einige Clowns und drei der Kenets, alle in alten Overalls.

Einen ebenso überraschenden Anblick boten die Artisten. Dass die »Tanzenden Schmetterlinge« auch Programme verkauften, hatte Peter und Santa schon ziemlich durcheinandergebracht. Den beiden schien es einfach unpassend, dass diese reizenden Damen so eine Aufgabe übernehmen mussten. Und jetzt waren sie schon wieder irritiert. Die »Schmetterlinge« steckten in baumwollenen Kittelschürzen und zogen die Bezüge von den Plätzen ab, die teurer waren, eben weil sie mit diesem Luxus aufwarteten. Am Rand der Manege standen zwei große Körbe bereit, in die die »Schmetterlinge« die ordentlich gefalteten Bezüge warfen.

Gus und Ted Kenet trugen scheußliche alte Bademäntel über ihren Wirbelwindkostümen. Sie bauten ihr Trapez ab, ohne sich um die weggehenden Zuschauer zu kümmern, die einander anstießen und auf die beiden deuteten.

Die beiden Frasconi-Söhne und ihr Vater packten das Trampolin zusammen. Die Söhne hatten unscheinbare Trainingsanzüge angezogen und sahen überhaupt nicht mehr interessant aus. Santa betrachtete sie missbilligend. »Wenn ich Zirkusartistin wäre und beim Auftritt ein rosa Kostüm mit Samtbesatz tragen würde, würde ich mich den Zuschauern nur darin zeigen. Sie sind jetzt überhaupt nicht mehr ansehnlich. Dabei waren sie vorhin auf dem Trampolin noch so hübsch.«

Peter deutete hinauf in die Kuppel, wo Gus unbekümmert auf dem Trapez saß und an einem Seil hantierte. »Und wenn ich Gus wäre, würde ich niemals diesen schrecklichen Bademantel anziehen. Er ist noch nicht einmal sauber.«

Eine der »Schmetterlinge« kam, die Arme voller Sitzbezüge, auf sie zu. Sie sah Peter an und wies mit einer Kopfbewegung auf den Korb. »Mach mal den Deckel auf, sei so gut.«

Peter war entzückt. Jemand hatte ihm eine Aufgabe gegeben, und wenn es sich auch nur um das Öffnen eines Deckels handelte. Er beobachtete, wie das Schmetterlingsmädchen die Bezüge ordentlich in einer Korbecke stapelte. Ihre Kittelschürze fand er hässlich. Etwas in der Art hatte Tante Rebecca bei der Hausarbeit getragen. Der Anblick dieses arbeitenden Mädchens und der anderen Artisten irritierte ihn. Er verstand schon, dass jeder hin und wieder aus Gefälligkeit half; aber all diese Menschen, die noch vor so kurzer Zeit in der Manege großartig ausgesehen hatten, trugen jetzt schmutzige alte Sachen – vor dem Publikum. Das musste einfach falsch sein. Er lehnte sich an den Korb.

»Warum helft ihr alle beim Packen?«

Das Mädchen fuhr fort, die Bezüge zusammenzufalten. »Warum denn nicht?«

»Ich hätte gedacht, das machen andere. Diese Männer dort zum Beispiel.«

Das Mädchen ging davon, um weitere Bezüge abzuziehen. Über die Schulter sagte sie: »Mach dir keine Sorgen, kleiner Lord. Arbeit schändet nicht.«

Peter kam mit rotem Kopf zu Santa zurück. »Hast du das gehört?«

Santa kickte einen kleinen Erdhaufen auf. »Vielleicht hat sie es nicht so gemeint.«

»Warum hat sie mich dann kleiner Lord genannt?«

Santa zuckte die Achseln. »Das ist aus einem Buch. Mrs

Ford hat mir erzählt, dass sie die Verfilmung gesehen hat. Sie sagte, der kleine Lord sei ein lieber Junge gewesen.«

Peter wurde wütend. »Das sieht dir ähnlich, so was zu sagen. Du bist wirklich gehässig geworden, seit wir hier sind. So warst du früher nie.«

Santa setzte sich auf eine Kiste, die jemand in die Nähe gestellt hatte. Sie dachte daran, wie mürrisch Peter in letzter Zeit gewesen war und wie Ben ihm angeboten hatte, einmal das Reiten auszuprobieren, und sie gar nicht beachtet hatte. Spitz sagte sie: »Wenn du es genau wissen willst, ich habe bisher nichts als christliche Nächstenliebe gezeigt. Aber du, du bist immer nur griesgrämig.«

»Das gefällt mir …«

Santa hielt sich die Ohren zu. »Mecker du nur. Ich hör gar nicht zu. Ich seh mir den Abbau an.«

Peter hätte sie am liebsten geschlagen. Nichts ist ärgerlicher, als von demjenigen ignoriert zu werden, mit dem man streiten will. Er steckte die Hände in die Taschen und ging auf die andere Seite der Manege.

Nach ein paar Minuten hatten beide ihre Auseinandersetzung vergessen. Die Sitze wurden immer noch abmontiert, aber nun halfen weniger Männer dabei mit. Die übrigen trugen die Zeltstützen hinaus. Es war seltsam, als die Sitze verschwanden, die Stützen hinausgetragen wurden und die Manegenumrandung entfernt wurde, wie allmählich der holprige Boden wieder genau der leere Platz wurde, der er am vergangenen Sonntag gewesen war.

Peter kam wieder zu Santa herüber. »Gerade ist haufenweise Stroh geliefert worden. Sie bringen es hierher.«

»Und was machen sie damit?«

Peter wusste es nicht. »Ich wollte keinen fragen. Sie sahen alle so beschäftigt aus.«

Sie gingen hinaus, um sich das Stroh anzusehen. Hier draußen war eine Menge los, wenn es auch schrecklich nass war. Die Wagen waren in einem Kreis um das große Zelt aufgestellt und wurden gerade beladen. An den Lastern waren Bogenlampen befestigt, die ein seltsames Licht ausstrahlten und alles grünlich färbten. Im Schein der Lampen sahen die Arbeiter gespenstisch aus. Ein Strom von Männern kam aus dem Zelt; sie trugen Stützen, die lang und schwer waren, und der schlammige Boden war rutschig. Erstaunlich, dass niemand ausglitt und einen Pfahl fallen ließ.

Zu dem Krachen und Klappern beim Verpacken der Sitze erscholl jetzt das Hämmern auf Metall. Die Männer lockerten die Bodenplatten. Ben ging durch den Regen hinüber zu einem Arbeiter, der gerade die Seitenklappen vom Stallzelt losband.

»Sag ihnen, es kann jetzt losgehen mit dem Stroh.«

Er wollte weggehen, doch Santa fasste ihn am Arm. »Wofür ist das Stroh, Ben?«

Ben lächelte. Sein Gesicht war tropfnass vom Regen. »Ihr seid ja beide hier! Was für eine scheußliche Nacht. Trotzdem, es schadet nicht, wenn ihr auch so etwas einmal mitbekommt.«

»So was Ähnliches hat Gus auch gesagt«, erklärte Santa.

Peter machte eine Kopfbewegung zu dem Stroh, das jetzt ins Stallzelt geschleppt wurde. »Wozu braucht ihr denn jetzt das Stroh? Die Tiere sind schon alle fort.«

Ben zog einen Strohhalm aus einem Bündel, das gerade vorbeigetragen wurde, und steckte ihn in den Mund. »Schaut mal eure Gummistiefel an.« Peter und Santa gehorchten. »Seht ihr all den Schlamm und das Wasser? Was glaubt ihr, wie die Zelte aussehen würden, wenn man sie einfach so da hineinlegen würde?«

Ben ging weiter und Peter folgte ihm. »Aber warum wird das Stroh auf den Boden gelegt?«

Ben schüttelte den Kopf. »Wo hast du deine Augen, Junge? Du warst doch beim Aufbau dabei. Wie wurde das große Zelt angeliefert?«

»Zu Bündeln gefaltet«, sagte Santa.

Ben ging zu dem, was von den Boxen noch übrig war. »Man muss es auf den Boden legen, um es zu falten. Wenn es stark geregnet hat, legen wir Stroh auf den schlammigen Boden. So bleibt das Segeltuch trocken. Das meiste Stroh ist für das große Zelt. Ich brauche nur wenig zusätzlich, weil ich schon welches für die Pferde habe. Mr Cob legt großen Wert auf das Stroh. ›So bleibt drinnen alles trocken‹, sagt er immer, ›und so Gott will, ist es draußen bald auch nicht mehr nass.‹«

»Aber wenn es nun in Whitehaven auch regnet?«, fragte Santa.

»Nun, dann ist es gut, wenn zumindest die Innenseite trocken ist. Ich hab schon Tourneen erlebt, bei denen hat es einen Monat lang fast pausenlos geregnet. Das Segeltuch war permanent durchnässt. Die Männer verloren schon den Mut, als es ans Abbauen ging. Dieses große Zelt wird ungeheuer schwer, wenn es sich mit Wasser vollsaugt. Aber eins lehrt uns eine Regenperiode: Dankbarkeit für kleine Erleichterungen. Ein bisschen Wind und ein paar Stunden Sonne, und schon fangen alle an zu singen.« Er nickte den Kindern zu. »Bis morgen früh.«

Peter und Santa gingen zum Vordereingang. Sie durften nicht nah ans große Zelt heran, während die Männer an den Bodenplatten hämmerten und die Zeltschnüre lösten. Aber draußen konnte man auch nicht einfach so umherlaufen. Überall waren Wagen. Die Raupenfahrzeuge manövrierten weitere Laster und Wagen in Position, damit sie beladen wurden. Wenn sie dann für die Fahrt zum Bahnhof bereit waren, legten die Männer Bretter unter die Räder und versuchten sie aus dem Schlamm zu stemmen.

»Hast du gewusst«, sagte Peter, »dass Ben im Zug schläft? Er kommt erst spät zum Bahnhof und dann ist er völlig durchnässt und morgen früh um sieben muss er schon in Whitehaven sein.«

Santa wies auf die Fahrer, Zeltarbeiter, Manegenhelfer, Elektriker, Tischler und Pferdepfleger. »Genau wie sie alle.«

»Ich weiß.« Peter sprang über eine Bodenplatte. »Aber Ben ist fünfundsiebzig.«

Santa dachte über Ben nach. »Er fühlt sich nicht alt. Ich glaube, er ist der netteste Mensch, den wir kennen, abgesehen von Gus natürlich.«

»Ja, abgesehen von ihm natürlich«, erwiderte Peter. »Und ich weiß nicht, ob wir ihn gernhätten, wenn er nicht unser Onkel wäre.«

Santa beeilte sich, unter das Vordach des großen Zelts zu kommen. »Nun, er ist aber unser Onkel, also müssen wir ihn mögen. Ich mag ihn jedenfalls.«

Peter folgte ihr. »Ich auch. Aber ich glaube, mich hasst er einfach.«

Santa gab keine Antwort. Sie glaubte auch nicht, dass Gus Peter sehr mochte.

Die Sitze waren fort. Die letzten Stützen wurden hinausgetragen. Gus und Ted Kenet waren verschwunden. Ihre Kisten mit den Trapezrequisiten lagen verschlossen und verschnürt in der Manege. Die Frasconis waren ebenfalls fort. Ihre Sachen befanden sich in einer Kiste mit Stahlbändern und einem Segeltuchbündel neben denen von Gus. Die Elektriker waren oben in der Kuppel und montierten die Lichter ab.

»Bringt das Stroh rein, Jungs«, sagte der Zeltmeister.

Alle halfen dabei. Ein paar Arbeiter luden sich die Sachen von Gus und den Frasconis auf und trugen sie hinaus. Die anderen verteilten das Stroh zu einem Teppich, bis kein Stückchen Boden mehr zu sehen war.

Mr Cob winkte den Kindern. »Kommt und stellt euch zu mir. Sie holen jetzt das Zelt herunter, da dürft ihr nicht in der Manege rumstehen.«

Es dauerte lange, bis das Stroh verteilt war. Der Zeltmeister sagte zu Mr Cob: »Vor zwei kommen wir nicht los.«

Mr Cob nickte. »Vielleicht wird es beim Aufbau wieder besser. Das Barometer steigt.«

Der Zeltmeister brummte. »Kein Wind. Das ist immerhin was.«

Das interessierte Peter so, dass er sich in das Gespräch mischte. »Macht Ihnen denn Wind etwas aus? Ich dachte, er trocknet das Zelt.«

Mr Cob lachte auf. »Es nützt nicht viel, wenn der Wind versucht, es zu trocknen, während es noch regnet.«

Der Zeltmeister sah Peter an. »Du musst Gus' Neffe sein. Nun, frag mal Gus, ob wir Wind mögen. Er wird's dir erklären.«

Peter und Santa waren noch selten so lange aufgeblieben und jetzt fingen sie an zu frieren und wurden langsam müde. Der letzte Teil des Zeltabbaus schien lange zu dauern. Sie konnten nicht erkennen, was alle machten. Seile wurden gelockert und in der Kuppel waren immer noch Männer.

Dann nahm Mr Cob sie plötzlich am Arm und sagte: »Kommt mit!«

Sie standen jetzt draußen, außerhalb der Stelle, wo die Zeltwände gewesen waren, und schauten hinauf zur Spitze der Hauptmasten. Ganz plötzlich, als wäre eine riesige Nadel ins Zelt gestoßen worden, fiel es in sich zusammen und sank in einem weißen Haufen auf das Stroh herunter.

Aber selbst damit war noch lange nicht alles zu Ende. Jedes Stück des großen Zeltes war an ein anderes gebunden. Die Laster mit ihren Scheinwerfern kamen näher und beleuchteten die Schnürung. Die Zeltarbeiter knieten sich um das am Boden liegende Zelt und lösten geschickt die Tuchstücke voneinander.

Peter und Santa waren durchgefroren und sehr müde, aber sie blieben bis zum Ende. Sie wollten die Hauptmasten fallen sehen. Doch zuerst musste das Zelt verpackt werden. Seine Einzelteile lagen auf dem Stroh, schwer vom Wasser. Jetzt hatten nicht mehr alle etwas damit zu tun. Manche Männer zündeten sich Zigaretten an. Andere lehnten sich an die Wagen und unterhielten sich. Plötzlich gab der Zeltmeister einen Befehl. Die Wirkung war enorm. Die meisten Zeltarbeiter kamen aus Wales und aus Nordengland und konnten gut singen, wie es für Menschen aus diesen Landesteilen typisch war. Und das taten sie nun. Jedes Stück Segeltuch musste gefaltet und wieder gefaltet werden, bis es ein handliches Bündel war. Die Männer stellten sich in einer Reihe auf und hielten eine Seite hoch. Dann gingen sie mit der schweren Last aufeinander zu, hielten eine Seite an die andere, dann gingen sie wieder zurück und wieder vor, bis alles gefaltet war. Offensichtlich war es sehr anstrengend, diese Masse durchnässten Materials zu bewegen. Die Männer beugten sich vor, der Regen glänzte auf ihren Gesichtern. Sie brauchten Schwung, mussten sich anfeuern, und deswegen sangen sie Seemannslieder, Volkslieder, einfache Melodien, in deren Rhythmus sie arbeiteten.

Dann war das Segeltuch zusammengefaltet. Es wurde auf Geräte gelegt, die wie hölzerne Tragbahren aussahen. Damit wurden die Segeltuchteile zu den wartenden Lastern transportiert. Der Platz war jetzt fast leer. Nur die Hauptmasten und die Laster mit den Scheinwerfern waren zu sehen und in einiger Entfernung die Wohnwagen. Peter und Santa mussten fast ihre Lider hochhalten, so schläfrig waren sie.

Dann fasste Mr Cob beide am Arm. »Passt auf«, sagte er. »Es ist so weit.«

Der erste Hauptmast schwankte. Er wurde auf den Boden gesenkt. Ein paar Minuten später war der nächste unten. Als wäre es ein Omen, hörte der Regen beim Abbau der Masten auf.

»Nun aber ab mit euch, ihr zwei«, sagte Mr Cob. »Gute Nacht.«

Peter und Santa fanden mühsam ihren Weg über den dunklen Platz zum Wohnwagen. »Irgendwie sonderbar«, sagte Santa schläfrig, »bald fängt alles wieder von vorn an.«

Peter tastete nach den Wohnwagenstufen. »Hier sind wir«, flüsterte er. »Ich finde es so eigenartig, dass manches schon dort ist. Du weißt schon, die zwei anderen Hauptmasten. Wie in Bridlington, bevor der Zirkus ankam.«

Gus streckte den Kopf aus dem Fenster. »Habt ihr nicht langsam genug Zirkus auf einmal gehabt? Ihr braucht wirklich nicht herumzustehen und darüber zu reden.«

»Tut mir leid, Gus«, sagte Santa. »Haben wir dich geweckt?«

Gus gähnte. »Ich habe mit einem offenen Auge geschlafen. Ich wusste doch, dass ihr zwei halb ertrunken zurückkommen und nicht so vernünftig sein würdet, euch etwas Heißes zu trinken zu machen. Jetzt hüpft in die Betten und ich bringe jedem von euch einen Becher mit etwas, das euch wärmen wird.«

## 10

# *Santas Geige*

Es war Karfreitag, ein Feiertag auch für die Zirkusleute. Das Wetter war schön. Blauer Himmel und eine leichte Brise. Gerade das richtige Wetter, um die Zelte zu trocknen.

»Wir fahren zum Bahnhof und holen eure Kiste ab«, sagte Gus. »Je eher daran, desto eher davon.«

Er ging hinaus, um den Motor anzulassen. Hans und Fritzi kamen herbeigestürmt.

»Macht ihr eine Spazierfahrt?«, fragte Hans.

Gus schüttelte den Kopf. »Nein, Großer. Ted und ich müssen doch später das Trapez aufbauen. Jetzt fahren wir nur zum Bahnhof und holen Peters und Santas Kiste.«

Fritzi öffnete die hintere Autotür. »Wir kommen mit.«

Gus nickte und setzte sich hinters Steuerrad. Da lief Fifi herbei, ging ums Auto und knickste vor Gus. »Guten Morgen, Gus. Darf ich mit euch fahren?«

Gus schaute auf den Rücksitz. »Macht euch dünn, Kinder, ihr müsst zu viert nebeneinandersitzen.« Er beugte sich hinüber, öffnete die andere Tür und klopfte auf den Beifahrerplatz. »Komm, Fifi. Du sitzt hier.«

Peter und Santa kamen aus dem Wohnwagen. Sie hatten

sich gerade geeinigt, dass Santa auf der Hinfahrt vorn sitzen würde, Peter auf der Rückfahrt. Das Erste, was Santa sah, war Fifi, die auf ihrem Platz saß.

»Guten Morgen, Santa, hallo, Peter«, sagte Fifi höflich. »Was für ein schöner Tag!«

Fifi trug eine schicke kleine Mütze, die sie keck links in die Stirn gezogen hatte. Etwas an ihrem Auftreten verärgerte Santa. Es gefiel ihr nicht, wie Fifi sich gab; trotzdem musste sie zugeben, dass es seine Wirkung nicht verfehlte.

»Hallo! Hör mal, ich wollte auf dem Hinweg vorne sitzen und Peter auf dem Rückweg.«

Fifi warf die Hände hoch, hob die Augenbrauen und stand auf. »Entschuldige bitte.« Sie wandte sich an Gus. »Du bist schuld. Du hast gesagt, ich soll mich hier hinsetzen.«

Gus zog sie an ihrem Rock zurück. »Bleib sitzen.« Er machte eine Kopfbewegung zu Peter und Santa. »Ab mit euch auf die Rückbank, ihr zwei. Heiße Hörnchen und Vollkornbrot, wessen Auto ist das hier?«

Peter und Santa stiegen ein. Santa war gekränkt. Natürlich gehörte das Auto Gus. Aber sie waren mit ihm verwandt. Wenn jemand das Recht hatte, sich seinen Platz auszusuchen, dann doch Neffe und Nichte. Sie schaute angestrengt aus dem Fenster. Sie wusste, dass ihr Tränen in den Augen standen, und sie wollte nicht, dass die anderen es sahen.

Fritzi zupfte sie am Ärmel. »Meine Mutter sagt, sie würde mir nicht erlauben, solche Mützen zu tragen. Sie sagt, so etwas gehört sich nicht für ein Kind.«

Da fühlte Santa sich gleich etwas besser. Sie mochte Fritzi nicht unbedingt, sie war immer so sehr überzeugt von sich und allem, was sie sagte. Aber wenn es um angemessene Kleidung und gutes Benehmen ging, waren sie einer Meinung. Fritzi sagte in ihrer oft merkwürdigen Ausdrucksweise tatsächlich oft Dinge, die auch die Herzogin gesagt hatte, oder zumindest meinte sie das Gleiche. Santa hatte sich nie viel aus den Äußerungen der Herzogin gemacht, aber sie war danach erzogen worden, und wenn andere so redeten, war ihr das vertraut.

Sie gingen alle ins Bahnhofsgebäude und sahen sich um, ob die Kiste schon irgendwo stand. Sie erblickten sie sofort, denn es gab nur eine einzige. Alle deuteten darauf und riefen etwas in ihren drei verschiedenen Sprachen – das heißt, alle außer Santa. Sie sah noch etwas anderes und vor Schreck war ihre Zunge wie gelähmt. Auf dem Boden neben der Kiste lag ihre Geige. Die Kinder hängten sich über die Theke, während Gus den Erhalt der Sendung bestätigte.

»Das hier war auch dabei«, sagte der Mann.

»Oh, Santa, das ist ja deine Geige«, sagte Hans.

Fritzi packte Santa am Arm. »Das ist kolossal, nicht wahr? Jetzt kannst du für uns spielen.«

Fifi machte eine großartige Bewegung mit beiden Händen. »Für einen Künstler ist es furchtbar, wenn er nicht arbeiten kann. Schrecklich.«

Peter kicherte. »Wenn du Santa erst mal spielen hörst, sprichst du sicher nicht mehr von Künstlern.«

Santa wurde rot. »Sie wird mich nicht spielen hören und andere auch nicht. Punktum.«

Hans sah Peter überrascht an. »Jemand aufzuziehen, weil er Musik liebt, ist nicht richtig.«

Fritzi schenkte Santa ein tröstendes Lächeln. »Ärgere dich nicht, Santa. Noch heute hören wir dir alle zu.«

»Du meine Güte, bitte nicht!«, rief Santa. »Ich kann doch gar nichts. Nur ein einziges Lied.«

Gus beauftragte einen Gepäckträger, die Kiste hinauszubringen. Die Geige gab er Santa. »Ich habe gar nicht gewusst, dass du fiedeln kannst.«

»Kann ich ja auch nicht.« Santa fasste ihn am Arm. »Ehrlich nicht. Sie sollen nicht glauben, ich könnte es.«

»Aber«, sagte Fifi, »du hast uns doch in der Schule erzählt, dass du spielst.« Sie wandte sich an Fritzi. »›Ich spiele Geige.‹ Das hat sie gesagt. Olga war auch dabei. Sie weiß es bestimmt noch.«

Fritzi wollte sich eigentlich nicht mit Fifi gegen Santa verbünden. Fifi war eine gute Artistin; aber in anderer Hinsicht, fand Fritzi, sollte Fifi den Mund nicht zu voll nehmen. Trotzdem, diesmal musste sie ehrlich zugeben, dass Fifi Recht hatte. »Genau das hast du gesagt, Santa.«

Gus half dem Gepäckträger, die Kiste im Kofferraum zu verstauen. »Tomaten und Büffelkäse! Was für ein Gerede um dieses Geigenspiel! Heute Abend packen wir die Fiedel aus, Santa, und du spielst uns was vor.«

»Vielleicht um fünf Uhr«, schlug Fifi vor. »Da haben alle Zeit.«

»Aber ich kann doch gar nichts«, sagte Santa verzweifelt. »Ich kann nur ein Lied, ›O Traurigkeit, o Herzeleid!‹ Ist das nicht zu beklagen?«

Gus stieg in den Wagen und ließ den Motor an. »Für einen Karfreitag passt das perfekt.«

Peter und Santa verschoben das Auspacken der Kiste auf den Nachmittag. Santa war nicht in der Stimmung, sich mit Kisten zu beschäftigen, sie war richtig durcheinander wegen der Geige. »Glaubst du wirklich, dass ich etwas vorspielen muss?«, fragte sie Peter.

Peter konnte sie nicht aufmuntern. Er war überzeugt, dass die anderen das verlangen würden. Zirkusmenschen kannten keine falsche Bescheidenheit. Wenn sie etwas konnten, dann zeigten sie es. Santa hatte gesagt, sie spiele Geige, also sollte sie etwas vorspielen.

»Reg dich nicht auf«, sagte er. »Selbst wenn sie unbedingt etwas hören wollen – nach spätestens zwei Tönen haben sie sicher genug. Komm mit ins große Zelt, wir schauen Gus und Ted Kenet zu.«

Santa folgte ihm, aber sie war alles andere als beruhigt. Dass niemand mehr als zwei Töne ertragen würde, war nicht gerade aufmunternd. Das bedeutete, sie würden sie auslachen, und das war unerträglich. Wie sehr wünschte sie, dass sie wunderschön spielen könnte, so dass alle Zirkusleute kamen, um sie zu hören! Und sie und Peter würden dann richtig berühmt und wären nicht mehr nur Nichte und Neffe von Gus.

Gus und Ted Kenet trainierten am Trapez. Sie probierten etwas Neues. Peter und Santa hätten nicht sagen können, was genau das war, weil sie nichts über Trapezakrobatik wussten, doch sie stellten fest, dass die Fußknöchel der Artisten nicht frei auf der Stange lagen, sondern mit Seilen daran befestigt waren. Jetzt beendeten die beiden ihre Übung. Gus ging davon, um mit Maxim Petoff zu reden. Ted Kenet setzte sich zu den Kindern. Er hatte eine Jacke über das Trikot gezogen, griff in die Tasche und zog eine Tüte mit seinen Bonbons heraus.

Peter nahm eins. »Womit wart ihr da am Trapez befestigt?«

Ted lutschte sein Bonbon. »Das nennt man eine Longe. Das ist eine Sicherheitsleine. Man gebraucht sie bei der Luftakrobatik oder auch als Laufleine für die Pferde, wenn man mit Kindern Reitkunststücke einübt.«

Santa schob ihr Bonbon im Mund auf die andere Seite. »Hast du an einer Longe gelernt?«

»Ich? Aber selbstverständlich hab ich das. Wisst ihr, ich bin im Zirkus meines Großvaters auf die Welt gekommen. Ihr habt doch mal vom Zirkus Kenet gehört?«

»Nein.« Santa beugte sich vor und sagte entschuldigend: »Bestimmt haben alle anderen davon gehört, nur wir nicht.«

Ted machte es offenbar nichts aus, dass sie nichts vom Zirkus Kenet wussten. Er lehnte sich in seinem Stuhl zurück und schmatzte, während er sein Bonbon lutschte. »Ein ungewöhnlicher Kerl war das, mein Großvater. Er war beim alten Pinker Sprechstallmeister gewesen, also der Ansager, der durchs Programm führt. Dieser kleine Zirkus gastierte immer in kleinen Städten nur für jeweils einen Abend. Nun ja, als der alte Pinker im Sterben lag, rief er meinen Großvater zu sich. ›Charlie‹, sagte er, ›ich habe keinen, dem ich mein Unternehmen hinterlassen kann. Ich hätte Lust, es dir zu vererben. Die letzten fünfzig Jahre habe ich für all das hier wirklich oft am Hungertuch genagt. Es ist an der Zeit, dass auch du ein paar Sorgen hast.‹«

Das interessierte Peter. »Und ist er wirklich verhungert?«

Ted nahm sich noch ein Bonbon. »Von wegen! Der doch nicht! Er war ehrgeizig. Er schaute sich um und stellte fest: Das Unternehmen musste auf Vordermann gebracht werden. Also heiratete er eine Löwenbändigerin. Sie brachte drei schöne Tiere mit in die Ehe. Dann, nach einiger Zeit, bekamen sie Kinder. Mein Vater war der Älteste. Ehrenwort, er hat alles durchgemacht! Sowie er stehen konnte, trat er in einer Risley-Nummer auf, war dummer August und ein Kunstreiter dazu.«

»Eins frage ich mich schon die ganze Zeit«, unterbrach ihn Santa. »Was ist der Unterschied zwischen einem Clown und einem dummen August?«

»Ach, das ist fast das Gleiche. Der Vertrag gilt meistens für beides. Ein Clown trägt ein besonderes Kostüm und macht eben Clownerien. Ein dummer August hat auch komische Sachen an, aber nicht die gleichen wie ein Clown. Er macht ganz ähnliche Dinge wie der Clown, aber zu seiner Rolle gehört, dass er nichts kapiert und dauernd was falsch macht. Ein guter Clown oder ein guter dummer August können alles, Trapezakrobatik, Seiltanz, Reiten, was auch immer.«

Peter wollte mehr über den Zirkus Kenet hören. »Dein Vater hat also geheiratet, und dann seid ihr alle auf die Welt gekommen?«

»Nicht gleich. Sein Vater, mein Großvater, hat dafür gesorgt, dass er erst mal mit anderen Dingen beschäftigt war. Mit zwanzig hat er sich um die Tiere gekümmert. Sie hatten einen großen Affen, zwei Leoparden, einen Wolf, zwei Löwinnen und einen Löwen, vier schwarze Himalajabären und ein Lama. Die standen auf der einen Seite im Stall. Auf der anderen hatte er sieben Kamele.«

»Du meine Güte«, sagte Santa. »Was musste er denn mit denen alles machen?«

»Das ganze Programm! Sie füttern. Putzen. Vorführen, zumindest einige. Ihnen etwas beibringen, also, den meisten. Jetzt fragt ihr mich vielleicht, wozu das Ganze? Warum hat er sich nicht anderswo einen einfacheren Job gesucht? Tja, ihm ging's ums Reiten. Mein Vater war ein Pferdenarr. Mein Großvater wusste das und ließ ihn mit den Pferden machen, was er wollte, solange er auch alle anderen Tiere versorgte.«

Santa stützte die Ellbogen auf die Knie und legte das Kinn auf die Hände. »Er durfte reiten, meinst du?«

»Ach was, reiten! Er musste versuchen, die undressierten, untrainierten Pferde für die Manege zuzureiten. Er hat uns erzählt, dass er manchmal zehn oder zwölf Pferde am Tag ritt. Und das war noch nicht alles. Er war ein guter Zeltarbeiter. Wenn er nicht Pferde trainierte oder Bären dressierte, saß er im Schneidersitz oben auf dem Zelt, um es zu flicken, oder er spleißte ein Bündel Seile.«

»Spleißte?«, fragte Santa. »Das habe ich noch nie gehört. Was heißt das?«

»Das bedeutet zwei Seilenden miteinander verflechten, so dass man ein längeres Seil bekommt.«

Peter wollte immer noch mehr über die Kenets wissen. »Hast du dann genauso wie dein Vater lernen müssen?«

Ted bot den Kindern wieder Bonbons an. »Am Anfang schon. Dann – da waren wir noch klein – starb unser Großvater. Vater leitete den Zirkus eine Zeit lang, aber es gab oft schlechte Zeiten und wir hatten nie viel Geld. Außerdem interessierte sich mein Vater nur für die Pferde. Und meine Mutter auch. Sie kam aus einer Reiterfamilie. Eines Tages verkaufte mein Vater das ganze Unternehmen bis auf die Pferde, die wir brauchten, und wir gingen nach Amerika.«

»Als was habt ihr gearbeitet?«

»Als Kunstreiter und Pferdetrainer. Meine drei Brüder, Vater und Mutter arbeiteten alle. Ich manchmal auch.«

Peter spürte, dass sie seiner Hauptfrage langsam näher kamen. »Hat dein Vater dich unterrichtet?«

»Und wie! Wo immer wir hinkamen – und bis ich vierzehn war, waren wir in allen größeren Staaten gewesen –, war es das Gleiche. Sofort nach dem Aufbau war das Erste, was er sagte: ›Auf, zieht euch um, Jungs, während ich die Longe auspacke!‹ Genauso, wenn wir auf Tournee waren. Wir kamen irgendwo an. Mutter kümmerte sich um unsere Zimmer. Die Pferde ließ Vater in Ruhe, wenn die Reise anstrengend gewesen war. Er versorgte sie liebevoll. Aber für uns hieß es immer: ›Holt eure Sachen, Jungs, und kommt runter in die Manege.‹«

»Aber ohne die Pferde konntet ihr doch nicht üben«, widersprach Peter.

»Von wegen!« Ted lutschte schmatzend sein Bonbon. »Reitnummern haben viel mit Akrobatik zu tun. Man muss zum Beispiel fallen lernen.«

Santa sah Ted an. Er hatte doch gar keine Narben. »Meinst du, vom Pferd fallen?«

Ted ließ sich durch Unwissenheit selten aus der Fassung bringen. Er blieb ganz gelassen.

»Nein. Es geht um das, was die Kinder hier ständig machen. Die Petoffs zum Beispiel. Und Fifi Moulin ist auch gut darin.«

»Du meinst Saltos und so?«

Ted nickte. »Ja. Der Überschlag, den die Kinder ständig üben, ist das verbindende Element in einer Nummer. Angenommen, du willst eine Reihe von Kunststücken zeigen, also eine Nummer. Irgendwoher musst du Schwung zum Springen und Drehen bekommen, nicht wahr? Und dazu dient der Überschlag. Meistens geht es so: Überschlag, doppelter Salto, Überschlag, Salto rückwärts. Passt auf.«

Ted ging in die Manege, wobei er seine Jacke und die Clogs auf den Rand warf. Er rieb die Hände am Trikot ab. Dann fing er an zu turnen. Es war gut zu erkennen, was es mit dem Überschlag auf sich hatte. Er kam zwischen den einzelnen Kunststücken, genau wie Ted es gerade erklärt hatte. Olga machte so etwas ständig. Sich auf die Hände werfen, hintenüberfallen lassen und wieder in den Stand kommen. Danach machte Ted eine Radwende. Dann wieder einen Überschlag. Dann den Salto.

Ted kam zu den Kindern zurück. »Habt ihr gesehen? Natürlich kann man die Abfolge ändern. Man kann ein paar Pirouetten einfügen. Was immer man möchte.« Er zog Jacke und Clogs an und setzte sich wieder.

»Du meine Güte«, sagte Santa neidisch, »das würde ich auch gern können.«

Ted sah sie prüfend an. »Wie alt bist du?«

»Elf.«

Er nahm sich noch ein Bonbon. »Das ist spät, um noch anzufangen, aber nicht zu spät. Du hast den richtigen Körperbau dafür. Ich komme mal vorbei und zeige dir einiges, wenn Gus nichts dagegen hat. Das ist gute Gymnastik.«

Peter sah kurz zu Santa hinüber. Gymnastik! Ted hatte sich so schnell gedreht, dass man ihn kaum sehen konnte. Unter Gymnastik verstand Peter wirklich etwas anderes.

Er bat: »Erzähl doch weiter von den Pferden. Du hast gesagt, wenn sie nach einer Reise müde waren, musstet ihr Akrobatikübungen machen.«

»Das stimmt. Wir haben auch gearbeitet, während wir unterwegs waren. Ich erinnere mich noch gut an die erste Schiffsreise nach Amerika. Ich war auf der ganzen Überfahrt seekrank. Ich war noch klein, aber Dad sagte: ›Er soll an Deck kommen. Ich werde nur eine Nummer mit ihm üben. Das tut ihm gut.‹«

»Und hat es dir gutgetan?«, fragte Santa.

Ted dachte nach. »Nicht auf dieser Reise. Aber vielleicht für später. Er war ein guter Lehrer, mein Dad. Er war nie der Ansicht, dass man Kinder verwöhnen sollte.«

Peter setzte sich bequemer hin. »Wann hast du dann gelernt, am Trapez zu turnen?«

Ted schaute zum Zeltdach, als könnte er so seine Erinnerung herbeirufen. »Da waren wir drüben in Stockholm. Wir haben an einer Dressurnummer gearbeitet. Das Pferd ging nicht richtig. Dad war Träger. Ihr wisst schon, so wie mein Bruder, er trägt uns andere auf seinen Schultern. Dad rutschte ab. Ich stand ganz oben auf der Pyramide. Ich fiel runter und brach mir die Hüfte. Sie mussten mich im Krankenhaus zurücklassen. Tja, und während ich dort war, wurde noch ein Zirkusmitglied eingeliefert. Ein Deutscher. Er hatte als Flieger bei einer Trapeznummer den Fänger verfehlt und sich den Arm gebrochen.«

Santa war es unangenehm, dass sie ihn unterbrechen musste, doch noch unangenehmer war es ihr, wenn sie etwas nicht verstand. »Was ist ein Fänger?«

»Na, einer, der fängt. Wenn du Luftakrobaten beim Auftritt zusiehst, wirst du feststellen, dass immer einer den anderen fängt.«

Peter runzelte die Stirn, weil Santa von der eigentlichen Geschichte ablenkte. »Erzähl weiter.«

»Also, wie wir so in unseren Betten lagen und nichts zu tun hatten, fingen wir an uns zu unterhalten. Bei seiner Trapeznummer vertrat ihn jetzt jemand anderes. Er war aber auch nicht verrückt danach, da wieder mitzumachen. Er besaß ein eigenes Trapez, und er hatte eine gute Nummer für zwei ausgearbeitet. Er schlug mir vor, mich ihm anzuschließen.«

Santa war entsetzt. »Aber du hattest eine gebrochene Hüfte und er einen gebrochenen Arm, und du hattest gar keine Erfahrung am Trapez.«

Ted stand auf. »Ich glaube, es ist langsam Zeit zum Essen. Meine Hüfte heilte und sein Arm auch. Ich habe die Nummer schnell gelernt. Wir wurden sehr gut darin.«

Santa hielt ihn an der Jacke fest. »Wann bist du zu deinem Vater und den Brüdern zurückgegangen?«

»Als Dad starb. Wir vier haben die Pferde übernommen.« Er streckte ihnen seine Bonbontüte entgegen. »Nehmt ihr noch eins? Sie sind gut für euch, sie kühlen das Blut. Im Frühling kann man so was gut gebrauchen.«

»Bringst du mir wirklich Akrobatik bei?«, rief Santa ihm nach.

Ted antwortete nicht ausdrücklich, aber mit einer Art Kopfnicken verließ er das Zelt.

Peter und Santa gingen um die Manege herum und durch den Vordereingang hinaus. »Willst du tatsächlich Akrobatik lernen?«, fragte Peter. »Wozu?«

Santa hüpfte über ein Spannseil und öffnete das Tor im Zaun. »Damit ich etwas zu tun habe, während du reitest.« Sie schloss das Tor vor seiner Nase. »Erster am Wohnwagen!«, rief sie und rannte los.

Gus hatte den Eintopf fast fertig. Peter und Santa deckten den Tisch. Gus schaute vom Rühren auf und sagte: »Alle Kinder kommen heute zu uns zum Tee.«

Santa spürte, wie Kälte in ihr hochstieg. »Warum?«

»Kraut und Käse! Warum denn nicht?« Gus probierte den Eintopf und streute noch ein bisschen Pfeffer hinein. »Es ist ein guter Tag dafür; keine Vorstellung.«

Peter wusste, was Santa bedrückte. »Fifi trinkt keinen Tee, und ich glaube, die Petoffs auch nicht. Und die Schmidts trinken Kaffee.«

Gus stellte drei Teller auf den Herd, damit sie warm wurden. »Aber sie können warme Rosinenbrötchen essen, oder?« Er wies mit dem Kopf auf eine große Tüte auf dem Boden in der Ecke. »Ich bin vorhin losgegangen und habe zwei Dutzend eingekauft. Auf jedem Brötchen ist ein Kreuz eingeritzt, wie sich das für einen Karfreitag gehört.«

Santa stellte den Gewürzständer auf den Tisch. »Warum hast du sie eingeladen?«

Gus rührte ein letztes Mal den Eintopf um. »Anscheinend hast du den Kindern gesagt, du könntest Geige spielen. Sie sind nach Hause gegangen und haben ihren Eltern erzählt, dass du Geige spielen kannst. Jetzt weiß es der ganze Zirkus. Und wenn du es kannst, warum willst du es dann nicht zeigen?«

Santa hielt ihm einen Teller für den Eintopf hin. »Aber ich kann es doch gar nicht.«

»Warum hast du dann gesagt, dass du es kannst?«

Santas Augen füllten sich mit Tränen. »Weil die anderen gesagt haben, Tante Rebecca hätte uns nichts beigebracht und wir seien wie neugeborene Babys.«

»So war das also.« Gus wandte sich an Peter. »Hast du deshalb auch in der Schule erzählt, du hättest einen Privatlehrer gehabt, der dich in Latein unterrichtet hat?«

Peter schaute hinüber zu Santa, die ein rotes Gesicht hatte und ihre Tränen kaum zurückhalten konnte. Da ging er in die Luft.

»Na schön, lach du nur. Vielleicht haben wir wirklich nur Unsinn gelernt. Aber wenigstens sind wir keine Petzen, die im ganzen Zirkus herumerzählen, was jemand in der Schule gesagt hat.«

Gus füllte die beiden anderen Teller mit Eintopf und setzte sich. Er sah aus, als täte es ihm leid. »Jetzt hört mal zu. Ich will nicht ungerecht zu euch sein. Aber ihr habt anscheinend gar keinen gesunden Menschenverstand. Ihr kommt hierher, angezogen wie für den Buckingham-Palast …«

»Das ist gemein!«, sagte Santa.

Gus seufzte. »Dann diese Sache mit den Privatlehrern.« Er

aß einen Löffel Eintopf. »Merkt ihr nicht, dass ihr alles Mögliche falsch anpackt? Ich konnte mir noch nie vorstellen, wozu Latein gut sein soll, aber irgendwann wirst du es mal brauchen, da kannst du Gift drauf nehmen. Eines Tages wird einer sagen: ›Kann jemand Latein?‹ Und dann sagst du einfach: ›Ja, ich‹ und alles ist in Butter.«

»Ich musste etwas sagen«, platzte Peter wütend heraus. »Die Jungen haben behauptet, ich könnte gar nichts.«

»Und wennschon.« Gus kaute. »Vielleicht lagen sie gar nicht so weit daneben. Aber, Junge, warum um alles in der Welt sagst du den Tänzerinnen, sie sollten nicht beim Abbau helfen? Sie haben sich alle schiefgelacht. Sie haben dich kleiner Lord getauft.«

Peter schaute grimmig auf seinen Teller. »Ich verstehe nicht, warum.«

Gus aß einen Moment lang schweigend. Dann sah er auf. »Keiner von uns kann sich selber sehen. Aber es gibt Leute, die gehen durch die Welt und betteln geradezu darum, dass man sie aufzieht. So jemand bist du und du solltest ein bisschen aufpassen. Rede keinen Unsinn. Es ist in Ordnung, höflich zu sein und sauber und so weiter. Aber es ist manchmal besser, auszusehen, als könnte man Kinnhaken verteilen, wenn es sein muss.«

»Tja, vielleicht kann ich das. Du weißt doch gar nicht, ob ich es kann oder nicht.«

Gus nickte. »Das stimmt. Vielleicht kannst du es. Aber eines weiß ich sicher: Wenn ich in deinem Alter plötzlich in einen Zirkus gekommen wäre, dann hätte ich mich den ganzen Tag mit den Männern oder den anderen Jungen herumgetrieben. Ich wäre nicht mit meiner Schwester umhergewandert und hätte ausgesehen wie ein Chorknabe.«

Santa stand auf und nahm sich Eintopf nach. »Es hat keinen Sinn, Peter und mich trennen zu wollen. Wir sind aneinander gewöhnt. Und du willst doch, dass wir sauber sind, oder etwa nicht?«

Gus schaute zum Eintopf hinüber. »Gib mir noch ein bisschen, wenn du schon dabei bist, Santa.« Er reichte ihr seinen Teller. »Ich kann das, was ich meine, schlecht in Worte fassen. Ich möchte nicht, dass du mich missverstehst, Peter.«

Peter sah ihn wütend an. »Ich glaube nicht, dass ich das tue.«

Gus nahm Santa seinen Teller ab. »Und du, kannst du wirklich nichts auf dieser Fiedel spielen?«

»Nur ein Lied, und das sehr schlecht.«

Gus lachte. »Das erinnert mich an einen Clown, der einmal bei uns war. Er war kein besonders guter Clown. War mir immer schleierhaft, wie er Mr Cob dazu brachte, ihn zu engagieren. Aber reden, das konnte er! Nach seinen Worten gab es nichts, was er nicht konnte. Eines Tages hörte der alte Ben, wie er eine Pferdenummer kritisierte. ›Reitest du?‹, fragt Ben. ›Reiten!‹, lacht der Clown – Fred hieß er. ›Ich reite schon, seit ich laufen kann.‹ Ben sagt nichts mehr, aber er geht zu Mr Cob und gemeinsam hecken sie einen Streich aus. Der ganze Zirkus weiß Bescheid. ›Fred‹, sagt Mr Cob, ›wie ich höre, reitest du. Da ist ein Pferd, das zugeritten werden muss. Komm morgen früh in die Manege und sieh mal, was du mit ihm anfangen kannst.‹ Nun, Fred versucht es mit einer Ausrede. Aber das hilft nichts. Mr Cob sagt nur immer wieder: ›Tu mir den Gefallen, Fred.‹ Schließlich muss Fred einwilligen.«

»Du meine Güte! Konnte er reiten?«, fragte Santa.

»Der doch nicht. Er wusste nicht, was bei einem Pferd vorn und hinten ist.«

Peter legte Gabel und Löffel hin. »Und wie hat er das überlebt?«

Gus lachte in sich hinein. »Am nächsten Morgen waren wir alle da. Ben hielt das Pferd. Ständig schlug es aus und bäumte sich auf. Als Fred es erblickte, wurde er grün wie ein Salatkopf. Aber es half alles nichts. Ben war auch da, und er und Mr Cob bugsierten Fred auf das Pferd. Fred sah aus wie ein Kohlensack. Ben gab dem Pferd einen Klaps auf die Flanke und los sauste es in die Manege. So etwas hatte ich noch nie gesehen. Ich dachte, ich würde platzen vor Lachen.«

»Aber ist er nicht runtergefallen?«, fragte Santa.

Gus grinste. »Er konnte nicht. Während Mr Cob und Ben ihn mit viel Theater aufs Pferd hoben, hatten sie eine Longe um ihn geschlungen, und zwar eine besondere. Die war so leicht, dass er sie in seinem Zustand gar nicht bemerkte. Also, beim ersten Aufbäumen wurde er abgeworfen, aber er fiel nicht auf den Boden, weil die Jungs an der Longe zogen – Fred baumelte in der Luft. Dann fingen sie das Pferd ein und setzten ihn wieder drauf. So ging es fast eine halbe Stunde lang. Dann kam einer von den Kenets herein. Die können sich überall festklammern. Er stieg auf und ritt das Pferd, als wären sie im Park. Danach hat Fred nicht mehr so viel gequatscht.«

Peter und Santa gingen abspülen. Sie schauten sich um.

Überall herrschte feiertägliche Ruhe. Man hörte nur die Stimmen der Kinder, die ums große Zelt spielten, dazwischen ein paarmal das Gebell der Pudel. Ein Pferd wieherte. Sonst schliefen alle oder ruhten sich aus. Die beiden erledigten den Abwasch, ohne zu reden. Sie dachten über das Streitgespräch beim Essen nach.

»Es ist schon komisch«, flüsterte Santa schließlich. »Hier zu sein ist das Schönste, was uns je passiert ist, aber immer wieder wird es uns verdorben.«

»Alles Gus' Schuld«, sagte Peter verbittert. »Er ist noch nicht mal fair. Was kann ich dafür, dass wir anders erzogen worden sind als er? Ich mache angeblich alles falsch, aber bei Tante Rebecca war das richtig. Was soll ich damit anfangen?«

Santa spülte eine Teetasse aus. Nach dem Mittagessen tranken sie immer Tee. Gus mochte das. »Gus hat es nicht so gemeint. Er will nett sein.«

»Eine komische Art, das zu zeigen. Bei dir geht es ja. Mich kann er nicht leiden.« Peter beugte sich über das Becken zu Santa und flüsterte: »Ich werde Ben bitten, ihm nicht zu erzählen, dass er mich reiten lässt. Wenn er es wüsste, würde er es weitersagen und alle würden wieder über mich lachen.«

Santa nickte. »Das ist eine gute Idee. Aber Gus ist oft im großen Zelt. Meinst du nicht, er bekommt das mit?«

»Nein. Einige Pferde werden früh trainiert. Ich werde Ben bitten, dass wir morgens üben.«

Santa sagte nichts. Es war bestimmt in Ordnung, genau das, was Gus wollte. Dass Peter etwas in die Hand nahm. Sonderbar, wie Leute neuerdings versuchten sie zu trennen.

Das gelang ihnen nicht, aber Santa wäre froh gewesen, wenn sie es nicht dauernd versuchen würden.

Um halb fünf stürmten Olga, Sascha, Fritzi, Hans und Fifi zum Tee herbei. Da nicht alle bequem in den Wohnwagen passten, setzten sich die Jungen auf die Stufen und Gus verteilte die Brötchen.

»Ist deine Geige gut angekommen, Santa?«, fragte Olga.

»Viel zu gut für Santas Geschmack«, sagte Gus. »Sie sagt, sie kann gar nicht spielen.«

Fifi legte ihr Rosinenbrötchen weg. Sie zuckte mit den Achseln und hob beide Hände. »Unmöglich! Warum sollte jemand eine Geige mit auf die Reise nehmen, wenn er nicht spielen kann?«

»Aber ich habe sie nicht mitgenommen«, widersprach Santa. »Ich habe sie zurückgelassen.«

»Du hast gesagt, du kannst spielen«, sagte Fritzi. »Also, wieso kannst du es plötzlich nicht mehr?«

Sascha streckte den Kopf zur Tür herein. »Hast du eine Stimmung, Santa?«

Peter zog ihn zurück. »Sei doch still! Sie kann nicht spielen. Sie produziert schlechte Geräusche.«

Hans schüttelte den Kopf. »So ist es immer. In fast jeder Familie gibt es einen Künstler, den die anderen nicht verstehen.«

Peter biss in sein Rosinenbrötchen. »Unsinn.«

Als sie mit dem Tee fertig waren, deutete Gus auf den Geigenkasten. »Komm, Santa, stimm dein Instrument.«

»Nein, noch nicht!« Fifi sprang auf. »Ich muss Papa und Maman holen. Sie möchten sie auch hören.«

»Stimmt.« Hans lief die Stufen hinunter. »Meine Eltern wollen auch.«

Fritzi nickte Santa tröstend zu. »Sie verstehen Musik.«

Santa ging unglücklich in die Ecke und nahm die Geige aus dem Kasten. Die E-Saite war gerissen. Sie sah im unteren Kastenteil nach und fand eine, die sie widerwillig aufzog. Das würde schrecklich werden! Sie wünschte, der Wohnwagen würde umfallen oder sonst was – irgendwas, damit sie nicht spielen musste.

Die Moulins und die Schmidts trafen ein. Gus stellte mit einem Funkeln in den Augen draußen Stühle für sie auf und legte eine Decke aus, damit die Kinder auf dem Boden sitzen konnten. Santa sollte auf einer Wohnwagenstufe stehen, um für alle gut sichtbar zu sein.

Santa bestrich den Bogen mit Kolophonium und spannte ihn. Sie hatte die Geige gestimmt, so gut sie konnte, aber sie hatte kein gutes Gehör und war hilflos, wenn ihr nicht jemand am Klavier ein C anspielte. Dann legte sie sich das Samtkisschen an den Hals und schaute flehend Gus an. »Bitte! Ich kann das nicht. Du weißt, dass ich es nicht kann.«

Gus grinste. »Komm schon. Du hast den Kindern gesagt, dass du es kannst. Jetzt wollen wir dich hören.«

»Ich kann nur ›O Traurigkeit, o Herzeleid! Ist das nicht zu beklagen?‹.«

Gus wandte sich an die Schmidts und Moulins. »Das ist ein Choral.«

Mrs Schmidt nickte zufrieden. »Wunderbar. Das passt gut zum Karfreitag.«

Die Moulins murmelten zustimmend. Sie saßen da wie in

einem richtigen Konzert. Bis zum ersten Ton hielten sie den Atem an.

Santa war klar, dass sie das jetzt hinter sich bringen musste, und legte den Bogen an die Saiten.

Seit ihrer ersten Geigenstunde hatte Santa ausschließlich grässliche Geräusche damit erzeugt. An diesen Nachmittag klang es schlimmer als je zuvor. Die Geige war falsch gestimmt. Santas Finger, feucht vor Angst, rutschten von den Saiten ab. Der Bogen kratzte. »O Traurigkeit, o Herzeleid! Ist das nicht zu beklagen?« hat eine ziemlich melancholische Melodie. So wie Santa sie an diesem Tag spielte, klang sie wie das Stöhnen eines Menschen, der entsetzliche Schmerzen hat.

Die Moulins waren höfliche Leute. Mr Moulin und Lucille saßen mit gefrorenem Lächeln da, als würde es ihnen gefallen. Fifi, die sich weniger gut beherrschen konnte, steckte die Finger in die Ohren. Lucille gab ihr sofort einen Klaps, also nahm sie die Finger wieder heraus und setzte ebenfalls ein angestrengtes Lächeln auf.

Die Schmidts waren musikalisch. Sie stammten aus Familien, in denen jeder ein Instrument spielte. Wenn sie zusammenkamen, bildeten sie ein sehr gutes kleines Orchester, das nur zum Vergnügen spielte. Für sie war es ein Verbrechen, wenn jemand, der solche Geräusche erzeugte wie Santa, ein Instrument auch nur berührte. Sie schlossen die Augen und versuchten an etwas anderes zu denken.

Olga und Sascha waren ohne viel Musik aufgewachsen. Aber sie hatten ein wenig Musik im Blut. Zuerst dachten sie, Santa mache Witze. Sie schauten sich um und sahen die ernsten, gequälten Gesichter der anderen. Drei Choralzeilen lang hielten sie es aus, dann wälzten sie sich am Boden und schrien vor Lachen.

Das war nicht gerade rücksichtsvoll, aber Santa konnte nichts Besseres passieren. Im nächsten Moment hörte sie auf zu spielen und nun prusteten alle los.

Mr Schmidt erholte sich zuerst. »In meinem ganzen Leben«, sagte er und wischte sich die Augen, »habe ich noch nie solche Töne gehört.«

Mrs Schmidt klopfte ihm aufs Knie. »Das ist nicht nett, Heinrich. Die arme kleine Santa. Der liebe Gott gibt nicht jedem alle Gaben.«

Fritzi stand auf. »Aber warum hast du gesagt, Santa, dass du spielen kannst?«

Mr Schmidt schüttelte den Kopf über seine Tochter. »Es ist vorbei. Jetzt machen wir ein bisschen richtige Musik, damit diese Töne verschwinden. Steh auf, Hans, du auch, Schatz. Wir singen.«

Kaum jemand kann sich Menschen, die singen können, entziehen. Die Schmidts sangen deutsche Volkslieder. Sie klangen hübsch. Ein paar Manegenhelfer und Zeltarbeiter kamen herüber, hörten zu und sangen dann auf Walisisch. Jemand stimmte eine Melodie an, in die alle einfielen, wenn sie den Text auch in verschiedenen Sprachen sangen. Ein Lied führte zum nächsten. Bald stand die Hälfte der Zirkusleute vor Gus' Wohnwagen. Es wurde schon langsam dunkel. Hier und da gingen Lichter an.

»Womit sollen wir aufhören?«, fragte einer der Männer.

Gus schaute sich um und fing Santas Blick auf. Sie konnte

sehen, dass seine Lippen das Wort »Kunst« formten. Sie schüttelte verzweifelt den Kopf. So gemein konnte, durfte er einfach nicht sein. Gus grinste ihr zu. »Ein Lied zur guten Nacht am besten. Wie wäre es mit ›Abendstille überall‹? Das mochte ich schon immer so gerne.«

11

## *Die Reitstunde*

In Blackpool gab es zwei wichtige Ereignisse. Das erste geschah morgens am Ostersonntag. Gus hatte unterwegs eine Reifenpanne und sein Wohnwagen kam als letzter an. Als er damit auf den Platz einbog, sprangen Olga und Sascha aufs Trittbrett. Olga streckte den Kopf durchs Fenster. »Peter und Santa, kommt ihr zu uns in den Wohnwagen? Es gibt Eier und Paska.«

Sascha schob seinen Kopf neben den der Schwester. »Wir haben auch Fifi und Fritzi und Hans eingeladen. Aber Fifi ist zur Messe gegangen und Fritzi und Hans haben irgendwas Schlechtes gegessen. Sie haben beide gebrochen. Sie mussten sogar auf der Fahrt hierher anhalten. Bleibt also nur noch ihr. Kommt ihr?«

Gus hielt an. »Raus, ihr zwei, und holt euch eure Ostereier ab. Ich fahre nicht weiter, wenn diese beiden auf dem Trittbrett hängen.« Er lehnte sich aus dem Fenster und gab Sascha einen leichten Klaps. »Ein Schlagloch und ihr liegt unter den Rädern. Und dann habt ihr gar nichts mehr von euren Ostereiern.«

Olga machte einen Überschlag und schlug ein Rad. »Ich

bin so froh, dass Ostern ist«, sagte sie, als sie wieder stand. »Wir feiern ein Fest!« Sie streckte Santa die Hand entgegen. »Komm.«

Es gab Eier, die in allen Farben bemalt waren. Es gab Heringe in Öl und dazu Pilze. Es gab Salzgurken. Es gab ein Fleischgericht. Aber am aufregendsten von allem war der Kuchen, der Paska genannt wurde. Santa und Peter hatten an Ostern bisher kleine Schokoladeneier bekommen, aber ein Fest hatte es nie gegeben. Verwundert starrten sie auf den Tisch. Besonders Paska hatte es ihnen angetan; so einen Kuchen hatten sie noch nie gesehen. Mrs Petoff machte eine Kanne Tee.

Strahlend begrüßte sie Peter und Santa. »Frohe Ostern! Wir haben schon geglaubt, ihr hättet euch auf der Herfahrt verirrt.«

Peter erklärte den Zwischenfall mit dem Reifen.

Maxim klopfte auf den Stuhl neben sich. »Komm, Santa, du sitzt neben mir. Wir sind gute Freunde. Peter sitzt bei meiner Frau. Setzt euch alle.«

Es war erstaunlich, dass sie alle im Wagen Platz fanden, aber irgendwie ging es. Und was war das für ein Festessen! Sie aßen von jedem Gericht etwas. Dann, zum Abschluss, gab es ein großes Stück Paska. Man konnte kaum glauben, dass ein üppiger Kuchen, dazu Fleisch, Heringe und Gurken das Richtige zum Frühstück waren, aber Peter und Santa schmeckte es ausgezeichnet. Als sie fertig waren, teilte Mrs Petoff die Eier aus, die in einem Korb gelegen hatten. Santa nahm ein rotes und Peter ein grünes. Es waren normale Hühnereier, hart gekocht und angemalt. Die beiden starrten sie neugierig an, noch nie zuvor hatten sie solche Ostereier gesehen. Maxim hatte ein blaues, das er in den Fingern drehte. Er lächelte Santa zu.

»Du hast noch nie so ein Ei gesehen? Nicht? Als ich ein kleiner Junge war, in Russland, habe ich gesehen, wie sie gefärbt wurden. Damals dachte ich, die Zeit vergeht so langsam. Ostern kommt nie!«

»Feiert ihr immer so ein Fest an Ostern?«, fragte Peter.

Mrs Petoff nickte. »Ja. Es ist das größte Fest. Davor liegt in Russland eine lange Fastenzeit.«

Maxim schnitt eine Grimasse. »Da gab es Sonnenblumenöl statt Butter und nicht viel zu essen. Aber das Fest, das dauerte drei Tage. Und stellt euch vor, was geschah, während wir fasteten. In der Küche war vielleicht was los. Ein Gericht nach dem anderen wurde dort zubereitet. Die Heringe, so wie wir sie heute haben, nur besser – man bekommt keine guten in England. Die Gurken. Die großen Braten. Und dann noch Paska! Wir Kinder standen herum, und das Wasser lief uns im Mund zusammen. Quark, Zucker, Rosinen und Mandeln in rauen Mengen! Man konnte kaum dabei zusehen, wie sie verrührt wurden, während wir fasteten.«

Santa konnte den Gedanken nicht ertragen, dass die Kinder hungrig waren. »Aber Ostersonntag war es endlich vorbei, und dann durftet ihr alles zum Frühstück essen.«

Die Petoffs lachten.

Maxim schüttelte den Kopf. »Nicht zum Frühstück. Nein. In England ja. Da ist der Abbau, und wir fahren früh los. Aber als ich ein Kind war, da gab es das große Essen in der Nacht.« Sein Blick ging in weite Fernen, und er sprach leiser weiter.

»Den ganzen Abend deckten wir den Tisch. All die Speisen und der Wodka. Dann, vielleicht um halb zwölf, bringt meine Mutter Paska. Danach gehen wir zur Kirche. Die Kirche ist dann so voll, dass man kaum hineinkommt. Wir knien uns auf die Erde, auf der Tannenzweige liegen, und sehen ein Bild vom toten Christus. Dann plötzlich läuten alle Glocken. Priester und Chor kommen zur Tür. Sie tragen Banner und Laternen. Wir folgen ihnen. Wir haben Kerzen. Sie flackern im Wind. Viele Sterne stehen am Himmel. Die Laternen hängen auf hohen Stäben. Wir gehen um die Kirche und singen den großen Choral. Dann, einfach so« – Maxim schnalzte mit den Fingern, um die Dauer einer Sekunde anzudeuten –, »ist alles Ernste vorbei. Es ist, als wären alle verrückt geworden. Die Glocken läuten Sturm. Alle küssen einander. Alle rufen: ›Christus ist auferstanden. *Christos woskres.*‹«

Am Ende hatte Maxim nur noch geflüstert. Er saß da, hielt das Ei in der Hand und Tränen liefen ihm über die Wangen. Peter und Santa schauten sich um. Alle Petoffs weinten. Sehr leise standen sie auf und verließen den Wohnwagen.

Draußen sahen sie einander an. »Du meine Güte«, sagte Santa. »Wie schrecklich. Der arme Mr Petoff, er muss in England leben, wenn ihn der Gedanke an Russland zum Weinen bringt.«

Peter war durch all die Tränen ganz verlegen geworden. »Er fängt bestimmt nicht so einfach an zu weinen. Ich frage mich, warum er nicht versucht zurückzukehren. Wahrscheinlich könnte er das. Es muss doch Zirkusse in Russland geben.«

Olga sprang die Wohnwagenstufen herunter, gefolgt von

Sascha. Sie machte einen Handstand. »War das nicht ein schönes Osterfest?«

Peter starrte sie an. »Schon. Aber ihr saht alle unglücklich aus.«

»Unglücklich!« Sascha machte einen Überschlag und stellte sich dann vor Peter. »Wir waren doch nicht unglücklich. Es war wunderschön!«

Santa sah ihn streng an. »Das stimmt nicht, Sascha. Vor zwei Minuten hast du noch geweint. Wir haben es gesehen.«

Sascha drehte sich zu Olga um. Beide waren offenbar verwundert.

»Wir weinen immer an Ostern«, erklärte Olga. »So muss es sein. Mein Vater ist ein Exilant aus Russland.«

»Ich weiß«, sagte Peter. »Und es ist sicher schrecklich für ihn. Deshalb kannst du doch nicht sagen, es war ein schönes Ostern, wenn es euch alle daran erinnert hat, dass ihr unglücklich seid – obwohl das Essen sehr, sehr lecker war.«

Olga ging ein paar Schritte auf den Händen. »Aber wir waren nicht unglücklich.«

Peter widersprach. »Du vielleicht nicht, aber dein Vater ist es. Er will zurück nach Russland.«

Diese Behauptung brachte Olga und Sascha dazu, ihre akrobatischen Übungen zu unterbrechen. Beide stellten sich aufrecht hin und sahen sehr ernst aus.

»Niemals«, sagte Olga, »würde mein Vater nach Russland zurückkehren wollen. Er ist hier eingebürgert worden.«

Sascha klopfte sich auf die Brust. »Wir sind Briten.«

Peter zuckte verzweifelt die Achseln. Er verstand es einfach nicht. »Warum habt ihr dann alle geweint?«

Olga stampfte auf. »Du bist vielleicht begriffsstutzig, Peter! Es ist wunderbar zu weinen. Es ist eine Stimmung. Wenn du nie weinst, wie kannst du es dann genießen zu lachen?«

Peter steckte sein Osterei in die Tasche. »Gus lacht viel und er weint nie.«

Olga schlug ein Rad. »Die Engländer finden es falsch zu weinen. Mein Vater sagt, sie können nicht empfinden.«

»Warum hat er sich dann einbürgern lassen?«, fragte Peter. »Das hätte er nicht tun sollen, wenn er die Engländer nicht mag.«

Olga hüpfte davon. »Du bist aber dumm! Er liebt England. Man kann sagen, die Leute empfinden nichts, und das Land trotzdem lieben.«

Peter wollte nicht länger widersprechen, schließlich hatten sie gerade zusammen gefeiert. Er nickte Olga und Sascha zu und ging zu Gus' Wohnwagen.

Santa lief ihm nach. »Ich finde, Russen sind sehr seltsam, du nicht auch?«

Peter trat mit der Schuhspitze ins Gras. »Ich weiß nicht, wovon sie reden. Aber vielleicht verstehen wir es später mal.«

Das zweite Ereignis in Blackpool war Peters erste Reitstunde. Er ging allein zu Ben in die Stallungen und stand neben ihm, während Ben nach den Pferden sah. Er wusste genau, was er sagen wollte, aber er wusste nicht, wie anfangen.

Plötzlich blieb Ben stehen und sah ihn an. »Was ist los, Peter?«

»Nun, ich habe mich gefragt – ich will sagen – also, du hast doch gesagt …«

Ben hob die Hand, um ihn zum Schweigen zu bringen. Er

bückte sich nach zwei Strohhalmen und gab ihm einen. »Entweder du hast etwas zu sagen oder nicht. Wenn du was sagen willst, dann schieß los. Ich kann es nicht ausstehen, wenn jemand wie die Katze um den heißen Brei herumschleicht, bis er endlich zur Sache kommt.«

Peter lehnte sich an einen Pfahl zwischen Goldstücks und Rotkehlchens Boxen, Ben an eine Zeltstütze. »Erinnerst du dich«, sagte Peter, »dass du einmal gesagt hast, du würdest gern sehen, wie ich mich beim Reiten mache?«

»Ja. Komm morgen vorbei, wenn du willst.«

»Na ja, es ist nicht nur das.« Peter sah Ben fest an. »Die Leute hier halten mich für einen Dummkopf.«

Ben kaute nachdenklich an seinem Strohhalm. »Viele sehen nicht mehr als das Äußere. Ich sage immer, Menschen sind wie Pferde. Das Aussehen ist nicht alles. Was haben sie für ein Herz? Das ist alles, was mich interessiert.«

Peter war ein wenig entmutigt. Lieber wäre ihm gewesen, wenn Ben gesagt hätte: Niemand hält dich für einen Dummkopf. Wie kommst du denn darauf? Er trat ins Stroh auf dem Boden. »Warum hältst du mich für einen Dummkopf?«

Ben spuckte seinen Strohhalm aus. »Ich glaube nicht, dass du ein Dummkopf bist, nur verweichlicht. Als ihr ankamt und ich dich und Santa an eurem ersten Tag bei den Tieren hier sah, da ist mir gleich aufgefallen, dass du irgendwie weich wirkst. Es ist einfach deine Art, dich vorsichtig zu bewegen, damit du nicht in was hineintrittst … Und wie du Stäubchen von deinen Sachen abstreifst. Das sind Dinge, die Mädchen machen.«

»Gus kann mich nicht ausstehen«, platzte Peter heraus.

»Deshalb habe ich gedacht, es wäre eine gute Idee, wenn ich möglichst früh zum Reiten komme, ohne dass er davon erfährt. Wenn er es wüsste, würde er mich nur wieder auslachen.«

Ben wählte sorgfältig einen anderen Strohhalm aus und steckte ihn in den Mund. »Ich sage immer zu den Jungs, die hier im Stall arbeiten: ›Lasst mich mit eurem Gejammer in Ruhe. Ihr wusstet, was euch erwartet, als ihr euren Vertrag unterschrieben habt. Wenn es euch nicht passt, dann kündigt.‹«

»Aber ich kann nicht kündigen.«

Ben sah ihn scharf an. »War da nicht ein Waisenhaus im Gespräch?«

»Oh, das!« Den Einwand ließ Peter nicht gelten. Es war doch klar, dass keiner ins Waisenhaus wollte, wenn er im Zirkus leben konnte. »Da bleib ich lieber hier.«

»Dann jammer nicht. Gus hat euch beide aufgenommen. So groß ist ein Wohnwagen auch wieder nicht. Er muss sich ziemlich einschränken, seit ihr da seid.«

Peter starrte Ben an. Tante Rebecca hatte ihren Haushalt für sie beide geführt, und sie hatten es immer als selbstverständlich betrachtet, dass sie das gern machte. Dann waren sie zu Gus gekommen. Sie hatten gedacht, dass der sie vielleicht in Waisenhäuser schicken würde, um Mr Stibbings' Anweisungen zu befolgen. Doch sie wären nie darauf gekommen, dass Gus das selbst besser gepasst hätte. Es war ein völlig neuer Gedanke. Peter konnte nicht gut damit umgehen. Er fühlte sich im Recht, wenn er grollte, weil er die ganze Kritik nicht nachvollziehen konnte. Es war nicht einfach, jetzt plötzlich daran zu denken, dass Gus seinetwegen auch einiges auf sich nahm.

Er kam wieder aufs Reiten zurück. »Darf ich mal kommen? Das wäre schön.«

Ben nickte. »Komm um sieben. Da trainiere ich Soda. Er ist gerade das richtige Pferd für den Anfang.«

Peter ging zu Sodas Box. Das Pferd sah genauso aus wie die anderen Braunen, fand er. »Warum ist er gerade richtig?«

Ben schlenderte die Boxen entlang. Er gab Soda einen zärtlichen Klaps. »Nun, er ist schlank. Und du fängst am besten auf einem schlanken Pferd an, weil du so lange Beine hast.« Er ging in die Box, kramte in seiner Tasche, holte ein Stück Zucker heraus und gab es Soda. Er streichelte ihn. »Er ist ein großartiges Pferd, stimmt's, Alter? Er war ein Jagdpferd, bis Mr Cob ihn gekauft hat. Intelligent! Dieses Pferd ist fast menschlich. Achtzehn Monate nach seiner letzten Jagd hatte Soda seinen ersten Auftritt in der Manege. Eine ganz schöne Veränderung für ihn, aber er hat sie hingenommen, als wäre er im Zirkus geboren.«

»Glaubst du, die Jagd fehlt ihm?«

Ben kam aus der Box. »Manchmal kommt es mir so vor. Natürlich haben alle Pferde ihre Launen, genau wie die Menschen. Soda ist hin und wieder ein bisschen niedergeschlagen. An manchen Morgen, vor allem am Ende einer Tournee, ist es kalt und die Luft riecht nach Laub. Dann kann's sein, dass Soda nicht mehr frisst. Und in seinen Augen liegt ein Blick, als würde er sich erinnern.«

»Armer Soda!« Peter ging in die Box und gab ihm einen Klaps. »Armer Alter!«

Er wandte sich an Ben. »Könntest du nicht mit ihm ausreiten, wenn er sich so fühlt?«

Ben schüttelte den Kopf. »Wenn ein Pferd für die Manege dressiert ist, gibt es kein Zurück mehr.«

Ben und Peter gingen langsam an den Boxen entlang. »Es muss für die Pferde ziemlich langweilig sein, den ganzen Tag hier zu stehen. Schließlich können sie ja nicht reden«, sagte Peter.

»Von wegen!« Ben blieb stehen und klopfte mit seinem Strohhalm gegen Peters Arm. »Pferde reden genauso wie du und ich. Sie haben ihre Freunde, mit denen sie schwatzen. Soda hat keine engen Freundschaften wie manch andere. Er ist mehr ein Einzelgänger. Aber wenn er nicht neben Essig und Tapioka in der Box steht, gibt's Ärger. Sie waren schon hier, als er kam. Sie haben damals auch gelernt. Sie haben Soda geholfen, und das hat er nicht vergessen.«

Peter hatte den leisen Verdacht, dass Ben ihn aufzog. »Glaubst du wirklich, es ist für sie wichtig, neben wem sie stehen? Und sie können doch nicht wirklich reden!«

»Ach, was! Komm mit.« Ben ging hinüber zu den vier Falben. »Die hier sind eine komische Mischung. Vor zwei Jahren wollte Mr Cob vier Schimmel, vor allem für ein wirkungsvolles Tableau, also ein schönes Bild von Artisten bei der Weihnachtstournee. Er wählte dafür vier von den Mädchen aus. Das Bild war nett, aber für meinen Geschmack etwas sehr aufgehübscht. Wie auch immer, wir hatten fast ein Jahr lang nach diesen graubeigen Pferden gesucht. Sie mussten sich ähnlich sehen und sie waren nicht leicht zu kriegen, weil ein anderer Zirkus kurz davor gleich zehn Stück auf einmal gekauft hatte. Am Ende hatte Mr Cob zwei aus Skandinavien geholt, eins vom Karren eines Gemüsehändlers abgespannt und eins einer adligen Dame abgekauft. Nun, das vom Gemüsehändler hatte keinen Namen. Die beiden Skandinavier hatten Namen, aber niemand konnte sie aussprechen. Weil das von der Adligen Präsident hieß, nannten wir die anderen ähnlich. Das vom Gemüsehändler hieß fortan König und die beiden anderen Radscha und Kaiser. Natürlich bekamen die beiden Ausländer eine gemeinsame Box und König und Präsident standen nebeneinander. Dann fing der Spaß an.«

»Warum?«

»Alles geschah nur, weil Präsident so eingebildet war. Er meinte, wer aus einem so guten Haus kam wie er, der wäre zu wichtig, um neben einem Pferd zu stehen, das den Karren eines Gemüsehändlers gezogen hatte. Er ist bösartig geworden. Vom ersten Moment an war er gemein zu König. Wir griffen zuerst nicht ein, aber dann mussten wir es doch. Präsident hatte sich durchgesetzt. Und heute stehen sie weit auseinander, wie du siehst. König steht hier am Ende, wo er hin und wieder ein Wort mit Wünschdirwas und Krümel wechseln kann. Die beiden Skandinavier reden nur miteinander, weil sie nie Englisch gelernt haben.«

»Mit wem unterhält sich dann Präsident?«

»Mit keinem. Höchstens mit Satans Löwen. Es heißt, sie sind die Könige der Tiere, also sind sie vielleicht gut genug für ihn. Vergiss nicht, man muss ein Pferd verstehen. Jedes hat seine Eigenheiten und alle sind unterschiedlich. Aber Pferde sind wie Menschen. Manchmal begegnest du einem, mit dem du nichts anfangen kannst. So einer ist Präsident. Ich habe alles Mögliche versucht und die Jungs haben es auch versucht, aber er hält sich für was Besseres, so ist er eben.«

Peter sah Präsident prüfend an. Wenn man über ihn Bescheid wusste, fand Peter, sah er tatsächlich etwas eingebildet aus.

Ben holte seine Uhr heraus. »Zeit zum Essen. Bis morgen um sieben also.«

Peter erzählte Santa, dass er am nächsten Morgen zum Reiten gehen werde. Sie hatten immer alles gemeinsam gemacht, deshalb fragte er, ob sie mitkommen und ihm zusehen wolle. Das hätte sie gern getan, aber sie glaubte, Peter wäre dabei lieber allein. Dann wäre es nicht so schlimm, wenn er abgeworfen würde, außerdem fand Gus es sicher auch besser, wenn Peter mal etwas allein machte. Doch sie sagte nur: »Vielen Dank! Ich stehe doch nicht so früh auf, nur um dabei zuzusehen, wie du vom Pferd fällst!«

Ben glaubte nicht, dass die kurzen Hosen, die Gus Peter gekauft hatte, oder seine Anzüge das Richtige zum Reiten waren, also wurde Alexis ins Vertrauen gezogen. Er lieh Peter eine alte Reithose. Peter hatte Angst gehabt zu verschlafen, aber auch hier half Alexis. Er musste sowieso früh zum Training und stellte sich immer den Wecker. Er schlug vor, er könne Santa im Vorbeigehen wecken und sie solle dann Peter aus dem Schlaf holen.

»Aber du hast gesagt, du willst nicht früh aufstehen«, sagte Peter. Ihre Großzügigkeit verwirrte ihn.

»Früh aufzustehen macht mir nichts aus. Ich will nur nicht in dieses kalte große Zelt. Aber ich mache dann schon mal Frühstück. Das wird eine Überraschung für Gus.«

Peter lehnte sich an die Wohnwagentür und fuhr mit dem Finger über den Holzrahmen. »Glaubst du, er hat uns gern hier?«

»Ich glaube schon«, sagte Santa. »Es muss einsam für ihn gewesen sein, ganz allein zu leben.«

»Ben hat heute gesagt, dass ein Wohnwagen schließlich nicht sehr groß ist und dass Gus sich ziemlich einschränken muss, weil wir hier sind.«

»Wirklich?« Santa zog ihren Schlafrock über und ging zu Peter an die Tür. »Du meinst, wir durften nur bleiben, weil er nicht anders konnte?«

»Er konnte schon anders. Er hätte uns ins Sankt-Bernard- und ins Sankt-Winifred-Heim schicken können.«

Santa fing an, ihr Haar zu kämmen. »Das war wohl kaum möglich. Wie hätte das denn ausgesehen, wenn ein Onkel Neffe und Nichte ins Waisenhaus schickt?«

»Ben war da anderer Meinung. Er findet, dass es ungeheuer nett von Gus ist, sich um uns zu kümmern.«

»Aber Erwachsene kümmern sich immer um Kinder. Und wenn man nur noch einen Onkel hat, muss der das eben machen.«

»Ben fand das nicht. Und Ben ist der vernünftigste Mensch, den wir kennen.«

Santa stöhnte, während ihr Kamm sich einen Weg durchs Haargewirr suchte. »Und jetzt? Wir können doch nicht sagen, wir wollen in die Waisenhäuser, weil wir das gar nicht wollen, und woanders kommen wir auch nicht unter.«

Peter schloss die Tür und ging in das andere Zimmer. Er wusste nicht genau, warum er davon angefangen hatte. Jedenfalls war es das Mindeste, wenn einer von ihnen beiden sich ums Frühstück kümmerte. »Ich dachte nur, ich erzähle es dir. Gute Nacht.«

Santa dachte kurz über Gus nach. Es war eine ganz neue Vorstellung, dass sie ihm vielleicht lästig waren. Plötzlich hatte sie eine Idee. Sie klopfte an Peters Tür. »Hör mal.«

Peter öffnete und steckte den Kopf durch den Spalt. »Was ist los?«

»Wir könnten etwas tun, damit er uns bei sich haben will. Ich meine, so sehr, dass wir für immer bei ihm bleiben dürfen. Er sagte, wir könnten bleiben, solange der Zirkus auf Tournee ist. Ich dachte, das heißt für immer, aber das stimmt vielleicht nicht. Wer weiß, ob er uns nach der Tournee ins Sankt-Winifred- und ins Sankt-Bernard-Heim schickt.«

»Was hast du vor?«

Santa zog an einem anderen Gewirr verknoteter Haare und überlegte. »Wir könnten damit anfangen, dass einer von uns immer das Frühstück macht. Und dann könnte ich für ihn flicken. Bestimmt fällt uns noch viel mehr ein.«

»Egal, was wir machen, ich glaube, er wird immer etwas auszusetzen haben«, sagte Peter mürrisch. »Am Sonntag, als ich ihm bei der Reifenpanne helfen wollte, sagte er nur: ›Steig wieder ein. Allein geht's schneller.‹«

»Na ja, du hast die Schrauben vom Rad fallen lassen.«

»Ich kann doch nichts dafür, dass ich nichts von Autos verstehe.«

Santa teilte ihr Haar und fing an, es zu flechten. »Na ja, Gus ist eben kein besonders guter Lehrer. Vielleicht kannst du von Ted Kenet einiges lernen. Er ist furchtbar nett.«

Peter sah zu, wie Santa sich Wollfäden ums Zopfende band. »Warum trägst du das Haar nicht immer so? Es wird schrecklich wirr, wenn es offen ist.«

Santa betrachtete sich im Spiegel. »Meinst du nicht, Gus hätte was dagegen?«

»Warum sollte er? Die Haare sind noch da, auch wenn sie geflochten sind. Nur dass du sie abschneidest, will er nicht.«

»Ich habe keine Haargummis oder so was zum Zubinden.«

»Das sieht doch gut aus mit diesem Wollfaden.«

»Wirklich?« Santa schaute wieder in den Spiegel. Es sah nett aus. Die Haare um ihr Gesicht lockten sich, aber sie blieben ordentlich. Die hinten waren sehr glatt, seit sie zum Zirkus gekommen war. Sie rollte sie nicht mehr jeden Abend mit Stofffetzen auf, dazu hatte Tante Rebecca sie immer gezwungen. »Nicht übel. Und Wolle habe ich jede Menge.«

»Gut.« Peter schloss die Tür.

Santa ging ins Bett. Sie dachte darüber nach, wie angenehm es wäre, keine Haare mehr in Augen und Mund zu bekommen. Peter hatte wirklich oft gute Einfälle. Warum war sie noch nie darauf gekommen, sich Zöpfe zu flechten?

Morgens um sieben war es kalt im großen Zelt. Peter hatte die Reithose nicht im Wohnwagen angezogen, damit Gus nicht noch aufwachte und ihn ertappte. Er ging unter die Sitzplätze und zog sich um. Ziemlich verlegen kam er heraus. Noch nie zuvor hatte er Reithosen getragen, aber er hatte so viel über Lord Bronedin und dessen Reitkleidung gehört, dass es ihm vorkam, als würde er die Schuhe des gestiefelten Katers oder Rotkäppchens Umhang anziehen. Etwas, von dem man tausendmal gehört hatte, aber wusste, dass man es nie tragen würde.

Seine Sorge war unbegründet. Nur vier Leute waren um diese Zeit da: Ben, ein Pferdepfleger, der Soda am Zügel hielt, Alexis, der gerade Essig hereinführte, und ein Bereiter, der bereits mit Salz trainierte. Ben winkte Peter zu sich, und sie setzten sich auf zwei Logenplätze.

»Man kann alles gut oder schlecht machen«, sagte Ben. »Du könntest auf dem alten Soda sitzen wie auf einem Lehnstuhl. Er würde dich im Kreis um die Manege tragen und dich nicht beachten, als wenn du gar nicht da wärst. Aber das ist noch kein Reiten. Die erste Frage, die du dir stellen musst, ist: Wie sitzt du auf dem Pferd? Und die Antwort ist: So entspannt wie möglich. Manche können kein Pferd sehen, ohne steif zu werden. Das ist grundfalsch. Bleib ungezwungen, halte den Kopf hoch, aber lass die Nackenmuskeln locker, damit du auf alles reagieren kannst. Du kannst vom Pferd nicht erwarten, dass es die ganze Arbeit übernimmt. Reiten ist eine Aufgabe für zwei. Entspann die Nackenmuskeln und hab einen wachen Blick, damit du den alten Soda warnen kannst, wenn irgendwas Ungewöhnliches passiert, und er aufpasst. Und die Schultern müssen unten bleiben. Komisch, wie viele Leute sie beim Reiten hochziehen. Die Arme müssen bis zu den Ellbogen ganz natürlich herunterhängen. Aber auf eins musst du achten: Du musst sie nah am Körper halten. Wenn du sie nach außen wegstreckst, schränkt das deine Hände ein. Heute kommen wir nicht bis zu den Händen, aber die machen erst einen guten Reiter aus.«

Peter gab sich Mühe, gut aufzupassen. Doch unter seiner

ersten Reitstunde hatte er sich anderes vorgestellt als einen Vortrag darüber, wie man auf dem Pferd saß. Er versuchte Ben anzutreiben. »Und die Beine?«

»Dazu kommen wir jetzt. Sie müssen nach unten gestreckt werden, die Oberschenkel angespannt. Auf die Knie musst du besonders achten. Für den Anfang reitest du mit Sattel. Wenn du die Knie so nah wie möglich an die Pauschen drückst, das sind die Sattelwülste an den Seiten, machst du es richtig. Die Zehen sollen ein bisschen hochgedreht sein. Beim Dressurreiten ist das besonders wichtig, weil das Pferd dann die Berührung deines Beins fühlt, bevor es den Sporn spürt, und sogar noch bevor dein Fuß den Sporn benutzt.« Ben schwieg und lächelte. »Du behältst bestimmt nicht die Hälfte davon. Also komm. Hinauf mit dir.«

Von allem, was er gesagt hatte, blieb Peter nur das Erste im Gedächtnis: Du musst so entspannt sitzen wie möglich. Peter war kein bisschen nervös. Pferde waren nichts, was ihn nervös machte. Der Pferdepfleger half ihm in den Sattel. Die Steigbügel mussten ein wenig verstellt werden. Die Zügel hielt er gebündelt in den Händen. Dann setzte er sich.

»Halte Soda weiter«, sagte Ben zu dem Reitknecht. »Führ ihn in die Manege, damit ich mir das Ganze anschauen kann.« Der Pferdepfleger schnalzte mit der Zunge. Soda setzte sich gehorsam in Bewegung.

Peter war außer sich vor Freude. Wie er saß, kümmerte ihn überhaupt nicht. Auf einem Pferd zu sitzen erfüllte ihn mit einer Genugtuung, die er noch nie verspürt hatte. Er drehte sich um und grinste Ben zu.

Ben kam ihm hinterher in die Manege. Aus einer Tasche

zog er einen zerknickten, faserigen Strohhalm. Er steckte ihn in den Mund und ging nachdenklich um Peter und Soda herum, während er am Halm saugte.

»Gar nicht so übel«, sagte er schließlich. »Halt dich gerade. Du willst doch nicht eingefallen aussehen. Kopf hoch, die Hände nach unten, die Absätze auch. Stell die Zehen ein bisschen nach außen. Vergiss nicht: Das Wichtigste beim Reiten ist die Balance. Du kannst dich nirgends festhalten. Wenn du Halt brauchst, dann benutze deine Beine, und zwar von den Knien bis zu den Knöcheln. Wenn du mir morgen erzählst, dass du über den Knien Schmerzen hast, kann ich dir sagen, warum. Dann hast du sie falsch eingesetzt. Jetzt los. Führ ihn im Schritt im Kreis herum.«

»Wie ist es damit? Wie halte ich das?« Peter hielt die Zügel hoch.

»Wenn du morgen wiederkommst, dann erklär ich's dir. Jetzt halte sie einfach locker. Soda weiß, was er tun muss.«

Es war richtig schön, in der Manege herumzureiten. Peter fühlte sich wie ein richtiger Zirkusartist. Natürlich waren die Plätze leer, aber es fiel ihm nicht schwer, sich ein applaudierendes Publikum vorzustellen. Peter schaute hinauf zum Orchesterbalkon. Natürlich waren die Musiker nicht da, aber er summte im Kopf eine Melodie und sah in seiner Fantasie das Orchester, das sie spielte. Alexis und der Bereiter ritten auch im Kreis. Es war einfach, sich vorzustellen, sie würden zu dritt auftreten. Ben saß da und kaute auf seinem Strohhalm. Hin und wieder sagte er: »Denk an den Rücken«, oder: »Was ist mit deinem Kopf? Ist dein Hals zu schwach?« Der Pferdepfleger rauchte. Aus den Stallungen drangen Geklapper,

Wiehern und das heisere Gebell der Seelöwen. Durch die Zeltklappe wehte von der Kantine her der Duft von Schinken und Eiern. Der Zirkusgeruch nach Tieren, Talkum, Sägemehl und Erde drang ihm als üppiges Gemenge in die Nase.

»Frühstück«, sagte Ben. »Komm, Soda.«

Peter stieg ab und schaute zu Ben hoch. »Vielen, vielen Dank.«

Ben winkte dem Pferdepfleger, damit er Soda in seine Box führte. »Du brauchst mir für nichts zu danken, Junge. Soda muss regelmäßig trainieren. Sonst wird er zu dick.« Er betrachtete Peter mit einem sonderbaren Lächeln, als würde er nicht nur ihn sehen, sondern sich auch dabei an jemanden erinnern. »Du warst glücklich beim Reiten, nicht wahr?« Peter nickte. Ben wandte sich ab. »Das dachte ich mir. Bis morgen um sieben.«

Unter den Sitzen zog Peter wieder seine kurzen Hosen an. Die Reithose wickelte er zu einem Bündel. Er würde sie verstecken, damit Gus sie nicht fand. Dann ging er hinaus.

Die Sonne schien. Es war ein wunderschöner Tag. Die Luft roch nach Meer. Hoch über ihm sang eine Lerche. Peter war so glücklich, dass er es einfach zeigen musste. Er stieß einen lauten Jauchzer aus. Dann stürmte er durch das Tor im Zaun und rannte davon zu seinem Frühstück.

## 12

# *Parade*

Etwas für Gus zu tun war nicht so einfach, wie sie gedacht hatten. Er war ein sehr unabhängiger Mensch. Als Santa ihm zum ersten Mal das Frühstück machte, schien er überrascht, dass es fertig auf dem Tisch stand, aber kein bisschen erfreut oder dankbar. Er aß seinen Teller mit Schinken und Eiern zwar leer, doch jeden Bissen drehte er misstrauisch im Mund herum.

»Schinken knusprig, Eier weich, so hielt es meine liebe Mutter, eure Großmutter. Reibekuchen und Apfelmus, Kind, bei dir ist es genau umgekehrt!«

Nach dem Frühstück ging er hinaus und betrachtete seine Bratpfanne. Santa hatte bemerkt, dass er sie nie spülte, sondern mit Papier auswischte. Ein Stück Papier lag schon in der Pfanne bereit, er konnte also sehen, dass Santa es so machte, wie er es für richtig hielt. Trotzdem sah er nicht erfreut aus. Er brummte nur vor sich hin, zündete sich eine Zigarette an und ging davon zum großen Zelt.

Santa war entmutigt. Sie fand, dass es manchmal schwierig war, Gus so sehr zu mögen, wie man einen Onkel mögen sollte. Peter gegenüber erwähnte sie es aber nicht, weil er sich sowieso damit schwertat und bestimmt keine Ermunterung brauchte, Gus noch weniger zu mögen.

Fürs Erste verzichtete Santa darauf, Gus noch einmal das Frühstück zu machen. Den nächsten Anlauf, ihm eine Freude zu machen, unternahm sie am Sonntagnachmittag. Sie waren in Southport. Peter war gerade nicht da, er fütterte die Pferde. Gus unterhielt sich mit Ted Kenet. Santa beschloss Gus' Sachen zu flicken. Sie holte all seine Socken, nahm den Nähkorb mit hinaus, setzte sich auf die Wohnwagenstufen und suchte Löcher in den Socken. Sie hoffte, dass Gus gleich Ted Kenet mitbringen würde. Von selbst bemerkte Gus nie etwas, aber Ted Kenet war vielleicht aufmerksamer. Wahrscheinlich würde er sagen, Gus könne sich glücklich schätzen, dass seine Nichte für ihn stopfte. Aber Gus kam allein zurück und freute sich kein bisschen.

»Was machst du denn da?«

»Ich stopfe deine Socken.« Santa versuchte nicht so selbstzufrieden zu klingen, wie sie war.

Gus schaute überrascht seine Socken an, als fragte er sich, was sie im Freien zu suchen hatten.

»Sind Löcher drin?«

»Nein.« Santa seufzte bedauernd. Dass sie bis jetzt kein einziges Loch gefunden hatte, verdarb ihr Vorhaben ziemlich. »Aber ich werd schon noch welche finden.«

Gus nahm die Socken, auch die, die sie gerade prüfend in der Hand hielt. »Gleich zerreißt du sie, wenn du deine Finger dermaßen durch die Wolle gräbst.« Er sah zu ihr hinunter. »Ich dachte, ein Kind wie du würde irgendwo auf dem Gelände schon eine Beschäftigung finden. Warum sitzt du auf den Stufen? Wenn meine Socken gestopft werden müssen, dann mache ich das selbst.«

Santa war gekränkt. Außerdem redete er Unsinn. Die Herzogin hatte oft gesagt – und Tante Rebecca hatte es wiederholt – »Der Haushalt ist Sache der Frauen.«

»Ich habe genug zu tun«, sagte sie verärgert. »Aber ich wusste doch nicht, dass du stopfen kannst. Die meisten Männer können das nicht.«

Gus lachte. »Was glaubst du, wie ich all diese Jahre zurechtgekommen bin?«

Daran hatte Santa nicht gedacht. Sie hatte sich nur nützlich machen wollen. Das wollte sie immer noch. »Ich habe gedacht«, sagte sie würdevoll, »du wärst froh über eine Frau im …« Da hielt sie inne, weil ein Wohnwagen schließlich kein Haus ist. »Nun, der Haushalt ist Sache der Frauen, das weißt du ja.«

»Weiß ich nicht.« Gus zog an einem ihrer Zöpfe. »Um meinen Haushalt hab ich mich noch immer selbst gekümmert. Jetzt lauf und spiel mit den anderen Kindern. Fifi und Olga siehst du doch auch nicht mit Nähkörben herumsitzen.«

Santa stand auf und verschoss ihre letzte Kugel. »Fritzi schon.«

Gus gähnte. »Nun, dann näh mit Fritzi Puppenkleider. Ich will jetzt meinen Mittagsschlaf halten.«

Santa starrte wütend auf die geschlossene Wohnwagentür. Puppenkleider nähen, wirklich! Sie wurde bald zwölf. Gus war tatsächlich sehr schwierig. Dann hörte sie Olga und Sascha lachen. Es war ein schöner Nachmittag. Vielleicht hatte es sein Gutes, dass Gus seine Socken nicht gestopft haben wollte.

Peter hatte nicht mehr Glück in seinen Bemühungen. Für ihn war es sogar schlimmer, weil er aus einem anderen Grund versuchte, sich nützlich zu machen. Santa wollte sich nützlich machen, damit Gus nicht auf die Idee kam, sie wieder wegzuschicken. Peter konnte nicht vergessen, was Ben gesagt hatte. Er beobachtete Gus, wenn dieser es nicht bemerkte. Wollte er, dass sie bei ihm blieben? War sein Leben wirklich angenehmer gewesen, bevor sie kamen?

Peter versuchte es mit einer Wagenwäsche. Während die erste Abendvorstellung lief, legte er los. Die richtigen Hilfsmittel lieh er sich von Alexis, der ihm auch zeigte, welche Tücher und welche Politur er benutzen sollte. Als Gus zwischen den Vorstellungen zurückkam, war Peter verschwitzt und schmutzig und das Auto sah wirklich gut aus.

Gus betrachtete überrascht blinzelnd seinen Wagen. »Hammelkeule und Rum! Schaut euch diesen Wagen an! Mr Ford selbst würde ihn nicht wiedererkennen!«

Peter grinste. »Er sieht jetzt wirklich besser aus, nicht wahr?« Er sagte das nur, weil er doch irgendetwas sagen musste. Bevor er Gus getroffen hatte, war er noch nie in einem Auto gefahren und auf keinen Fall wollte er andeuten, dass es nicht sauber genug für ihn gewesen sei. Aber zu Peters Pech war Gus empfindlich, wenn es um seinen Wagen ging. Er hatte ihn nie gut gepflegt, worüber Ted Kenet und Maxim Petoff immer Witze machten. Das ärgerte Gus nicht besonders, aber es führte dazu, dass er gute Vorsätze fasste, die er nicht einhielt. Gelegentlich gönnte er dem Auto eine

Katzenwäsche, das musste reichen. Aber dass Peter ihm nun zu verstehen gab, das Auto sei schmutzig gewesen, war etwas ganz anderes. Gus wurde zornig, bevor er Zeit zum Nachdenken hatte. »Tut mir leid, dass er deinen Ansprüchen nicht genügt hat.«

Peter war empört. Es war nett von ihm gewesen, den Wagen zu waschen. »Das hab ich doch gar nicht gesagt. Ich dachte nur, du würdest dich freuen, das ist alles.«

Gus ging prüfend um den Wagen, als wollte er kontrollieren, ob Peter den Lack beschädigt hatte. Er schämte sich für seinen Ausbruch und überlegte, was er Nettes sagen könnte, um es wiedergutzumachen.

»Wenn ich gewollt hätte, dass du ihn wäschst, hätte ich dich darum gebeten.«

»Aber so was machst du nie«, warf Peter ihm wütend vor. »Du siehst mich immer an, als würdest du glauben, ich könnte gar nichts.«

Das traf so genau zu, dass Gus nichts mehr sagte. Er fürchtete, sonst alles nur noch schlimmer zu machen. Stattdessen ging er in den Wohnwagen und schloss die Tür.

Einen Moment lang starrte Peter auf die Tür. Am liebsten hätte er sie aufgerissen und Gus etwas Gemeines hinterhergeschrien. Aber er beherrschte sich. Zornig bückte er sich und suchte die Reinigungsutensilien zusammen. Gerade wollte er sie Alexis zurückbringen, da kam ihm plötzlich eine Idee. Er stellte die Sachen auf den Boden und nahm eine Handvoll Erde. Vor dem Wohnwagen stand der Wasserkrug. Er goss ein bisschen Wasser auf die Erde, so dass sie zu Schlamm wurde. Dann sah er den Wagen an. Er hatte sich große Mühe mit den Kotflügeln gegeben, die so sauber waren, dass man von ihnen hätte essen können. In wildem Zorn verteilte er den Schlamm darauf. Nun sah der Wagen überhaupt nicht mehr schön aus, aber Peter fühlte sich besser.

In Southport hatte Santa ihre erste Akrobatikstunde. Sie spielte mit Olga, Sascha, Fifi und Fritzi auf der Plane, die für die Wassernummer benutzt wurde. Peter und Hans saßen in der Nähe und bastelten Schleudern. Fifi und Fritzi hatten ganz ernsthaft trainiert. Olga und Sascha hatten ihre Kunststückchen gemacht wie üblich. Fifi war die Erste, die mit dem Üben aufhörte. Sie schaute auf ihre Uhr und zog einen Pullover an.

»Das war eine halbe Stunde, fertig. Papa sagt, länger soll ich nicht ohne ihn trainieren, sonst mache ich vielleicht etwas falsch und nehme eine schlechte Gewohnheit an.«

Olga schlug drei Räder hintereinander. »Ich und Sascha üben den ganzen Tag und wir nehmen nie schlechte Gewohnheiten an.«

Fifi schaute aus zusammengekniffenen Augen zu Fritzi. Sie sagte nichts, aber ihr Blick sprach Bände. Die improvisierte Art des Trainings, die den Petoff-Kindern erlaubt wurde, war ständiges Gesprächsthema zwischen den Müttern Schmidt und Moulin. Um genau zu sein, gab es sonst nicht viel, worüber sie reden konnten, denn sie mochten einander nicht sehr, obwohl sie immer höflich waren. Doch Mrs Moulin hielt die Schmidt-Kinder für gut erzogen, und obwohl Mrs Schmidt dies nie über Fifi gesagt hätte, wurde das Mädchen doch ihrer

Meinung nach gut auf seinen Beruf vorbereitet. Die Petoff-Kinder hielten beide weder für gut erzogen noch für gut trainiert und sie steckten gern die Köpfe zusammen und schnalzten mit den Zungen. Natürlich ist so etwas ansteckend und Fritzi und Fifi steckten ebenfalls die Köpfe zusammen und schnalzten mit den Zungen. Nicht weil sie die Kinder nicht leiden konnten – im Allgemeinen mochten sie die beiden –, sondern weil ihr Training wirklich sehr dem Zufall überlassen war. Und da sie mitbekamen, wie ihre Mütter schnalzten und klatschten, hielten sie das für schick.

Fritzi gab sich, anders als Fifi, nicht damit zufrieden, ihre Gefühle mit einem Blick oder einer Handbewegung auszudrücken. Sie fasste die Dinge gern in Worte. Ernst sah sie Olga an.

»Aber du und Sascha, ihr habt viele schlechte Angewohnheiten.«

Sascha versuchte gerade auf den Händen zu gehen. Vor Fritzis Füßen fiel er um. »Das stimmt gar nicht. Mein Vater sagt, wir können an Weihnachten eine Bodennummer vorführen.«

Fifi und Fritzi sahen schockiert aus. »Wie kindisch, solche Lügen zu erzählen!«, sagte Fritzi.

Fifi gebrauchte keine Worte, aber wie ihre Augenbrauen, Schultern und Hände in die Höhe flogen, sagte alles.

Santa verstand nicht, worum es ging. »Wirklich, Sascha? Oder ist es eine Lüge?«

»Aber natürlich ist es eine Lüge«, erklärte Fritzi. »In England dürfen Kinder nicht arbeiten. Sascha ist erst acht.«

Sascha machte ein paar stolze Schritte. »Ich habe nicht gesagt, wir würden in England arbeiten. Vielleicht gehen wir nach Russland.«

Olga hielt ihr rechtes Bein über den Kopf. Sie wandte den Blick von ihrem Fuß und funkelte Sascha wütend an. »Das ist Quatsch. Wir können nicht nach Russland. Das würde man uns gar nicht erlauben.«

Fifi tätschelte Olgas Fuß, mit dem sie auf dem Boden stand. »Das wissen wir. Es ist dieser unartige Sascha. Immer erzählt er Lügen.« Zu Sascha sagte sie: »Wenn du Brite bist, darfst du als Kind nicht im Zirkus auftreten. Ich kann, wenn ich will.«

»Und trittst du an Weihnachten auf, Fifi?«, fragte Santa.

Fifi zuckte die Achseln. »Ich weiß nicht. Womöglich. Vielleicht in einem Theater.«

Fritzi schürzte die Lippen. »Mein Vater würde uns nicht arbeiten lassen. Er sagt, erst wenn wir fünfzehn sind, ist es an der Zeit dafür.«

»Aber womit wirst du arbeiten?«, fragte Santa. »Du hast keine Seelöwen.«

Fritzi wich ein bisschen zurück, um Olga nicht im Weg zu sein, die eine Reihe von Überschlägen rund um das Segeltuch machte. »Meine Mutter hat eine Schwester. Sie war gut auf dem fliegenden Trapez. Sie heiratete einen Amerikaner. Er ist ein großer Artist. Sie haben noch einen Mann in ihrer Nummer und nennen sich die Fliegenden Mistrals.« Sie sah zu Fifi hinüber, die nickte, was heißen sollte, sie habe von ihnen gehört. »Als wir in Deutschland waren, hat meine Tante mir viel beigebracht. Vielleicht arbeite ich mit dem Mann meiner Tante. Sie wird nämlich dick.«

»Du meine Güte!« Santa war sehr beeindruckt. »Du meinst, du machst dann so was wie Ted Kenet und Gus.«

Fifi tippte Santa auf die Hand. »Aber nein. Die fliegen nicht. Zum Fliegen braucht man zwei Trapeze. Sie sind weit voneinander entfernt, und du schwingst vom einen zum anderen.«

Santa hatte noch nie ein fliegendes Trapez gesehen. Dass Fritzi sogar für etwas so Schwieriges trainierte, fand sie toll. Sie sah Fifi an. Jetzt, wo sie darüber nachdachte, kam es ihr seltsam vor, dass sie den Kindern immer beim Üben zuschaute, aber nie überlegt hatte, was sie später machen würden. Sie war davon ausgegangen, die Petoffs würden reiten, die Schmidts würden Seelöwen dressieren und Fifi würde bei den Königspudeln helfen.

»Was wirst du machen, Fifi?«

»Nächstes Jahr gehe ich nicht mit Papa und Maman auf Tournee. Ich soll in Frankreich bleiben und Schülerin von Mink werden.«

*Mink* sagte sie wie jemand, der erwartet, dass seine Zuhörer rufen: »Nein, so etwas! Mink! Stellt euch das mal vor!« Aber Santa sah natürlich ratlos drein.

Olga fiel keuchend neben ihnen auf das Segeltuch. »Glaub bloß nicht, dass Santa damit etwas anfangen kann, sie hat sowieso keine Ahnung.«

Sascha setzte sich in die Hocke. »Sie ist besser als Peter. Er hat keine Ahnung und guckt dann großartig, als wäre es gut, keine Ahnung zu haben.«

»Das macht er nicht!«, sagte Santa empört. »Es ist nicht unsere Schuld, dass wir bestimmte Sachen nicht wissen.«

»Das stimmt«, erklärte Fifi. »Es ist die Schuld ihrer toten Tante.« Zu Santa sagte sie: »Mink ist der größte Clown, den es je gegeben hat.«

»Aber du willst doch kein Clown werden«, wandte Santa ein.

Jetzt sprach Fifi langsam, als hätte sie es mit einem ziemlich kleinen und dummen Baby zu tun. »So darfst du *Clown* nicht sagen. Mink ist ein großer Artist.«

»Kolossal ist er«, stimmte Fritzi zu.

Olga legte sich auf den Rücken und streckte die Beine über den Kopf. »Als er sieben war, hatte er schon eine eigene Nummer, bei der er Geige spielte.«

Fritzi schnaufte beim Gedanken an solche Kunstfertigkeit. »Ohne ein Mal die Melodie zu unterbrechen.«

»Und mit zehn«, fuhr Olga fort, »konnte er alle Blasinstrumente spielen und dabei jonglieren.«

»Er ist ein großer Musiker«, erklärte Fritzi. »Und zugleich ein großer Bodenakrobat. Nie gab es einen Clown wie ihn. Niemals.«

Santa fragte Fifi: »Ist er jetzt kein Clown mehr?«

Fifi sagte dramatisch: »Er war der größte Artist auf der ganzen Welt. Jedermann in London, New York und Berlin kannte ihn. Alle sagten sie: ›Schaut, da ist Mink.‹ Dann, als er einmal in Frankreich war, kam der Krieg.«

Sascha wandte sich an Fifi. »Es war dein Land, in dem sie ihn ins Gefängnis steckten.«

»Aber sicher«, stimmte Fifi würdevoll zu. »Im Krieg gibt es keinen Platz für Artisten.«

Fritzi pflückte ein Gänseblümchen. »Er war nicht lange im

Gefängnis. Sobald sie wussten, wer er war, kam er frei. Doch er durfte nicht auftreten. Als der Krieg zu Ende war, fragten alle: ›Wo ist Mink?‹«

Fifi setzte die Geschichte fort. »Und Mink sagte: ›Hier bin ich, aber ich kann kein Clown mehr sein.‹«

»Warum nicht?«, fragte Santa.

Fifi zuckte die Achseln. »Er schrieb in der Zeitung: ›Monsieur, Madame, ich war in der Welt, um Sie zum Lachen zu bringen. Ich habe den Krieg gesehen, deshalb kann ich kein Lachen mehr schenken. Ich ziehe mich zurück!‹«

»Du meine Güte!«, rief Santa. »Was für ein großartiger Brief!«

Olga, Fifi, Fritzi und Sascha sahen sie mit unterschiedlich mitleidigen Blicken an. Fritzi erklärte es den anderen: »Das war sehr englisch.«

Santa merkte, dass sie irgendwie das Falsche über Mink gesagt hatte. Sie brachte das Gespräch wieder auf seine Arbeit. »Und jetzt unterrichtet er nur noch?«

»Ja.« Olga lag immer noch auf dem Rücken und hielt die Zehen mit den Händen fest. »Er ist der größte Lehrer. Er nimmt nur Schüler, die Talent haben.«

»Oh!« Santa warf Fifi einen respektvollen Blick zu. Kein Wunder, dass sie immer so selbstbewusst aussah. Dazu hatte sie allen Grund, wenn Mink, der nur Talentierte aufnahm, sie unterrichten wollte. »Wirst du auch etwas vorführen, während du Geige spielst, Fifi?«

Fifi kicherte. »Wenn ich einen schönen Choral spielen könnte wie du, würde ich es machen.« Dann tätschelte sie Santas Hand zum Zeichen, dass sie es nicht ernst meinte.

»Nein, ich werde zwei Jahre Akrobatik lernen. Ich habe schon ein wenig mit ihm gearbeitet. Er arbeitet nicht so wie alle hier. Schau mal.« Sie stand auf. »So macht es Paula, wenn sie mit den Arizonas arbeitet.« Sehr gekonnt führte sie die Nummer vor, die Ted Kenet Peter und Santa gezeigt hatte.

Sascha und Olga standen auf und taten es ihr nach, aber sie waren nicht so gut. Fritzi gab missbilligende Geräusche durch die Zähne von sich, als sie damit anfingen.

»Fifi kann das gut«, sagte sie laut zu Santa. »Siehst du? Sie dreht sich rückwärts und im Uhrzeigersinn.«

Fifi beendete ihre Vorstellung perfekt. Sie streckte die beiden Hände mit den Handflächen nach oben aus, als hätte sie ein Publikum vor sich. Dann kam sie zu Fritzi und Santa zurück. »Mink dreht sich in die andere Richtung. Wie ein Araber. Er geht vorwärts und nicht wie die Uhrzeiger.«

Olga machte einen Kopfstand. »Ist das der ganze Unterschied?«

»Wenn ja« – Sascha versuchte wieder auf den Händen zu gehen –, »dann können wir das, ohne zu Mink zu gehen.«

Fritzi und Fifi tauschten wieder einen Blick. »Das ist nicht alles«, sagte Fifi mit Würde. »Der Anlauf ist anders. Bei Mink gibt es keinen Überschlag. Er macht einen Sprung.« Sie stand wieder auf, warf sich herum und landete perfekt im Stand. »Siehst du, Santa?«

Santa sah, dass Fifi einmal vorwärts- und dann rückwärtssprang, aber für sie war es einerlei. Beides war für sie unmöglich. »Ich glaube schon. Aber ich kann das sowieso nicht.«

Fifi fasste sie an der Hand. »Komm. Ich zeig es dir.«

Santa trug dasselbe grüne Kleid, in dem sie hergereist

war. Es war ziemlich schäbig geworden. Sie wünschte, es würde heißer, dann könnte sie eins ihrer Baumwollkleider anziehen. Fritzi, Olga und Fifi trugen Übungstrikots, wie Badeanzüge, mit einem passenden Pulli für nach dem Training. Santa wollte gern etwas Bodenakrobatik lernen, aber sie war befangen, weil sie die Einzige war, die einen Rock anhatte. »Ich kann nicht. Ich habe nicht die richtigen Sachen an.«

Fifi tat das mit einer Handbewegung ab. Doch Fritzi hatte mehr Verständnis. »Komm. Ich hab noch ein Trikot, das leihe ich dir. Dann kann meine Mutter dein Kleid waschen. Jeden Tag sagt sie: ›Das Kleid der kleinen Santa ist schmutzig. Ich würde es zu gern waschen.‹«

Fifi nickte. »Genau wie Maman. Aber ich habe gesagt: ›Unmöglich! Santa hat keine Kleider. Sie hat nicht mehr als das, was sie trägt.‹«

Santa war sehr froh, dass sie ein Übungstrikot leihen könnte. Natürlich hatte sie nie so etwas getragen und sie glaubte, sie würde richtig professionell darin aussehen. Dennoch wäre es ihr lieber gewesen, wenn Fifi und Fritzi sie nicht als so arm hingestellt hätten. Sie wusste, dass sie nicht das Gleiche konnte wie die beiden und auch nicht solche Kleider hatte wie sie, aber es war ihr peinlich, wenn sie das aussprachen.

Peter kam mit Hans gut zurecht. Hans war ernsthaft und redete gern von ernsten Dingen. Für ihn war die ernsteste Sache der Welt die Raubtierdressur, für Peter Pferde und das Reiten. Sie saßen nebeneinander und schnitzten an den Ästen, die Hans für Schleudern ausgesucht hatte.

»Wirst du Seelöwen haben, wenn du groß genug zum Arbeiten bist?«, fragte Peter.

Hans schnitt ein kleines Holzstück aus der Gabelung eines Astes. »Vielleicht ein paar. Aber mein Vater möchte, dass ich zu meinem Onkel gehe. Er hat die Tiere, die mein Großvater schon hatte.«

»Was für Tiere?«

Hans hörte auf zu schnitzen und überlegte. »Er hatte fünf Löwen. Einer ist gerade vor zwei Monaten gestorben. Drei Panther, vier Bären und zwei Tiger.«

»Musst du zu ihnen in den Käfig gehen?«

»Aber sicher. Es ist eine schöne Nummer. Sie arbeiten zusammen.«

»Hast du denn keine Angst?«

Hans dachte nach. »Manchmal vielleicht ein bisschen.«

Peter schälte die letzte Rinde von seinem gegabelten Zweig. »Ich würde mich die ganze Zeit fürchten. Ich meine, sie könnten dich töten.«

Hans nickte. »Das stimmt.«

»Ben sagt, er mag keine Raubtiernummern. Er sagt, er mag es nicht, wenn die Nummern hinter Käfigstangen stattfinden.«

»Da hat er Recht. Ich würde mir auch wünschen, dass sie nicht auftreten müssten. Ich könnte kein Tier aus der Wildnis holen. Ich könnte es nicht die ganze Zeit einsperren. Ich weiß, wie unglücklich es ist.«

»Aber was ist mit den Tieren deines Onkels? Sie sind eingeschlossen. Sind sie nicht auch unglücklich?«

»Nein. Sie kamen als Junge. Ich sah, wie sie angeliefert

wurden. Sie waren wie Babys. Sie wussten nichts.« Hans fasste Peter am Arm, damit er zuhörte. »Zuerst mussten sie einander kennenlernen. Es ist nicht natürlich, dass Löwen, Tiger, Panther und Eisbären Freunde sein können.«

»Das glaube ich. Wie stellt man es an, dass sie einander mögen?«

»Zuerst waren sie alle in Käfigen nebeneinander, so dass sie miteinander sprechen konnten. Dann kam mein Onkel zu ihnen. Jedem brachte er ein kleines Geschenk. So konnten sie zueinander sagen: ›Siehst du, unser Freund, der immer was für uns in der Tasche hat, ist gekommen!‹ Eines Tages, nach vielen Wochen, in denen jedes im eigenen Käfig war, wurden sie zum Spielen zusammengebracht.«

»Herrje!«, sagte Peter. »An diesem Tag wäre ich nicht gern dabei gewesen.«

»Nein«, stimmte Hans zu, »da gab es Grund zur Sorge. Die jungen Tiere waren sehr wertvoll, und es wäre schlimm gewesen, wenn sie gekämpft hätten. Weißt du, sie waren wie kleine Kinder im Kindergarten. Da kommt es vor, dass ein Junge einen anderen tritt. Er will gar nicht böse sein, er fühlt sich nur fremd. So war es mit den Tieren meines Onkels. Sie machten ihre Spiele, ihnen wurde heiß, sie regten sich auf. Dann zog vielleicht ein Kleiner, der gerade wütend war, einen Löwen an der Mähne. Der Löwe fand das nicht komisch. Er schlug den Nächstbesten. Dann kam mein Onkel, so wie der Lehrer in der Schule. Er sorgte für Ordnung.«

»Da würde ich nicht mit ihm tauschen wollen.«

»Wenn du wärst wie wir, hättest du keine Angst. Wir hatten schon immer Raubtiere. Wir lieben sie. Mit ihnen ist es wie mit den Pferden. Sie dürfen nie tun, was sie gerade wollen. Sie müssen wissen, wer der Herr ist. So ist es auch, wenn wir ihnen Kunststücke beibringen. Manche Dompteure benutzen sehr oft die Peitsche. Das ist schlecht. Nicht die Peitsche, die Ledertasche mit den kleinen Fleischhappen sollte den Tieren der Ansporn sein zu tun, was du willst.«

Peter legte sein Taschenmesser weg. »Aber Ben hat gesagt, Löwen und solche Tiere treten nicht gern in der Manege auf.«

Hans runzelte die Stirn. »Ich weiß nicht. Manchmal denke ich: ›Das ist nicht richtig. Die Tiere sind nicht glücklich.‹ Dann denke ich: ›Sie sind in Gefangenschaft geboren. Wenn sie nicht im Zirkus wären, müssten sie in den Zoo. Das ist schlimm. Tiere sind wie wir. Jedes will etwas tun. Am besten wäre es, sie könnten frei sein. Aber wenn das nicht möglich ist, dann sind sie mit Arbeit besser dran. Den ganzen Tag im Käfig zu sitzen und sich zu langweilen, das ist schrecklich.‹«

Peter sah in die Richtung der Ställe. »Also, ich möchte lieber etwas mit den Pferden machen.«

»Gut«, sagte Hans friedlich. »Für mich müssen es Raubtiere sein. Ich denke immer, wenn ich nicht da bin, kommt vielleicht ein Tierlehrer, der nicht so gut zu ihnen ist.«

»So einen würde es bei Mr Cob nicht geben.«

»Nein, aber bei anderen.« Hans sah plötzlich wütend aus. »Wenn ich so was erleben würde, dass Tiere nicht glücklich aussehen, weil sie nicht gut behandelt worden sind, dann würde ich dem Publikum zurufen: ›Sie dürfen nicht bleiben. Sie dürfen kein Geld dafür zahlen, dass hier Tiere auftreten, die ihren Lehrer nicht lieben!‹ Und dann würde ich gehen.«

Peter dachte nicht ohne Bedauern an Satan und seine Löwen. Es war offensichtlich, dass ihn die Löwen liebten. Peter hatte einmal Satan mit einem seiner Tiere gesehen, das Zahnweh hatte, und er wusste, dass der Löwe es dem Dompteur erlaubt hatte, ihm den Zahn zu ziehen. Eigentlich schade – Peter hätte es aufregend gefunden, wenn Hans im großen Zelt Krach geschlagen hätte.

Santa kam vorbei. Sie trug ein smaragdgrünes Übungstrikot. Die Zopfenden hatte sie mit einem grünen Wollfaden zugebunden. Sie sah hübsch aus und Peter war stolz auf sie. Santa schien sich ihrer Wirkung bewusst. Sie stellte sich auf ein Bein.

»Das hab ich von Fritzi geliehen.«

Hans schaute auf. »Hast du geübt?«

Santa setzte sich neben die beiden. »Das wollte ich. Fifi sagte, sie würde mir Bodenakrobatik beibringen, aber während ich mich umgezogen habe, ging sie mit Olga weg.« Fragend schaute sie Peter an. »Wie sehe ich aus?«

»Hm. Nicht schlecht.«

Ted Kenet ging vorbei. Er kam vom Training und trug eine Jacke über seinen Übungssachen. Wie meistens aß er Bonbons. Jetzt nickte er den drei Kindern zu. »Hallo! Wie geht's euch?«

»Ich wollte mit Fifi Akrobatik üben«, sagte Santa, »aber sie ist weggegangen.«

»Oh! Komm doch mit mir, dann bringe ich dir ein paar Übungen bei.«

»Wirklich?« Santa sprang auf. »Macht es dir bestimmt nichts aus?«

»Wenn es mir etwas ausmachen würde, hätte ich es dir nicht angeboten. Hast du schon mal Sarsaparilla getrunken?«

»Nein.«

»Das solltest du aber. Wir machen einen Umweg über meinen Wohnwagen und holen dir ein Glas. Im Frühling gibt es nichts Besseres, um das Blut kühl zu halten.«

»Danke.« Es sollte erfreut klingen, doch Santa hatte ihre Zweifel, ob das gut schmecken würde. »Du brauchst natürlich kaltes Blut auf dem Trapez.«

»Du sagst es!« Ted bückte sich, pflückte einen Löwenzahn und steckte ihn in sein Knopfloch. »Aber es macht Spaß. Man hat eine gute Aussicht von da oben.«

Santa dachte daran, wie er und Gus sich im Kreis drehten. »Habt ihr denn Zeit, euch umzusehen?«

»Du würdest staunen. Erst gestern Abend in der zweiten Vorstellung habe ich gesehen, wie eine Frau ohnmächtig wurde. Das war vielleicht ein hübscher Anblick.«

Sie waren bei seinem Wohnwagen angekommen. Santa lehnte sich daran, während Ted hineinging, um Sarsaparilla zu mischen. Er kam mit zwei Gläsern heraus und gab Santa eins. »Trink es aus. Hals- und Beinbruch!«

Weil das offenbar eine Art Trinkspruch war, trank Santa einen Schluck. Es schmeckte ihr gar nicht. Doch Ted trank sein Glas in drei Schlucken leer, also strengte sie sich tapfer an und leerte auch ihr Glas. Ted nahm es ihr ab und schmatzte mit den Lippen. »Dreimal täglich ein Glas davon und du wirst hundert Jahre alt.«

Santa sagte nichts, doch sie dachte, lieber würde sie nicht so alt, als so viel Sarsaparilla zu trinken.

Ted war ein erstklassiger Lehrer für Bodenakrobatik. Er nahm Santa mit in die Manege.

»Das Wichtigste ist, gelenkig zu sein und die Balance zu halten.« Er nahm eins ihrer Beine und versuchte es über ihren Kopf zu heben. Die anderen Kinder machten das wie selbstverständlich, aber Santas Beine schafften es nicht.

»Ich glaube, ich bin falsch zusammengesetzt«, keuchte sie.

»Nein.« Ted ließ ihr Bein fallen. »Steif. Das ist dein Problem. Dir fehlt die Übung. Übung macht den Meister und es ist noch kein Meister vom Himmel gefallen. Also los.«

Die nächste halbe Stunde war die anstrengendste, die Santa je erlebt hatte. Ted hielt nicht viel von Amateuren. Er sagte zwar, er unterrichte Santa nur zum Spaß, doch er arbeitete mit ihr, als müsste sie ihren Lebensunterhalt als Akrobatin verdienen. Manches machte wirklich Spaß. Zum Beispiel Froschhüpfen. Nicht so, wie es jeder kann, sondern mit richtigem Absprung und Landen. Die meiste Zeit machten sie langweilige Übungen wie in der Schule. Nach jeder musste sie sich vornüberbeugen und die Zehen berühren. Zuletzt nahm er zuerst ein Bein, dann das andere und versuchte wieder, sie über ihren Kopf zu ziehen. Es ging immer noch nicht, aber er sagte, sie sei schon gute zweieinhalb Zentimeter weiter gekommen als vor dem Unterricht.

»Diese Übungen machst du die nächsten zwei bis drei Tage.« Er griff in die Tasche und holte seine Tüte mit Schwefelbonbons heraus. »In Preston folgt die nächste Lektion.«

Nach Preston fuhren sie für die letzten drei Tage der Woche, und dort gefiel es Peter und Santa nicht sehr gut. Es regnete viel und Gus sagte, das sei eine gute Gelegenheit zum Briefschreiben. Sie sollten beide an Mr Stibbings, Mrs Ford, Madame Tranchot und Miss Fane schreiben. Vier Briefe zu schreiben und dann auch noch Regen, das war sehr entmutigend. Wenn nicht beide versucht hätten, Gus mehr Freude zu machen, hätten sie wahrscheinlich gemeckert. So meckerten sie nur, wenn sie für sich waren.

»Es ist deprimierend und die Ferien sind auch schon beinah vorüber«, sagte Peter.

Santa kaute an ihrem Federhalter. »Und mir fällt nichts ein. Ich glaube, keiner von denen war je im Zirkus. Und sie sind nicht gereist, so wie wir.«

Eins war schön in Preston. Sie durften bei der Parade mitfahren!

Das war Mr Cobs Idee. Er sah Peter und Santa vor dem großen Zelt stehen.

»Hallo«, sagte er, »was habt ihr beiden denn vor?«

Sie erklärten, dass sie darauf warteten, den Anfang der Parade zu sehen.

Mr Cob schaute zum Himmel. »Ich würde nicht darauf wetten, dass es eine gibt. Es sieht mehr nach Regen aus.«

»Du meine Güte, ich hoffe nicht«, sagte Santa. »Natürlich ist es immer schön beim Zirkus, aber wenn es regnet, ist es nicht ganz so schön.«

Mr Cob lachte. »Ich bin froh, dass du es immer schön findest. An manchen dieser nassen Tage könnte von mir aus dieser ganze verrückte Apparat in der Tiefsee versinken.« Dann betrachtete er die Kinder. »Wie würde es euch beiden gefallen, in der Kutsche mitzufahren?«

Peter und Santa wurden rot vor Aufregung. »Dürfen wir?«

»Ja.« Er nickte Santa zu. »Geh ins Garderobenzelt der Mädchen und sag ihrer Leiterin, dass eins der Mädchen zu Hause bleiben darf. Sie soll dir ihre Sachen zum Anziehen geben.« Er kratzte sich am Kopf und sah Peter an. »Was machen wir mit dir? Ich weiß! Du gehst zum Kutscherjungen. Er hat bestimmt noch eine Frackjacke und einen Zylinderhut.«

Eine halbe Stunde später stiegen Santa und Peter in die Kutsche. Santa trug eine Krinoline und eine Haube, Peter eine grüne knielange Frackjacke und einen Zylinder. Sie durften sich vorn neben Ben setzen. Ben sah sehr elegant aus in einer Jacke mit vielen Kragen, Zylinder und gelben Handschuhen. Er nickte ihnen zu.

»Ihr werdet noch richtige Zirkusleute.«

»Mit welchen Pferden fährst du, Ben?«, fragte Santa.

Ben wies mit einer Kopfbewegung auf Peter. »Frag ihn. Er kennt meine Pferde bald grad so gut wie ich.«

Peter betrachtete die vier. Es waren alles Schimmel, die einander ähnlich sahen. »Das« – Peter deutete zum Anführer – »ist Wünschdirwas, der neben ihm ist Krümel; hinter Wünschdirwas steht Regenbogen und der andere ist Whisky.«

Ben verzog die Lippen zu einem Lächeln. Er sah zufrieden aus. Santa war überrascht, dass Peter so gut Bescheid wusste. Sie kannte nur Soda vom Sehen, weil sie ihn jeden Morgen mit Peter fütterte, aber sie glaubte nicht, dass sie ihn zwischen anderen ausgemacht hätte. Und von diesen Schimmeln wusste sie nur, dass sie existierten, das war alles.

»Du meine Güte! Woher weißt du das?«, flüsterte sie.

Peter trat ihr gegen den Knöchel. Nicht fest, aber fest genug, um sie zum Schweigen zu bringen. Er wollte nicht, dass Ben oder die Mädchen hinter ihnen Santas Frage hörten. Im Zirkus wusste man eben gewisse Dinge und niemand hielt jemanden deshalb für klug.

Das Mädchen, für das Peter beim Abbau den Korb geöffnet hatte, saß hinter ihnen. Sie gab Peter einen Klaps auf die Schulter. »Guten Morgen, kleiner Lord. Wie nett von dir, die Kutsche mit deiner Anwesenheit zu beehren.«

Peter wurde knallrot, aber zu Santas Überraschung ging er nicht in die Luft. »Guten Morgen«, sagte er. Dann, nach einer Pause, fügte er hinzu: »Ich habe nicht gewusst, dass es deine Kutsche ist, sonst hätte ich dir dafür gedankt, dass ich drin sitzen darf.«

Die andern Mädchen lachten, auch Ben, der sagte: »Er macht langsam Fortschritte, Rosa!«

Dass Peter so schlagfertig war, gefiel Rosa offenbar. Sie war erst um die sechzehn, und obwohl sie sich bei ihren Auftritten als Tänzerin und Akrobatin erwachsen gab, war sie ganz froh, mit Jungen und Mädchen ihres Alters zu reden. Sie hatte eine Tüte Pralinen und bot Peter und Santa welche an.

»Nehmt euch! Wie gefällt es euch bei uns?«

Peter und Santa sagten, es gefalle ihnen sehr. Dann sprachen sie über die verschiedenen Städte, in denen sie gewesen waren, aber Santa war nicht ganz bei der Sache. Peter veränderte sich. Noch vor kurzem, als sie davongelaufen waren, hatten Leute wie der Tomatenverkäufer und Bill ihn sonderbar gefunden. Und jetzt kannte Peter alle Pferde beim Namen! Für die Leute hier war das nichts Besonderes, doch

Santa wusste – genau wie Ben, da war sie sicher –, dass es eine Leistung war für jemanden, der vor weniger als einem Monat noch nie mit Pferden zu tun gehabt hatte. Sie hatte das gleiche Gefühl wie früher, bevor sie zu Gus gekommen waren: dass Peter klug war. Sie war stolz auf ihn. In letzter Zeit war das nicht so oft der Fall gewesen. Sie hatte immer gedacht, dass sie ebenso gescheit sei wie er. Schließlich wussten sie beide nichts, und im großen Ganzen wirkte sie weniger dumm auf andere als er. Aber jetzt kam es ihr nicht im Geringsten so vor, als wäre sie ihm ebenbürtig. Sie kannte die Namen der Pferde nicht, sie hätte auf Rosas Bemerkung nie etwas erwidern können, und sie wusste es.

Ben hatte die Zügel lose in den Händen gehalten, doch jetzt zog er sie an. Der Wagen mit dem Orchester fuhr hinaus auf die Straße, die Musiker spielten eine fröhliche Melodie. Hinter ihnen kamen prächtig und mit glänzendem Fell Soda, Tapioka, Kaffee, Kakao, Pfeffer und Nelke. Auf ihnen ritten Mr Petoff, die Kenets und Paula in elegant geschnittenen Jacken, Reithosen und den Hüten, die Melonen genannt wurden. Dann kam Gus in einem alten Auto. Er trug eine grüne Jacke mit großen weißen Punkten, eine große knallrote Fliege und eine Melone, die oben offen war wegen seiner Perücke. Er war komisch geschminkt – das Gesicht war weiß, die Nase knallrot, der Mund riesig und seine Wimpern sehr lang und nach oben gebogen. Die anderen Clowns kamen hinter ihm, manche auf Stelzen, einer auf einem alten Hochrad, ein anderer versuchte Peekaboo zu reiten, der herumtollte wie ein neugeborenes Lamm. Die übrigen fuhren auf einem Wagen, wo sie mit Wasserpistolen aufeinander schossen, sich gegenseitig niederschlugen und sich überhaupt sehr komisch benahmen. Hinter ihnen folgten die Ponys mit ihrer kleinen Kutsche. Alexis in einer roten Livree mit weißem Zylinder lenkte sie. Die Elefanten stapften, Rüssel an Schwanz, hinterher, auf dem Anführer ritt Kundra in einem goldenen Anzug, der mit funkelnden Steinen besetzt war.

»Jetzt sind wir dran«, sagte Ben und schnalzte mit der Zunge. Die Pferde setzten sich in Bewegung.

Es war seltsam, in einer Kutsche zu fahren. Santa hatte zuerst noch Angst. Sie fürchtete, Peter würde hinunterfallen, und war froh, dass er an der Außenseite saß, denn sie selbst hätte sich dort bestimmt keinen Moment lang gehalten. Wenn nun die Pferde durchgingen! Vier Pferde schienen viel zu sein für einen Kutscher, besonders wenn er so alt war wie Ben. Aber schnell gewöhnte sie sich an das Gefühl, und dann genoss sie die Fahrt.

Sie kamen zur Hauptstraße. Die Leute ließen alles stehen und liegen und schauten auf. Und alle, egal wie sie zuvor ausgesehen hatten, fingen an zu lächeln. Die Kinder auf den Straßen und an den Fenstern brüllten vor Lachen. Die Polizei musste den Verkehr anhalten. Den Autofahrern schien das gar nichts auszumachen, sie beugten sich aus den Seitenfenstern und lachten mit allen anderen. Was gerade an den Leuten vorbeikam, erriet man an ihrer lautstarken Reaktion. Bei den Pferden waren es Gespräche, weil jeder dem anderen deren Vorzüge erklären wollte. Bei den Clowns waren es Lachsalven. Wenn die Leute gurrende Laute von sich gaben und sagten: »Sind sie nicht süß?«, dann galt das den Ponys und später den Pudeln, die auf dem Wagen hinter der Kutsche saßen. Die Elefanten lockten ein lang gezogenes »Ooh!« und »Aah!« hervor.

Die Aufregung auf der Straße war ansteckend. Es dauerte nicht lange, da ergriff sie auch von Peter und Santa Besitz. Dagegen konnte man nichts tun. Er war wunderbar, zu etwas zu gehören, das so vielen Menschen Freude machte, wenigstens ein kleiner Teil eines so vergnügten Zugs zu sein. Peter und Santa tat es gut zu sehen, dass andere Kinder wünschten, sie könnten mit ihnen tauschen. In einer Welt zu leben, in der so etwas Alltag war. Zu wissen, dass in den Orten wie Bolton und Oldham, die noch vor ihnen lagen, Kinder die Ankündigungen für die nächste Woche lasen. Dass in all den Städten, die sie zwischen jetzt und Oktober besuchten, Kinder rufen würden: »Der Zirkus kommt! Der Zirkus kommt!«

## 13

# *Königspudel Mis*

Es war in Sheffield in der dritten Maiwoche, da wurde Mis krank. Peter und Santa erfuhren es, als sie Fifi mit Hans und Fritzi zusammen abholen wollten, um zur Schule zu gehen. Sonst war Fifi immer schon angezogen und stand bereit, auf ihre höfliche Art allen die Hände zu schütteln und einen guten Morgen zu wünschen. Heute war nichts von ihr zu sehen, obwohl die Kinder angeklopft hatten. Plötzlich kam sie von den Stallungen her angerannt. Sie war ganz blass und ihre Augen waren rot vom Weinen.

»Ist was passiert?«, fragte Fritzi beunruhigt und packte Peter am Arm.

Eigentlich konnte Peter das nicht leiden, aber diesmal war er so besorgt, dass er es gar nicht bemerkte.

Lange Minuten vergingen, bevor sie herausbekamen, was geschehen war. Jedes Mal wenn Fifi anfangen wollte zu erzählen, musste sie weinen und alles, was sie verstanden, war »Mis«.

Schließlich stellte Fritzi eine direkte Frage. »Ist Mis gestorben?«

Fifi hob den Kopf. »Nein, aber sie ist sehr krank.«

Das tat Santa leid, aber sie glaubte nicht, dass es helfen würde, wenn sie alle zu spät in die Schule kamen. Sie fasste Fifi am Arm. »Bestimmt geht es ihr bald besser. Komm jetzt. Vielleicht ist sie schon wieder gesund, wenn wir nach Hause kommen.«

Auf dem Schulweg bildeten sie eine sehr traurige Prozession. Sascha und Olga, die inzwischen auch dazugekommen waren, wagten nicht mehr zu tun, als schweigend mitzugehen. Die Krankheit der klugen, begabten Mis versetzte alle in trübe Stimmung.

»Wann hat es angefangen?«, fragte Olga schließlich. »Santa und ich und Peter saßen gestern Abend in der ersten Reihe. Mr Cob hat uns reingelassen. Da war Mis noch nicht krank.«

»Wahrscheinlich in der Nacht. Am frühen Morgen hat sich Maman im Bett aufgesetzt. ›Schnell!‹, hat sie zu Papa gesagt. ›Mis ist krank. Ich fühle es hier.‹« Fifi legte die Hand auf ihr Herz, so wie ihre Mutter es getan hatte.

»Woher wusste sie das?«, fragte Peter. »Hat Mis gejault oder so?«

Olga, Sascha, Fritzi, Hans und Fifi sahen ihn an. Ihre Gesichter zeigten deutlich, dass sie diese Frage für sehr dumm hielten.

»Unsere Tiere«, erklärte Olga streng, »sind wie unsere Kinder. Wenn ein Baby schlafen gelegt wird, mag auch die Mutter sorglos zu Bett gehen. Aber in der Nacht wacht sie plötzlich auf und merkt, dass eine Kleinigkeit anders ist als sonst. ›Mein Baby ist krank‹, wird sie sagen und gleich nach ihm sehen. So ist es bei uns auch mit den Tieren.«

»Aber Mis war gestern Abend nicht anders als sonst«, sagte Peter. »Wir haben sie gesehen. Sie war genau wie immer.«

»Für dich, ja«, stimmte Fifi zu. »Aber nicht für Maman. Und sie hat Recht gehabt.« Bedeutungsvoll senkte sie die Stimme. »Papa ist zu den Tieren gelaufen, zum Käfig von Mis. Sie lag still da. Zuerst dachte er, sie schläft. Dann legte er die Hand auf sie und merkte, dass sie steif und kalt war. Sie war bewusstlos.«

»Du meine Güte!« Santa war entsetzt. »Was hat dein Vater dann gemacht?«

»Maman war mitgekommen. Sie hoben Mis aus dem Käfig und wickelten sie in Decken. Sie gossen ihr Wasser über den Kopf. Da machte sie die Augen auf. Maman fütterte sie mit Eiweiß, das sie mit Brandy verquirlt hatte. Sie tastete sie ab, um festzustellen, wo sie Schmerzen hatte. Sie glaubten, dass sie vielleicht vergiftet worden war.«

»Vergiftet!«, riefen alle Kinder.

Fifis Geste zeigte, dass alles möglich war. »Es gibt immer welche, die auf eine so große Künstlerin eifersüchtig sind.«

»Und ist sie wirklich vergiftet worden?«, fragte Peter.

»Nein. Sie sind gestern erst in neue Käfigwagen gekommen. Weiter vorn. Es ist unmöglich, etwas hineinzuschmuggeln. Außerdem hat Mis keine körperlichen Schmerzen. Sie hat kein Fieber. Aber sie ist einfach unglücklich. Sie weint und weint. Papa hat einen Tierarzt geholt, einen sehr guten. Er konnte nichts finden. Heute geht es ihr nicht besser. Ihr Fell glänzt nicht. Sie frisst nicht. Sie trinkt nicht.«

Sascha zog sie am Ärmel. »Kann sie heute auftreten?«

Fifi zuckte die Schultern und hob die Hände. »Wer weiß?

An der Parade heute Morgen nimmt sie nicht teil. Sie verlässt ihren Käfig nicht.«

»Vielleicht bekommt ihr das Klima hier nicht«, überlegte Santa.

Fifi schüttelte den Kopf. »Es ist etwas Schlimmeres. Manchmal kommt es vor, dass es ihr an einem Ort nicht gut geht. Aber dann bekommt sie ein bisschen Pulver und das hilft. Maman sagt, sie erinnert sich jetzt, dass Mis schon seit der Ankunft am Sonntag still gewesen ist. Gestern Abend, meint Maman, war sie noch stiller.«

»Waren irgendwelche anderen Hunde in ihrer Nähe?«, fragte Olga. »Könnte sie sich irgendwie angesteckt haben? Das kommt ja vor.«

»Absolut«, stimmte Fifi zu. »Aber wenn es so wäre, hätte sie Fieber. Sie friert auch nicht. Am Sonntag, als die Ställe aufgebaut wurden, war an dem Platz für die Hunde eine Vertiefung im Boden. Deswegen bat Papa Monsieur Schmidt, in dieser einen Woche den Platz mit ihm zu tauschen. Monsieur Schmidt hat deshalb seine Seelöwen am Ende der Reihe neben den Elefanten untergebracht.«

Fritzi und Hans wussten darüber Bescheid. Mr und Mrs Schmidt hatten zugestimmt, doch zu Hause hatten sie die Nase gerümpft und gesagt, das Theater, das die Moulins um ihre Hunde machten, sei lächerlich. Es hatte seit Tagen nicht geregnet, diese Vertiefung war also nicht feucht. Aber jetzt war nicht der Moment, darüber zu reden. Fritzi und Hans wechselten nur einen Blick und schwiegen.

Nach der Schule eilten alle nach Hause. Sie gingen mit Fifi zu den Stallungen. Mr Moulin und Lucille saßen beim Käfigwagen von Mis. Die anderen Hunde spielten draußen in einem Gehege in der Sonne, doch Mis lag mit stumpfen Augen in ihrem Korb. Die Kinder sahen erwartungsvoll Mr Moulin und Lucille an. Lucille stand auf und ging zu ihnen. Selbst in einer solch schwierigen Situation achtete sie auf ihre Manieren.

»Guten Morgen, Fritzi und Hans. Guten Morgen, Peter und Santa.«

Alle sagten zugleich: »Guten Morgen. Wie geht es Mis?«

Lucille zuckte die Schultern und hob die Hände. Ihre Augen füllten sich mit Tränen. »Krank.«

»Was fehlt ihr denn?«, fragte Santa.

Lucille seufzte. »Wer weiß das schon? Der Tierarzt kann nichts finden.«

»Vielleicht ist es eine Stimmung«, meinte Olga.

»Das könnte sein. Ich habe gesagt, ich glaube, sie leidet hier.« Lucille griff sich ans Herz.

»Aber warum? Es ist nichts passiert«, gab Peter zu bedenken.

Lucille seufzte wieder. »Wer kann das sagen? Bei einem großen Künstler reicht oft ein geringer Anlass. Sie sind solche Seelchen! Einmal hatten wir eine Hündin aus Holland. Sie war sehr klug, aber immer still. ›Sie hat kein Temperament, das kluge Mädchen‹, sagte ich. Mein Mann sagte: ›Temperament hat sie, aber sie ist eine Holländerin. Holländer zeigen nicht, wie ihnen zu Mute ist.‹ Er hatte Recht. Eines Tages wurde diese Hündin krank. Sie aß nicht. Wir versuchten alles Mögliche. Sie fraß trotzdem nicht. Am nächsten Tag war es das Gleiche. Sie nahm nichts zu sich, überhaupt nichts. In der Nacht wachte ich auf. Ich weckte meinen Mann. Ich sagte: ›Ich weiß, warum Greta nichts isst. Komm, ich zeig es dir.‹ Wir gingen zu den Ställen. Der Wächter brachte uns eine Laterne. Greta schlief im Korb in ihrem Käfigwagen. Ich hatte in heiße Milch getunktes Brot dabei und rief: ›*Vooruit.* Greta, *Vooruit*!‹ Das heißt so viel wie ›Auf jetzt!‹ Greta springt auf. Sie kommt zu mir. Sie frisst. Versteht ihr, was geschehen ist? Wir hatten ihr in der Woche Französisch beigebracht, wir sprachen nur noch französisch mit ihr. In der Manege machte ihr das nichts aus, aber inzwischen sprachen wir auch so, wenn es um ihr Fressen ging. Da bekam sie Heimweh und fraß nicht mehr. Danach sprachen wir wieder holländisch mit ihr und sie wurde nicht wieder krank.«

Peter war verwirrt. »Aber mit Mis haben Sie doch nur französisch geredet, nicht wahr?«

»Natürlich. Aber es kann irgendeine Kleinigkeit gewesen sein, die sie gekränkt hat. Sie ist so empfindlich, diese Mis.«

Fifi fasste nach der Hand ihrer Mutter. »Wird sie heute auftreten, Maman?«

Lucille küsste das besorgte Gesicht ihrer Tochter. »Ja. Sie wird auftreten. Sie ist eine geborene Künstlerin. In der Manege wird sie sich nichts anmerken lassen. Jetzt lächle wieder, meine Kleine. Komm, ein leckeres *déjeuner* wartet auf dich.«

Mis konnte in beiden Vorstellungen auftreten. Sie war wie gewöhnlich gut und witzig. Was sie auch quälte, dem Publikum gegenüber ließ sie sich nichts anmerken.

Früh am nächsten Morgen, als Peter zu seinem Reitunterricht ging, machte er einen Abstecher zu den Käfigwagen, um nach ihr zu fragen. Violette, Simone und Marie tollten in ihrem Gehege draußen herum. Mr Moulin hängte ihre Decken zum Lüften auf. Von Mis war nichts zu sehen. Peters Magen fühlte sich plötzlich an, als würde er Aufzug fahren. Keine Mis. War sie in der Nacht gestorben? Mr Moulin erriet Peters Gedanken.

»Es ist alles in Ordnung, Peter. Wir haben sie zum Schlafen in den Wohnwagen mitgenommen.«

»Geht es ihr heute Morgen besser?«

Mr Moulin sah traurig aus, während er Violette, Simone und Marie die Leinen anlegte. »Nein.«

Peters Freude am Reiten war ungetrübt, aber ihm blieb das dumpfe Unbehagen, das man fühlt, wenn etwas nicht stimmt, selbst wenn man eigentlich nicht daran denkt.

Beim Reiten machte er Fortschritte. Jetzt brauchte er keine Hilfe mehr beim Aufsitzen. Ben hatte ihm die Steigbügel weggenommen. Seiner Meinung nach benötigte ein richtiger Reiter keine Steigbügel beim Traben.

»Schritt für Schritt, das ist meine Methode«, sagte er. »Wir lassen die Steigbügel weg, bis August. Du wirst jetzt auf vielen verschiedenen Pferden reiten. Auch, wenn sie lebhaft und schwer zu kontrollieren sind. Wenn ich dich auf jedes Pferd hier im Stall setzen kann und du es von Anfang an wissenlässt, dass es sich bei dir keine Freiheiten herausnehmen darf, dann kommen wir voran.«

»Und wie geht es im August weiter?«

Ben kaute nachdenklich an seinem Strohhalm. »Vielleicht schaue ich mir an, wie du dich beim Dressurreiten machst.«

Peter war so überrascht, dass es ihm den Atem nahm. Dressurreiten, die Hohe Schule – darüber hatte Alexis gesagt: *Das ist die größte Kunst beim Reiten.*

»Meinst du das, was Paula und die Kenets machen?«

Ben nickte. »Früher, als ich stellvertretender Stallmeister war, habe ich es unterrichtet. Es ist ziemlich anstrengend für die Pferde und der Reiter muss sein ganzes Können beweisen.«

»Aber es ist richtiges Zirkusreiten. Könnte ich das denn?«

Ben schob seinen Strohhalm in den anderen Mundwinkel. »Nach allem, was ich weiß, kommt es nicht ursprünglich aus dem Zirkus. Einmal reiste für eine Zeit ein Künstler mit uns, der immer nur Pferde malte. Zwei Tourneen lang hat er uns begleitet, vielleicht auch nur eine. Er erzählte mir, dass in der Zeit von Oliver Cromwell – lies mal im Geschichtsbuch über ihn nach – seine Leibwache speziell darin ausgebildet wurde. Der Maler sagte, das sei äußerst sinnvoll gewesen. Die Seitenschritte nach links und rechts seien genau das Richtige bei Schwertkämpfen.«

Peter versuchte sich vorzustellen, wie er hoch zu Pferd mit einem Schwert kämpfte. Er sah sich in seiner Fantasie, gekleidet wie ein Rundkopf, also ein Puritaner im siebzehnten Jahrhundert, wie er das Schwert hin und her schwang. Und sein Pferd bewegte sich mit ihm.

»Das ist wirklich praktisch. Normalerweise geht ein Pferd nur vorwärts und rückwärts.«

»Ja, stimmt.« Ben saugte nachdenklich an seinem Strohhalm. »Und diese ganze Geschichte ist wahr. Ich habe mal gehört, dass es eine Statue für König Charles gibt, die ein Dressurpferd darstellt. Letzten Winter, während wir Quartier machten, nahm ich mir einen Tag frei und schaute sie mir an. Den Namen des Ortes hatte ich mir aufgeschrieben.«

»Hast du die Statue gefunden?«

Ben nickte. »Sie ist tatsächlich sehr schön. Das Pferd schien gut trainiert. Muss ihm schwergefallen sein, so lange Modell zu stehen. Es ist schon schwierig, ein Pferd ruhig zu halten, um es zu fotografieren. Ich hätte nicht dafür zuständig sein wollen, während die Statue gemacht wurde.«

»Kann ich gleich Anfang August damit beginnen? Wenn ich Ferien habe?«

»Vielleicht. Wir werden sehen, wie du dich bis dahin machst. Du musst die Beine besser unten halten. Und mir fällt oft auf, dass du die Zehen nach innen drehst, so kannst du keine Sporen einsetzen.«

»Unmöglich!«, sagte Peter wütend.

Ben merkte nie, wenn jemand verärgert war. Er sprach so langsam und freundlich wie immer. »Es geht nicht anders, mein Junge. Wenn du die Zehen nach innen drehst, gehen deine Schenkel nach außen. Und so kann dein Pferd nicht den Druck durch dein Bein spüren, bevor der Sporn zum Einsatz kommt. Und wenn du dann die Sporen benutzen musst, kannst du das nicht sanft tun, wie es eigentlich sein sollte, sondern du musst zustoßen. So, wie du dasitzt, kannst du gar nichts anderes machen.«

Peter hätte gern widersprochen. Er war überzeugt, dass Ben Unrecht hatte. Wenn er nur Sporen tragen würde, dann könnte er es ihm zeigen. Aber es war Zeitverschwendung, mit Ben zu streiten. Er schien nie zu merken, wenn man ihm widersprach. Er ging gar nicht davon aus, dass jemand mit ihm über Pferde oder das Reiten streiten könne.

Nach dem Unterricht führte Peter Soda zu dessen Box. Er gab ihm einen Klaps und ein paar Karotten, dann ging er die Ställe entlang. Hier gefiel es ihm. Er kannte schon die Namen der meisten Pferdepfleger. Zu dieser frühen Stunde waren sie alle hier. Sie säuberten die Ställe, polierten das Zaumzeug, striegelten die Pferde. Die Bereiter führten die verschiedenen Pferde zum Trainieren in die Manege. Während der Pferdepflege hörte man überall zufriedene, fröhliche Laute und Schnauben. Die Pferde stampften. Es roch gut nach Stall. Gewöhnlich grüßten ihn die meisten Männer, doch an diesem Morgen waren sie alle in Gespräche miteinander verwickelt. Peter blieb bei dem Pferdepfleger stehen, den er am besten kannte.

»Ist etwas passiert, Nobby?«

Nobby tat, als sei er intensiv mit den Hinterbeinen von Zauberer beschäftigt, den er gerade striegelte. Leise sagte er: »Es gibt Ärger mit einem der Elefanten.«

»Mit welchem?«

»Ranee. Die Kleine am Ende der Reihe.«

»Was ist los mit ihr?«

»Sie ist ganz aggressiv geworden. Heute Morgen hat sie sich auf einen der Männer gestürzt und ihn umgeworfen. Wenn Mr Cob das erfährt, lässt er Ranee nicht mehr auftreten. Er kann keine Tiere gebrauchen, denen man in der Manege nicht trauen kann.«

»Aber die Elefanten sind immer gut gelaunt. Ich füttere sie oft.«

»Na, dann komm Ranee heute lieber nicht zu nahe, sonst kriegst du vielleicht was ab, das du nicht erwartet hast.«

»Komisch, dass sie plötzlich wütend wird.«

Nobby gab Zauberer einen Klaps. »Hinüber mit dir, auf!« Er schaute kurz in Richtung der Elefanten. »So ist das mit den Exoten. Mir sind Pferde lieber. Bei ihnen weiß man, woran man ist.«

Peter ging zu den Elefanten. Dort sprach Kundra mit dem Stallmeister. Aus sicherer Entfernung betrachtete Peter Ranee. Soweit er sehen konnte, war sie genau wie immer. Sie schaukelte von einer Seite zur anderen. Den Rüssel streckte sie hoffnungsvoll aus, vielleicht kam jemand vorbei, der ein Bröckchen herzugeben hatte.

»Also gut«, sagte Kundra, »misch das in ihr Futter. Vielleicht liegt es am Wetter. Diese Frühlingstage machen sie leicht nervös.«

»Da hast du Recht«, sagte der Stallmeister und ging mit Kundra aus dem Zelt. Sie sprachen so angeregt miteinander, dass sie Peter gar nicht bemerkten.

Von seinem sicheren Platz aus schaute Peter weiter Ranee zu. Sie tat ihm leid. Vielleicht fühlte sie sich, wie sich nach Bens Worten Soda im frühen Herbst fühlte. Ben behauptete, Soda vermisse den Geruch fallender Blätter und fresse deshalb nichts. Vermisste Ranee den Geruch sprießender Pflanzen? Peter hatte nur sehr vage Vorstellungen von dem Land, aus dem Elefanten kamen. Dort gab es Dschungel, nahm er an. Er wusste nicht, was im Dschungel wuchs, aber was es auch war, im Frühling trieben die Pflanzen wahrscheinlich aus. Vielleicht fehlte Ranee dieser Geruch. Peter griff in die

Tasche. Er hatte ein paar Karotten dabei. Im Wohnwagen gab es immer Karotten, die er für Soda mitnahm. Diese hier waren übrig. Vielleicht war es keine schlechte Idee, sie Ranee zu geben, damit sich ihre Stimmung aufhellte. Aber er wollte nicht umgestoßen werden. Er machte ein paar Schritte auf Ranee zu. Sie sah nicht wütend aus. Er machte noch ein paar Schritte und holte die Karotten heraus. Wenn sie sah, dass er ihr Karotten brachte, würde sie vielleicht merken, dass er es gut meinte. Noch drei Schritte, dann wäre er bei ihr. Er schaute sich um. Niemand war zu sehen. Wenn er jetzt zum Wohnwagen zurückging, würde niemand erfahren, dass er Ranee Karotten geben wollte und es nicht getan hatte, weil er sich fürchtete. Unschlüssig verharrte er ein paar Sekunden. Sollte er doch lieber gehen? Dann schaute er Ranee an. Sie musste die Karotten gesehen haben. Es wäre gemein, sie jetzt wieder wegzunehmen. Er ging noch ein paar Schritte auf sie zu und streckte die Hand aus.

Ranee griff sich die Karotten. Sie steckte sie ins Maul und zerkaute sie. Aber obwohl sie das Geschenk mit Appetit zu fressen schien, hatte Peter den Eindruck, dass Leckerbissen nicht das waren, was sie brauchte. Er vergaß seine Angst. Er legte die Hand auf ihren Rüssel. Das hatte er schon oft zuvor bei den Elefanten getan. Manchmal hielt einer von ihnen ihn fest, so dass er sich befreien musste. Auch Ranee hielt ihn jetzt fest. Sie legte ihren Rüssel um seinen Arm. Nach einem Moment zog er ein wenig, um ihn frei zu bekommen. Sie hielt ihn fester. Er zog. Ranee packte ihn nicht nur fester, sie zog ihn zu sich.

»Lass los, Ranee.«

Ranee dachte nicht daran. Sie zog Peter vorwärts. Seine Füße berührten die hölzerne Plattform, auf der die Elefanten standen. Ihm wurde kalt vor Angst. Jeden Moment erwartete er, hochgehoben und auf den Boden geworfen zu werden. Er zog. Er strengte sich an. Aber es war sinnlos, mit einem Elefanten zu kämpfen.

»Lass los, Ranee!«, keuchte er. »Lass los.«

Er schaute auf. Er sah in ihre Augen. Elefantenaugen sind nichts, was die meisten Menschen für besonders schön halten. Sie sind klein und erinnern an Schweinsaugen. Peter fand, dass sie geradezu hässlich aussahen. Dann bemerkte er plötzlich etwas, das ihn überraschte. Er hatte mit einem wilden, grausamen Ausdruck gerechnet. Jetzt, aus der Nähe, sah er, dass Ranee unglücklich war. Sie tat ihm so leid, dass er vergaß, wie sie ihn behandelte.

»Arme Ranee«, sagte er. »Armes altes Mädchen.«

Offenbar war ein bisschen Mitleid genau das, was Ranee verlangte. So plötzlich, wie sie Peters Arm gepackt hatte, ließ sie ihn wieder los. Doch statt aus ihrer Reichweite zu gehen, blieb er, wo er war. Er streichelte ihren Rüssel. Er schaute sich um. Warum war sie so unglücklich? Der Stall sah aus wie sonst. Links mampften die Ponys ihr Frühstück. Rechts kam vergnügtes heiseres Gebell aus dem Wagen der Seelöwen. Da hatte Peter plötzlich eine Idee.

Kundra und der Stallmeister kamen zurück. Sie blieben stehen und starrten Peter an.

Kundra kam behutsam näher. »Hab keine Angst, Peter. Geh langsam rückwärts weg von Ranee. Sie ist heute Morgen schlecht gelaunt.«

Peter blieb, wo er war, und streichelte weiter Ranees Rüssel. »Ich weiß, aber ich glaube nicht, dass sie schlecht gelaunt ist. Ich glaube, sie ist unglücklich.«

»Vielleicht.« Kundra redete immer noch leise. »Aber mach, was ich sage. Komm langsam zu mir.«

Peter rührte sich immer noch nicht. Wieder schaute er zum Wagen der Seelöwen. Er traute sich nicht recht zu sagen, was er dachte, weil im Zirkus natürlich jeder etwas von Tieren verstand und er nicht. »Könnte es passieren, dass ein Elefant einen Hund gernhat?«

Kundra und der Stallmeister wussten sofort, was er meinte. Sie schauten zum Wagen der Seelöwen, der dort stand, wo sonst immer die Pudel spielten.

»Wer weiß«, sagte Kundra. »Etwas hat Mis aus dem Gleichgewicht gebracht.«

Der Stallmeister nickte. »Erinnerst du dich an diesen Löwen, den wir mal hatten? Der Radschah von Bong? Und an den kleinen Foxterrier, der immer in seiner Nähe war? Der in seinem Käfig leben musste?«

»Das kann passieren«, stimmte Kundra zu. »Es hat schon ein paar merkwürdige Freundschaften gegeben. Mein Vater hatte einen Elefanten, der sich mit einem Pony angefreundet hatte.«

»Soll ich Mr Moulin holen?«, fragte der Stallmeister.

»Ja.« Kundra winkte Peter. »Komm, Junge. Du könntest Recht haben, aber sie hat heute Morgen einem Mann die Arme gequetscht und wir wollen dich nicht auch noch ins Krankenhaus bringen.«

Peter gab Ranee einen letzten Klaps. Dann trat er langsam

von ihr zurück. Sie machte keine Anstalten, ihn festzuhalten. Er hatte das Gefühl, dass sie das Gespräch gehört hatte und mit ihm zufrieden war.

Speckduft wehte durch die Zeltklappe herein und Peter fiel plötzlich ein, dass er die Zeit vergessen hatte. »Weißt du, wie spät es ist?«

Kundra schaute auf seine Uhr. »Zehn nach acht.«

»Du meine Güte!« Peter wandte sich zum Gehen. »Ich komme zu spät zum Frühstück.«

»Willst du nicht sehen, ob du Recht hattest mit Mis?«

»Ich kann nicht«, rief Peter über die Schulter. »Ich muss in die Schule.«

Hastig zog Peter seine Reithosen aus und die kurzen Hosen an. Er raste zum Wohnwagen. Gus und Santa saßen beim Frühstück.

»Was ist?«, fragte Gus. »Frühstück gibt's um acht, wenn ihr in die Schule müsst, das weißt du ganz genau.«

»Entschuldigung.« Peter nahm sich Eier und Speck. »Ich habe mit den Elefanten geredet.«

Santa betrachtete empört ihren Bruder, der ihr gerade den Rücken zuwandte. Peter nahm sehr schlechte Gewohnheiten an, fand sie. Er musste Gus ja nicht gleich sagen, dass er geritten war, aber er hätte zumindest sagen können, dass er die Pferde gefüttert hatte. Er gab Soda immer Karotten, das wäre also keine Lüge gewesen.

Noch nie war Peter so ungern in die Schule gegangen. Es wurde noch schlimmer, weil Fifi heute nicht mitkam, jedenfalls hatte sie nicht vor dem Wohnwagen gewartet, als die Kinder sie abholen wollten. Niemand war da. Fritzi und

Hans, die mit Peter und Santa gekommen waren, sahen verärgert aus.

»Was für ein Theater sie um diesen Hund machen! Mein Vater sagt, Mis sei gar nicht krank«, murmelte Fritzi.

»Genau«, erklärte Hans. »Sie ist einfach verwöhnt.«

»Ich glaube nicht«, widersprach Santa. »Man wird nicht ohnmächtig, nur weil man verwöhnt ist.«

»Oh doch. Je nach Temperament ist das möglich«, fand Hans.

Peter sagte nichts. Er sah zu den Ställen hinüber und wünschte, er wäre dort. Den anderen konnte er nicht sagen, was seiner Meinung nach nicht in Ordnung war. Jetzt, hier im Freien, wo er etwas so Prosaisches machte, wie in die Schule zu gehen, schien die Idee irgendwie lächerlich. Wahrscheinlich würden sie ihn auslachen.

Fifi kam zu spät in die Schule. Peter traf sie natürlich erst, als sie alle nach Hause gingen.

»Stellt euch vor«, rief sie ihnen zu. »Mis geht es wieder gut. Es war eine Herzensangelegenheit. Sie hat so starke Gefühle, die Kleine. Und die gelten Ranee. Das hat niemand gewusst. Sie haben doch sonst immer nebeneinandergestanden. Und jetzt ist sie zurück bei ihrer Freundin und alles ist gut.«

»Was, Ranee, die Elefantin?«, fragte Hans.

»Ja.« Fifi hüpfte die Straße entlang. »Es war beim Frühstück. Da klopft jemand an unsere Tür. Maman greift sich ans Herz. Sie hat Migräne, seit es Mis so schlecht geht. Sie kann nichts Lautes ertragen.«

Olga schlug ein Rad. »Ist Ranee vorbeigekommen, um zu sagen, dass ihr Mis fehlt?«

Sascha kicherte und machte einen Überschlag. »Haben Ranee und Mis sich geküsst?«

»Schwachkopf! Nein, es war der Stallmeister. Er sagt, Kundra und er haben eine Idee.«

Peter schnappte nach Luft. »Was hat er gesagt?«

Fifi seufzte über so viel Unverständnis. »Er erzählt uns von dem Einfall, Ranee und Mis könnten befreundet sein.«

Peter konnte es nicht glauben. »Er sagte, das sei ihm und Kundra eingefallen?«

Fifi nickte. »Aber ja. Wem denn sonst?«

Sobald sie beim Zirkus zurück waren, lief Peter zu den Ställen. Der Wagen der Seelöwen war umgestellt worden. Die Pudel waren wieder auf ihrem alten Platz neben den Elefanten. Viele Leute, die das Eintrittsgeld für die Menagerie bezahlt hatten, schlenderten umher. Es dauerte eine Minute, bevor Peter bis zum Gehege der Pudel durchkam. Dort fand er Kundra im Gespräch mit Lucille und Mr Moulin.

»Das war wunderbar«, sagte Lucille. »Warum ist uns das nicht eingefallen? Sie haben ein ungeheures Verständnis für Tiere, Monsieur.«

Kundra lächelte liebenswürdig. »Nun ja. Ich bin schon lange in diesem Geschäft. Da spürt man Dinge, wissen Sie.« Er unterbrach sich, als er Peters Blick auffing, und wurde rot.

Die Moulins sagten noch ein paar höfliche Worte und gingen zu ihrem *déjeuner*. Kundra sah Peter an und grinste.

»Ich weiß, mein Junge. Aber es nützt nichts zu sagen, dass du die Idee hattest. Dir nützt es nichts. Du wirst keine Elefanten dressieren.«

»Und was nützt es Ihnen?«

»Mr Cob überlegt jetzt, unseren Vertrag um weitere drei Jahre zu verlängern.«

»Oh!« Peters Wut verschwand. Natürlich war es nicht gerecht, aber wenigstens spielte Kundra ihm nichts vor.

Kundra griff in seine Tasche und holte eine Einpfundnote heraus, die er Peter reichte. »Für dich. Du hast mir einen großen Gefallen getan.«

Kundra ging hinaus. Peter starrte den Schein an. Es widerstrebte ihm, ihn anzunehmen, auch wenn es natürlich großartig war, Geld zu haben. Doch es gefiel ihm nicht, dass er es im Austausch für etwas bekommen hatte, das mehr oder weniger eine Lüge war. Er mochte Kundra und wünschte, er hätte nichts vorgetäuscht. Dann betrachtete er Mis und Ranee. Mis hatte die Pfoten auf den Zaun gelegt, der die Pudel von den Elefanten trennte. Ihre Zunge hing heraus. Sie sah so verschmitzt und fröhlich aus wie sonst. Ranee hatte ihr den Kopf zugedreht. Offensichtlich unterhielten sich die Freundinnen gut.

Peter steckte den Geldschein in die Tasche. Was machte es schon aus, wer darauf gekommen war, dass ihre Trennung das Problem sein könnte? Wichtig war, dass für Mis und Ranee wieder alles in Ordnung war. Pfeifend ging Peter davon.

# 14

## *Pläne schmieden*

Der Zirkus Cob fuhr nach Süden. Sie kamen langsam voran, weil ihre Route im Zickzack führte. In der letzten Maiwoche waren sie in Lincoln und Leicester. Dann fuhren sie wieder ein kleines Stück nach Norden und verbrachten eine Woche in Nottingham. Von dort aus ging es nach Stoke und Burton-on-Trent. Dann wieder nach Norden, nach Chester und Crewe. In der letzten Juniwoche fuhren sie über die Grenze nach Wales. Die ersten Stationen dort waren Rhyl und Colwyn Bay.

Peter und Santa gewöhnten sich so an das Wanderleben, dass sie kaum wussten, in welcher Stadt sie gerade waren. Am besten gefielen ihnen die Wochengastspiele. Es machte Spaß, mit dem Wohnwagen hinter dem Auto in einer neuen Stadt anzukommen, aber einmal in der Woche war genug. Die Sonntage in Blackpool, Sheffield und Nottingham hatten etwas besonders Angenehmes. Nach dem Aufbau war es, wie zu Hause zu sein. Das Thema war dann für die folgende Woche erledigt. Auf einer Tournee fühlte sich eine Woche an einem Ort schon nach einer sehr langen Zeit an.

Als sie nach Wales kamen, ergriff eine neue Stimmung

vom Zirkus Besitz. Das Wetter war schön. Sie wollten die Städte an der Küste besuchen. Das würden die Höhepunkte der Tournee sein, mit Badeausflügen und langen Nachmittagen in der Sonne.

Gus steckte immer voller Überraschungen. Weder Peter noch Santa wussten, ob sie in ihren Bemühungen vorangekommen waren, sich nützlich, vielleicht sogar unentbehrlich für ihn zu machen. Er wirkte noch genau so wie bei ihrem ersten Treffen. In seiner nüchternen Art nahm er ihre Anwesenheit als gegeben hin, zeigte aber nicht, ob er sie gern um sich hatte oder nicht. Mit Peter kam er ein klein wenig besser aus als zuvor, aber Peter widersprach auch weniger. Weil er zur Schule ging, Reitunterricht hatte und die Pferdepfleger und Zeltarbeiter besser kennenlernte, hatte er weniger Zeit für so etwas. Außerdem hatte er sich verändert, auch wenn es ihm nicht bewusst war. Der Gedanke, etwas sei nicht gut genug für ihn, kam ihm nun nicht mehr. Für alle im Zirkus war er nur »Gus' Neffe«. Nur Gus' Neffe zu sein war so ansteckend wie Tante Rebeccas Auffassung, sie seien zu großartig, um sich mit anderen Leuten abzugeben. Nur Gus' Neffe zu sein war natürlich auch ziemlich demütigend. Alle anderen Kinder hatten eine Zukunft in der Zirkuswelt. Auch wenn sie jetzt noch keine Artisten waren – bald würden sie es sein. Doch Peter und Santa gehörten nicht richtig dazu. Wenn Leute sie behandelten, als gehörten sie dazu, gefiel es ihnen am besten. Gus ließ nie durchblicken, was er später mit ihnen vorhatte, deshalb war es tröstlich, wenn andere sich verhielten, als würden sie immer bei ihm bleiben. Das erste wirklich hoffnungsvolle Zeichen, dass er sie mochte, kam, nachdem sie nach Wales eingereist waren. Das war eine seiner Überraschungen.

Es war am Sonntag in Rhyl. Sie aßen gerade ihren Eintopf.

»Zeit, dass ihr Kinder Sachen für den Sommer bekommt«, sagte Gus, »und Badezeug.«

Santa nahm sich ein wenig Butter. »Ich habe noch zwei Baumwollkleider, so ähnlich wie das hier, und Peter hat einen grauen Flanellanzug. In London kümmert man sich nicht viel um den Sommer, man trägt nur keinen Mantel.«

Gus schwieg einen Moment und aß weiter. Dann schaute er auf. »Die anderen Kinder tragen Übungstrikots, wenn sie hier spielen. So etwas könntest du ja auch bekommen.«

»Wirklich?« Santa strahlte ihn an. »Ich leih mir manchmal eins von Fritzi. Es ist grün. Was ich gern hätte, wäre ein blaues.«

Peter fand, dass Santa sich alles zu leicht machte. »Aber wenn Gus uns Badesachen kauft, will er bestimmt nicht noch mehr für dich anschaffen.«

»Krautwickel und Käse!«, sagte Gus. »Warum denn nicht? Du kommst ja auch gleich dran, Peter. Kein Grund zur Eifersucht, nur weil ich Santa ein paar Sachen kaufe.«

Santa legte ihre Hand auf die von Gus. »Lieber Gus, Peter und ich sind nie eifersüchtig aufeinander. Er hat nur gemeint, ich soll ans Geld denken.«

»Wenn ich es mir nicht leisten könnte, hätte ich es nicht angeboten, oder?«, knurrte Gus.

Nach dieser kleinen Meinungsverschiedenheit setzten sie vergnügt ihr Mittagessen fort. Anscheinend hatte Gus ganz ernsthaft über Kleidung nachgedacht. Santas Baumwollkleider für die Schule gefielen ihm, obwohl sie nach Tante Rebeccas Maßstäben eher zu kurz waren. Doch er mochte es nicht, wenn sie Strümpfe und Schuhe trug. Die anderen Mädchen hatten Sandalen und er fand, die sollte sie auch bekommen. Und das blaue Trikot, fand er, wäre genau das Richtige für die Nachmittage beim Zirkus.

»Ihr Kinder steht dauernd auf dem Kopf«, sagte er. »Dann solltet ihr auch gut dabei aussehen.«

Auch über Badeanzüge hatte er seine Ansichten. Es klang, als hätte er sie mit Mrs Moulin besprochen.

»Am besten kaufen wir euch gute Sachen zum Baden, die auch eine Zeit lang halten. Lucille Moulin hat mir gesagt, die billigen Badeanzüge aus Baumwolle verziehen sich. Sie geht mit euch beiden einkaufen und besorgt etwas aus gutem Material, dazu zwei Bademäntel, damit ihr nicht dauernd Handtücher nehmen müsst. Und eine ordentliche Badekappe für dich, Santa. Dein Haar ist hübsch jetzt, wo du es zu Zöpfen flichst. Es ist nicht gut, wenn es so viel Meerwasser abbekommt.«

Santa starrte ihn an. »Ich hab gar nicht gewusst, dass du merkst, dass ich es flechte, Gus. Du hast nie was darüber gesagt.«

»Warum auch? Wenn ich nichts sage, heißt das nicht, dass ich nichts bemerkt habe. Mein lieber Vater, euer Großvater, hat oft gesagt: ›Reden ist Silber, Schweigen ist Gold.‹«

»Das stimmt nicht immer«, widersprach Peter. »Wenn man sieht, wie jemand in einem Feuer verbrennt, nützt es nichts, schweigend zuzusehen; dann muss man reden, sonst wird er nicht gerettet.«

»Da heißt es sehen *und* reden. Weißt du, mein lieber Vater, euer Großvater, war Gärtner. Er ging einfach zu seinen Pflanzen und hat sie still betrachtet. Er machte nie viele Worte. Jeder konnte sehen, dass es seinen Pflanzen gut ging.«

Peter stand auf und holte sich noch einen Nachschlag Eintopf. »So ist es mit Ben und den Pferden. Er sieht sofort, wenn bei einem etwas nicht stimmt.«

Gus gab ihm seinen Teller. »Füll mir bitte auch noch etwas auf.« Er schaute Peter an, während der ihm seinen Teller abnahm. »Du brauchst graue kurze Hosen und ein paar kurzärmlige Hemden. Wenn wir nächste Woche in Tenby sind, kannst du sie dir nach der Schule kaufen.«

Peter sagte: »Danke.« Er hatte dieses erfreuliche Gefühl, das sich einstellt, wenn jemand besonders gut zu einem ist. Er fand es sehr nett, dass Gus sagte, er könne allein gehen. Natürlich war er in der Lage, die Sachen zu kaufen, aber er war nicht sicher gewesen, ob Gus das auch wusste.

Nach dem Essen spülten Peter und Santa draußen das Geschirr. Gus hielt Mittagsschlaf. Santa stand da, die Hände in der Spülschüssel, und sah Peter fragend an. Peter imitierte Fifis Achselzucken. Santa sagte, als würde sie ein Gespräch fortsetzen: »Ein bisschen muss er uns schon mögen.«

»Jetzt geht es erst mal nur um Sommersachen«, meinte Peter. »Das sagt noch nichts darüber aus, was er nach der Tournee mit uns vorhat.«

Santa spülte einen Teller und gab ihn Peter. »Ich glaube, er fängt jedenfalls an, uns zu mögen.«

»Kann sein. Wenigstens bemerkt er, was wir anhaben. Das hätte ich nicht von ihm erwartet.«

Santa beugte sich über die Schüssel. »Im August hat er Geburtstag. Da sind wir in Torquay. An einem Mittwoch.«

»Dann bleiben wir immer eine Woche an einem Ort.«

»Stimmt.« Santa gab ihm den nächsten Teller zum Abtrocknen. »Ich dachte, vielleicht könnten wir was machen. Wir haben noch ein bisschen Geld übrig, nicht wahr?«

»Nein. Gus bewahrt es auf. Damit sollen wir unsere verpfändeten Sachen auslösen, wenn wir wieder in London sind.«

»Oh!« Santa spülte niedergeschlagen den dritten Teller. »Ohne Geld kann man nicht viel anfangen.«

»Ich habe ein Pfund.«

»Ein Pfund!« Santa ließ fast den Teller fallen, den sie ihm reichen wollte. »Wie bist du denn dazu gekommen?«

Peter sah ihr fest in die Augen. »Schwörst du, ein Geheimnis zu bewahren?«

Santa nahm die Hände aus der Schüssel und hielt einen Finger hoch. »Der ist nass« – den nächsten Finger wischte sie an ihrem Rock ab –, »der trocken und« – sie legte beide Finger an die Lippen – »fest verschlossen bleibt mein Mund.«

Peter war zufrieden. Santa würde sowieso nie ein Geheimnis verraten, aber so ein Schwur verlieh dem Ganzen noch mehr Bedeutsamkeit. Er erzählte ihr von Mis und Ranee.

Santa wurde wütend. »Wie entsetzlich gemein von Kundra! Und ich habe ihn immer für nett und zuverlässig gehalten.«

Peter trocknete ein Messer ab. »Mir hat es nichts ausgemacht. Mit zehn Shilling könnten wir Gus ein schönes Geburtstagsgeschenk besorgen.«

»Aber willst du das Geld nicht behalten?«

Peter legte das Messer hin und nahm ein anderes. »Ich wollte mir Reithosen davon kaufen, aber das brauche ich nun nicht, weil Alexis mir seine leiht. Ich glaube nicht, dass er sie überhaupt zurückhaben will. Sie sind ihm zu klein und Sascha zu groß.«

Santa schlug die Seifenflocken noch einmal auf, damit sie wieder schaumig wurden. »Ich glaube, wir fragen lieber die anderen, was man an einem Geburtstag am besten macht. Vielleicht könnten wir ein Fest für Gus arrangieren.«

»Ich weiß nicht, ob man im Zirkus Geburtstagsfeste feiert«, gab Peter zu bedenken. »Wir sind jetzt seit fast drei Monaten bei Gus und waren noch nie bei einem solchen Fest.«

»Kinder machen das jedenfalls. Hans und Fritzi hatten eins, gerade bevor wir kamen.«

»Ich glaube, Erwachsene machen das nicht«, sagte Peter. »Aber lass uns jemanden fragen.«

Doch mit der Schule und allem anderen hatten sie so viel zu tun, dass die Tage nur so verflogen. Erst als sie nach Carmarthen kamen, waren einmal alle Kinder unbeschäftigt und sie konnten mit ihnen über Geburtstage beraten.

Es war Samstag und es regnete. Sie spielten im großen Zelt. Peter winkte den anderen bedeutungsvoll zu. Hans und Fritzi kamen sofort heran. Fifi war ein bisschen unwillig, weil sie ein neues Kleid anhatte und nicht gern in einer Ecke sitzen wollte, wo niemand es sehen konnte. Olga und Sascha mussten geholt werden. Sascha kam nur, weil er auf den Händen zu den Plätzen gehen konnte, auf denen sie saßen.

»Was ist los, Peter?«, fragte Fifi. »Warum hast du uns zusammengerufen?«

Peter sah Santa an. Sie verzog das Gesicht und gab ihm damit zu verstehen, dass er reden sollte. Da erklärte er die Sache mit Gus' Geburtstag und seinem einen Pfund. Er machte keine Vorschläge, wofür sie es ausgeben sollten, weil er auf ihre Ratschläge hoffte.

»Ein Pfund!«, sagte Fifi. »Aber das ist großartig! Das wird eine wunderbare *fête* für Gus.«

»Ja, aber was genau sollen wir machen?«, fragte Santa.

Hans zählte an den Fingern ab. »Nächste Woche sind wir in Cardiff, eine Woche lang. Dann in Bath. Das macht zwei Wochen. Dann Taunton, drei Wochen, dann Exeter. Das sind insgesamt vier Wochen. An welchem Tag hat er Geburtstag?«

»Mittwoch«, sagte Peter.

»Dann haben wir einen Monat und drei Tage bis zu seinem Geburtstag«, erklärte Fritzi.

Santa schaute sie ärgerlich an. Natürlich hatten sie um Rat gefragt, wie man am besten einen Geburtstag feierte, aber das bedeutete nicht, dass Fritzi alles an sich reißen sollte, als wäre es der Geburtstag *ihres* Onkels. Wie sie »wir« gesagt hatte, deutete sehr darauf hin.

»Wir müssen singen«, schlug Hans vor. »Wir müssen ein Lied zu seinem Geburtstag schreiben. Das singen wir dann in aller Frühe vor seinem Wohnwagen.«

Peter machte ein zweifelndes Gesicht. »Gus mag es nicht, wenn er früh geweckt wird.«

Fritzi fand das nicht so wichtig. »An seinem Geburtstag macht es ihm bestimmt nichts aus.«

Olga machte einen Kopfstand und stützte sich am nächsten Sitz ab. »Deine Mutter wird einen wunderbaren Kuchen backen, Fritzi.«

»Maman backt dann kleine Törtchen«, meldete sich Fifi, »die gleichen, die sie für euren Geburtstag gemacht hat.« Sie nickte den Zwillingen zu.

»Dann«, sagte Olga, »machen wir ein schönes Picknick. Mit einem Feuer. Meine Mutter hat einen Samowar. Vielleicht leiht sie uns den.«

Sascha hüpfte vor Aufregung auf der Stelle. »Und wenn wir gegessen haben, geben wir ein Konzert für Gus. Jeder von uns spielt etwas vor.«

»Außer Peter und Santa«, meinte Fritzi. »Die können nichts.«

»Aber natürlich nicht«, stimmte Fifi zu. »Das versteht sich von selbst.«

»Könnten wir …« Sascha war von seiner Idee so begeistert, dass ihm die Stimme versagte. »Könnten wir das Pfund für Feuerwerk ausgeben?«

»Sicher«, sagte Fritzi. »Das ist eine sehr gute Idee, Sascha. Wir besorgen Feuerwerk.«

*»Feu d'artifice!«*, keuchte Fifi, wie betäubt von diesem großartigen Einfall.

»Aber …«, sagte Peter.

»Was machst du bei dem Konzert, Fifi?«, fragte Sascha.

Fifi stand auf. »Ich werde etwas einstudieren, etwas Kleines ausarbeiten.«

Fritzi wandte sich an Hans. »Wir spielen zusammen.«

»Gut«, fand Hans. »Papa soll das Lied schreiben.«

Olga, die auf den Händen gegangen war, sprang plötzlich auf die Füße. »Sascha! Erinnerst du dich an die Nummer, die wir an Weihnachten bei der Wohltätigkeitsveranstaltung für Kinder aufgeführt haben? Das machen wir noch mal.«

Sascha war hingerissen. Er sprang hinunter zur Manege. »Dann komm. Wir fangen gleich an zu üben.«

Peter und Santa blieben allein zurück und schauten einander an. »Ich glaube, zehn Shilling ist sehr viel für Feuerwerk, findest du nicht?«, fragte Santa.

Peter nickte. Dann setzte er sich und holte ein Stück Papier aus der Tasche. »Lass sie nur ihr Lied und das Picknick und das Konzert vorbereiten. Ich habe aufgeschrieben, was mir alles eingefallen ist.«

Santa sah ihm über die Schulter und las:

*Maskottchen für den Wagen (über den Kühlerverschluss hängen).*
*Eine Pfeife.*
*Neue Fahrerhandschuhe.*
*Krawatten.*
*Thermoskanne.*

Sie sagte: »Ich glaube, ich bin für die neuen Fahrerhandschuhe.«

Peter steckte die Liste wieder in die Tasche. »Ich auch.«

»Wir werden Geld für das Picknick ausgeben müssen.«

Peter sah besorgt aus. »Ich weiß. Wenn wir die anderen nur nicht gefragt hätten! Ich glaube, Gus mag so viel Theater gar nicht.«

## 15

## *Gus hat Geburtstag*

Das Wetter wurde immer schöner. Natürlich gab es auch regnerische Tage, doch wurden es immer weniger und die sonnigen überwogen. Gus kaufte ein Zelt, in dem Santa schlafen sollte. Zuerst war sie ein wenig nervös. Wenn nun die Löwen entflohen oder Einbrecher kamen – würde Gus sie hören? Aber nach zwei oder drei Tagen hatte sie das Zelt lieb gewonnen. Es war, als hätte sie ihr eigenes Haus. Sie kümmerte sich penibel darum, wie es aussah. Sie hängte ein Bild hinein und stellte Blumen in eine Vase. An heißen Tagen aßen sie immer draußen, genau wie alle anderen Zirkusleute. Die Tische wurden zwischen den Wohnwagen aufgestellt und die verführerischsten Gerüche der Speisen anderer wehten durch die Reihen, ebenso die vergnügten Gespräche in verschiedenen Sprachen. Wenn die Kinder vom Nachmittagsunterricht kamen, trafen sie alle beim Sonnenbaden an. Natürlich kamen die Vorstellungen zuerst und niemand vergaß, warum sie hier waren. Trotzdem empfanden Peter und Santa die Tournee immer mehr wie ein endloses Picknick.

Die beiden hatten viel zu tun. Peter hatte natürlich vor der Schule seine Reitstunden. Er kam gut voran und es gab kein

Pferd, das an einen Sattel gewöhnt war, das er noch nicht geritten hatte. Und kein schwieriges, von dem er noch nicht gestürzt war. Ben fand es gut, wenn die Reiter hin und wieder stürzten.

»Es ist wie im Leben«, sagte er. »Du gehst zuversichtlich deines Wegs und denkst, alles läuft. Dann passiert eines Tages was und du fällst auf die Nase. Wenn du dich wieder aufgerappelt hast, bemühst du dich eine Zeit lang, vorsichtiger zu sein. Gibst acht, wohin du gehst, damit du nicht fällst. Mit Pferden ist es das Gleiche. Du kommst so gut voran, dass du leichtsinnig wirst. Dann stolpert das Pferd oder scheut vor etwas, und schon bist du gestürzt. Ich kann Leute nicht ausstehen, die mit einem Pferd umgehen, als wäre es ein Bett. Etwas, auf dem man einschlafen könnte.«

Santa musste die Übungen machen, die Ted Kenet ihr gezeigt hatte. Das wollte sie vor dem Frühstück tun. Für eine Weile tat sie das auch, dann wurde sie nachlässig. Immer wenn sie gerade anfangen wollte, kamen Leute vorbei. Es war lustiger, mit dem Milchmann oder dem Briefträger zu plaudern oder jemandem beim Autowaschen zu helfen, als Dehnübungen zu machen. Außerdem war sie durch die gelegentlichen Trainingsstunden bei Ted Kenet schon viel gelenkiger geworden, deshalb glaubte sie eigentlich nicht, dass ihr Training nötig sei.

Beide hatten immer weniger freie Zeit. Seit sie in den Städten am Meer waren, wollte Gus, dass sie schwimmen lernten. Er beauftragte einen Manegenhelfer namens Syd, es ihnen beizubringen. Syd nahm diese Aufgabe sehr ernst. Drei Tage in Carmarthen und je eine Woche in Cardiff, Bristol und Bath mussten sie auf umgedrehten Holzkisten liegen und Arm- und Beinschläge üben.

»Eine halbe Stunde reicht fürs Erste«, sagte er. »Weil ihr in die Schule müsst und ich im großen Zelt gebraucht werde, haben wir nicht mehr Zeit. Aber ich schätze, in den ersten beiden Augustwochen in Exeter und Taunton, wenn ihr Ferien habt, kommt ihr voran. Und wenn wir dann in Torquay sind, schwimmt ihr sicher bald wie die Fische.«

Peter und Santa beschwerten sich nicht bei Syd, aber wenn er nicht dabei war, jammerten sie. Im Meer schwimmen zu lernen macht Spaß. Aber Woche um Woche auf einer Holzkiste zu schwimmen ist entsetzlich langweilig. Der Gedanke, bei Ferienbeginn immer noch so üben zu müssen, war unerträglich.

Peter und Santa hofften beide, die Pläne für Gus' Geburtstag würden in Vergessenheit geraten, wenn sie nicht mehr davon sprachen. Aber da hatten sie nicht mit Fritzi gerechnet. Fritzi gehörte nicht zu den Menschen, die Pläne einfach vergaßen. Fast jeden Tag auf dem Schulweg oder dem Heimweg fing sie davon an.

»Wie kommst du mit dem Üben voran, Fifi?«

»Kinder wie ihr, Olga und Sascha, müssen eifrig üben. Es wäre zu schade, wenn vor Gus etwas schiefgehen würde.«

»Meine Mutter kauft Puderzucker für Gus' Kuchen.«

Das Feuerwerk erwähnte sie nie, aber Peter und Santa erwarteten täglich, dass es ihr wieder einfiel.

»Ich wollte, wir könnten einfach die Fahrerhandschuhe kaufen und sagen, das Geld ist weg, wenn sie es für Feuerwerkskörper ausgeben wollen«, sagte Santa.

Peter machte sich nicht die Mühe zu antworten. Obwohl in den vier Monaten Zirkusleben ihr Selbstbewusstsein gestiegen war, konnten sie es noch nicht riskieren, es sich mit den anderen Kindern zu verderben. Es hatte einige kurze Auseinandersetzungen gegeben, bei denen sie gemerkt hatten, wie schnell Unbeteiligte Partei ergriffen. Wenn die Petoffs, die Schmidts und Fifi Moulin ihre Familien davon überzeugen konnten, dass sie wegen der Feuerwerkskörper schlecht behandelt worden waren, schlugen sich möglicherweise viele andere auf ihre Seite und das würde bedeuten, dass sie und vielleicht auch Gus links liegengelassen würden, und schon der Gedanke daran war einfach schrecklich.

Die Ferien begannen, während sie in Bath waren. Am letzten Schultag traf Santa auf dem Heimweg Ted Kenet.

»Morgen fangen die Ferien an, nicht wahr?«, fragte er.

Santa hüpfte neben ihm her. Sie freute sich so auf die freien Tage, dass ihre Füße einfach nicht normal gehen konnten. »Ja.«

»Was habt ihr da vor?«

»Nun, Peter und ich lernen bei Syd schwimmen, er gibt uns Einzelstunden auf einer Kiste, damit wir in Torquay gleich ins Meer können.«

Ted lachte. Er holte seine Bonbontüte aus der Tasche und reichte sie Santa. »Ich wette, das klappt nicht.«

Santa nahm ein Bonbon. »Ich auch. Aber das hat er gesagt. Wir hoffen, dass wir es bald schaffen, denn bis dahin dürfen wir nicht an den Strand außer zum Schwimmunterricht.«

Ted lutschte nachdenklich. »Wie geht's mit den Übungen, die ich dir gezeigt habe?«

Santa blieb stehen und tat, als müsse sie ihren Sandalenriemen enger schnallen, während sie über eine gute Antwort nachdachte. Sie konnte zwar nicht sagen, dass sie viel geübt hatte, aber sie könnte antworten, es ginge gut, schließlich war sie viel gelenkiger geworden.

»Sehr gut, danke.«

»Übst du jeden Tag?«

Santa holte tief Atem. »Immer geht es natürlich nicht. Da ist die Schule, dann spülen wir für Gus das Geschirr, ich muss mein Zelt aufräumen und …«

»Du hast nicht geübt?«, unterbrach Ted sie.

»Oh, manchmal schon, aber nicht jeden Tag.«

»Ich verstehe. Wann war dein letztes Training?«

Santa überlegte. »An jenem Sonntag in Tenby.«

Ted dachte kurz nach. »Tenby und Carmarthen, Cardiff, Bristol. Das ist nächsten Sonntag einen Monat her. Komm morgen um halb zwölf ins große Zelt. Da wollen wir mal sehen, wie du vorangekommen bist.«

Santa übte noch zweimal vor dem Training: bevor sie an diesem Abend ins Bett ging und am nächsten Tag vor dem Frühstück. Sie konnte jetzt ihre Fersen fassen und die Beine über den Kopf heben, wie es alle anderen machten. Nun ja, ihre Beine waren nicht ganz durchgestreckt, aber sie glaubte nicht, dass man es deutlich sah. Sie konnte auf dem Boden sitzen, die Knöchel halten und mit der Stirn fast die Knie berühren. Sie konnte sich mit durchgedrückten Knien zum Boden beugen und zuerst die Handflächen, dann die Handrücken auf den Boden legen. Sie konnte bäuchlings auf dem Boden liegen und Arme und Oberkörper aufrichten, während sie die Beine hob und fast, aber nicht ganz mit den Fußsohlen den Hinterkopf berührte. Sie konnte in einem Reifen stehen und die Handflächen neben den Fußsohlen auf den Boden bringen, aber nur für eine Sekunde, länger konnte sie diese Stellung nicht halten. Alles in allem konnte sie jetzt vieles, was ihr vor ihrer Zirkuszeit nicht gelungen war. Sie fand, sie war schon fast so etwas wie eine Akrobatin.

Ted wartete auf sie, als sie am späten Vormittag ins große Zelt kam. Er und Gus arbeiteten jetzt jeden Morgen an einer Vorführung, die sie für Weihnachten planten. Er trug sein Trikot und einen Bademantel und trank Sarsaparilla. Er klopfte an sein Glas.

»Du solltest dafür sorgen, dass Gus davon trinkt. Es würde ihm guttun.«

Santa stieg über den Rand der Manege und zeichnete mit dem Zeh in das Sägemehl. »Braucht sein Blut Abkühlung?«

Ted trank einen Schluck. »Scheint so. Kein Wunder, bei der Hitze.« Er stellte sein Glas ab und setzte sich auf die Umrandung. »Dann leg mal los. Wir haben nicht viel Zeit, die Elgins fangen um zwölf mit dem Training an. Mach deine übliche Gymnastik. Dann die Brücke.«

Gewöhnlich musste Santa ihre Übungen irgendwo draußen machen. Nur die Artisten hatten das Recht, in der Manege zu trainieren. Allerdings hatte niemand etwas dagegen, wenn die Kinder sie benutzten, falls sie nicht gebraucht wurde. Santa übte sehr gern in der Manege. Dann kam sie sich wie eine richtige Akrobatin vor. Sie mochte den Zirkusgeruch nach Tieren und Sägemehl. Als sie sich hintenüberbeugte, sah sie die vielen Sitzreihen. Wer in einem richtigen

Übungstrikot in der Manege lag und versuchte, mit den Fußsohlen den Hinterkopf zu berühren, konnte sich viele, viele Zuschauer vorstellen. Santa dachte so intensiv daran, dass sie beim Aufstehen einen kleinen Hüpfer vorwärts machte und ihre Handflächen nach oben hielt. Dabei konnte sie beinah prasselnden Applaus hören.

»Was soll denn das?«, fragte Ted.

Santa kam jäh auf die Erde zurück. Sie wurde rot.

»Ich weiß nicht. Das machen die anderen am Ende ihres Trainings auch immer.«

Ted stand auf und wickelte den Bademantel enger um sich. »Also, bis dann.«

Santa starrte ihn an. »Bringst du mir keine neue Übung bei?«

»Nein. Damit gebe ich mich nicht mehr ab.«

Santa sprang über die Umrandung. Sie lief ihm nach und packte ihn am Arm. »Aber warum denn nicht, Ted?«

Ted blieb stehen. »Als ich gesagt habe, ich würde dir Akrobatik beibringen, habe ich geglaubt, du willst es wirklich wissen. Ich habe nicht gewusst, dass du nur herumturnen willst.«

»Aber das stimmt nicht. Ich will es wirklich und wahrhaftig lernen.«

Ted ging weiter. »Komische Art, das zu zeigen.«

Santa packte ihn am Bademantel. »Bleib doch mal stehen. Du könntest mir wenigstens sagen, was du meinst.«

Ted zögerte. Dann kam er zurück, stieg unter der Barriere durch, setzte sich und klopfte auf den Platz neben sich.

»Na schön.« Er gab Santa seine Bonbontüte und nahm

selbst ein Bonbon. »Ich bin ein Profi, weißt du. Ich habe dir erzählt, dass ich im Zirkus meines Großvaters geboren wurde. Ich habe laufen gelernt, indem ich einen dieser großen Bälle vor mir herrollte, mit denen Clowns in der Manege herumtollen. Ich habe zu keiner Zeit herumgeturnt, statt was zu lernen. Und ich will auch jetzt nicht damit anfangen.«

»Wenn du meinst, ich turne herum«, sagte Santa gekränkt, »dann irrst du dich.«

»Vielleicht, aus deiner Sicht«, stimmte Ted freundlich zu. »Aber ich, ich kann nicht verstehen, warum man sich mit etwas zufriedengibt, ohne weiter daran zu arbeiten.«

»Ich habe gearbeitet.«

»Gearbeitet!« Teds Ton war eindeutig verächtlich. »Du weißt doch gar nicht, was Arbeit ist. Nach dem, was Gus mir erzählt hat, ist es nicht deine Schuld. Du bist einfach falsch erzogen worden. Er sagt, ihr beide seid hier angekommen und habt geglaubt, ihr werdet einfach ernährt und versorgt, bis ihr älter seid und sich schon eine Arbeit für euch findet.«

»Was sollen Kinder denn sonst tun?«

»Arbeiten. Als ich in deinem Alter war, wusste ich genau, was ich wollte.«

»Aber du bist in einem Zirkus geboren. Du bist trainiert worden, seit du klein warst.«

»Das stimmt, aber wenn nicht, hätte ich doch gewusst, worum es mir ging. Schau dir Peter an. Er ist nächstes Jahr alt genug, um für sich selbst zu sorgen. Was wird er machen?«

Santa zappelte auf ihrem Sitz herum. »Weiß ich nicht. Ich nehme an, Gus wird etwas für ihn finden.«

»So, und was? Ihr seid beide nicht gut in der Schule, wie man hört.«

Santa seufzte. »Das stimmt. Wir sind schlecht, alle beide.«

Ted lutschte einen Moment schweigend sein Bonbon. Dann sagte er: »Weißt du, ich verstehe euch nicht. Wenn ich in der Schule keinen Erfolg hätte, würde ich doch etwas üben, das ich gut kann. Ich wollte nicht irgendeine Arbeit zugeteilt bekommen, nur weil ich mich vorher für nichts interessiert hätte.«

»Nicht jeder kann in etwas gut sein.«

»Oh doch. Nur mal angenommen, du würdest gern Köchin werden. Deine Großmutter war das, stimmt's?«

Santa nickte.

»Gibt es irgendeinen Grund, warum du keine gute Köchin sein solltest?«

»Gus kocht für uns. Er möchte nicht, dass ich viel mache.«

»Ich wette, wenn du ihm sagst, du möchtest kochen, weil du eines Tages Köchin werden möchtest, dann würde er dich sofort an den Herd lassen. Aber er will nicht, dass du damit herumspielst. Genau das Gleiche gilt für die Sache mit der Akrobatik. Du sagst, du würdest es gern lernen. Ich sage: ›Gut, ich zeig es dir‹. Nun, da hast du deine Chance. Ich weiß, was ich tue. Du hast eine gute Chance, es erstklassig zu lernen. Ich kann dir nicht versprechen, dass es dir irgendwie nützen wird. Aber auch an Schulen werden manchmal Gymnastiklehrer gebraucht. Da könntest du gerade recht kommen. Jedenfalls hab ich Besseres vor, als meine Zeit mit Spielerei zu verschwenden.«

»Aber ich bin keine Zeitverschwendung«, sagte Santa.

Ted reichte ihr seine Bonbontüte. »Nimm noch eins und red keinen Unsinn. Wenn du auch nur jeden zweiten Tag eine halbe Stunde geübt hättest, würde man es merken. Das hast du nicht getan.« Er sah sie an. »Oder?«

Santa schaute auf ihre Sandalen. »Nein.«

»Na gut. Kein Grund, so bedröppelt zu gucken. Für dich ist es ein Spiel. Du hast es nicht nötig zu arbeiten. Aber wenn es ein Spiel ist, dann brauche ich dir nicht zu zeigen, wie es geht. Das können die anderen Kinder.«

Santa sah ihn aus den Augenwinkeln an. »Ich möchte nicht, dass es ein Spiel ist. Ich möchte es richtig lernen.«

»So sehr, dass du jetzt eine halbe Stunde trainieren willst?«

»Ja.«

Ted stand auf. »Gut. Komm mit hinaus und zeig mir, dass du zwölf Mal deine Füße berühren kannst.«

Nach ihrem Unterricht suchte Santa Peter auf. Sie wusste, dass sie ihn bei den Tieren finden würde. Dort verbrachte er jede freie Minute. Er lehnte an einer Zeltstange und beobachtete Nobby, der gerade das Pferdegeschirr reinigte. Santa stellte sich zu Peter.

»Was willst du?«, fragte Peter.

»Ich dachte nur, du könntest ein bisschen mit mir umhergehen.«

Peter schaute sie an. Wenn sie das sagte, wollte sie meistens über etwas reden. Er folgte ihr ins Freie.

Sie hüpften über die Zeltschnüre. Sie gingen zwischen dem Futterzelt und dem Kantinenzelt hindurch. Hinter den Wohnwagen setzten sie sich auf den Boden.

»Hast du schon mal überlegt, was du machen willst, wenn du mit der Schule fertig bist?«, fragte Santa.

Zu ihrer Überraschung sagte er nicht sofort »Nein« und »Warum sollte ich?« und wechselte das Thema. Stattdessen fragte er: »Wieso?«

Sie erzählte ihm von ihrem Gespräch mit Ted. Das erleichterte sie, weil sie bei Peter natürlich nicht vorgeben musste, trainiert zu haben. Er wusste sehr gut, dass sie es nicht getan hatte. Peter antwortete nicht sofort. Er schlang die Arme um die Knie. Dann sagte er verlegen, als hätte sie ihm ein Geheimnis entlockt: »Ich werde Pferdepfleger.«

»Pferdepfleger! Was, so einer wie die Männer bei den Boxen?«

Peter nickte. »Da spielt man sich nicht großartig auf. Unser Vater war auch einer. Jedenfalls ist es ein sehr guter Beruf. Und man kann die Pferde reiten, wann man will.«

Santa starrte ihn an. Früher hatte sie gewusst, was er dachte, auch wenn sie nie darüber sprachen. Aber jetzt hatte sich Peter anscheinend verändert und sie wusste nie, woran sie mit ihm war. Dass er nun Pferdepfleger werden wollte ...! Noch vor kurzem hatte es ihn wütend gemacht, dass ihr Vater nicht mehr gewesen war. Auch sie veränderte sich, das wusste sie. Aber doch nicht so sehr, dass sie Köchin werden wollte wie ihre Großmutter! Als Ted davon gesprochen hatte, war sie sicher gewesen, dass er einen Witz machte.

»Würdest du versuchen beim Zirkus zu bleiben?«

Peter schüttelte den Kopf. »Nein. Am Anfang geht das nicht. Sie haben keine Fünfzehnjährigen. Ich habe mit einigen Männern gesprochen. Mit Nobby und ein paar anderen.

Sie sagen, das Beste für einen Jungen wäre, bei einem Privatmann anzufangen, der Jäger beschäftigt.«

»Könntest du da etwas bekommen?«

Peter pflückte einen Grashalm und steckte ihn in den Mund. »Ich glaube, das wäre am einfachsten. All diese Leute – die Herzogin, diese Lady Vansittart und so – sind genau diejenigen, die Pferdepfleger haben.«

Santa starrte vor sich hin. Sie dachte an das Wohnzimmer in London, kurz nach Tante Rebeccas Tod, als sie so unglücklich waren.

»Weißt du noch, unser Privatunterricht?«

»Hm. Es war gut, dass wir da weggekommen sind. Wir waren schreckliche Dummköpfe.«

Santa dachte an die Schule. »Gib nicht so an! So klug sind wir jetzt auch nicht.«

Peter stürzte sich auf sie. Er rollte sie herum und kitzelte sie.

»Stopp!«, schrie sie. »Aufhören!«

»Nicht bevor du dich dafür entschuldigst, dass du gesagt hast, ich gebe an.«

»Entschuldige«, keuchte sie. Peter ließ sie los. Sie setzte sich auf. »Jetzt hör dir das mal an: Ich finde, jemand ist ein Aufschneider, und das nur, weil derjenige Pferdepfleger werden will.« Peter machte eine Bewegung, als wollte er sie noch einmal umwerfen. Sie hielt ihn zurück. »Bitte nicht. Ich sage es auch nicht wieder. Wie willst du einen Arbeitgeber finden? Schreibst du Lord Bronedin?«

»Wenn sich eine Gelegenheit findet, bitte ich Gus, zu schreiben. Die wissen doch über uns nur, dass Mr Stibbings angefragt hat, ob die Pension für Tante Rebecca weitergezahlt wird. Aber vielleicht erinnern sie sich an Gus. Wenigstens die Älteren.«

»Bist du immer bei den Boxen, weil du Pferdepfleger werden willst?«

Peter stand auf. »Das ist ein Grund.«

»Was noch?«

»Es sind die Pferde. Sie sind viel interessanter als Menschen und man kommt viel besser mit ihnen aus. Sie sind nicht jeden Tag anders.«

Sie gingen langsam zurück zum Wohnwagen. Santa blieb stehen und pflückte ein Gänseblümchen.

»Menschen sind das auch nicht.«

»Doch, sind sie. Wenn sie eine Stimmung haben, steckt eine Wut in ihnen, und die lassen sie an anderen aus. Wenn ein Pferd eine Stimmung hat, dann ist es einfach unglücklich. Es wird nicht wütend auf andere Menschen.«

Santa steckte das Gänseblümchen unter einen Träger ihres Trikots. »Nichts gegen Pferde. Ich mag Pferde, aber ich kann sie nicht unterscheiden. Sie sehen alle gleich aus.«

Peter schnaubte angesichts einer so dummen Behauptung. Dann blieb er stehen und schnupperte. »Was gibt's zum Essen?«

»Hähnchen. Das habe ich ganz vergessen. Mann, bin ich hungrig! Komm, wir rennen.«

Am Sonntag in Taunton suchte Peter Ben, sobald sie mit dem Aufbau fertig waren. Er fand ihn bei den Boxen. Er lehnte an einem Pfahl und betrachtete Kanada. Wie gewöhnlich kaute er an einem Strohhalm. Er sah nicht auf, aber Peter wusste, Ben war klar, dass er da war.

»Mr Cob will den alten Kanada hier loswerden.«

Peter war entsetzt. Er hatte inzwischen das Gefühl, ein Pferd loszuwerden sei, wie ein Kind loszuwerden. »Warum?«

»Er geht nach Amerika. Wir haben sechs andere Graue dorthin verkauft.«

»Aber warum? Er ist sehr gut in der Dressurnummer ohne Reiter. Er macht eine Zugabe.«

Ben schob seinen Strohhalm in den anderen Mundwinkel. »Das kann auch eins der anderen Pferde, Junge. Für die nächste Tournee reiten wir viele andere Graue zu. Maxim und Mr Cob sagen, wir brauchen sechzehn Stück.«

»Nun, dann brauchen sie doch auch Kanada.«

»Nein. Er passt sich nicht so gut den anderen an. Sich in der Manege anzupassen hat viel mit Klugheit zu tun.«

»Wann muss er weg?«

»In zwei Wochen. Ich schicke einen meiner Jungs mit.«

Peter betrachtete Kanada mitleidig. »Ich hoffe, es gefällt ihm.«

Ben nickte. »Ich auch. Ich finde es immer schwierig, ein Pferd zu verkaufen, das ich schon lange kenne.«

»Aber was wird Lorenzo ohne ihn machen?«

»Oder er ohne Lorenzo? Das habe ich Mr Cob auch gefragt. Er sagt, sie werden es überwinden, aber ich habe gesagt, ich bezweifle es. Ich habe beide zugeritten. Sie waren nie getrennt, die zwei.«

»Armer Kanada!«

»Ich mache mir mehr Sorgen um Lorenzo. Wer zurückbleibt, leidet anscheinend immer am meisten. Kanada hat dann fremde Menschen um sich und alles ist neu. Lorenzo steht einfach da und schaut in Kanadas leere Box. Mir gefällt das nicht.«

»Können sie nicht beide gehen?«

Ben nickte. »Das könnten sie. Die Amerikaner wollten ein Paar, aber Mr Cob hat abgelehnt. Lorenzo ist ein wunderbarer Walzertänzer, und von dem will er sich nicht trennen.«

Peter gab Lorenzo einen Klaps. In seiner Tasche wühlte er nach Zucker für ihn und Kanada. Dann ging er zu Kanada in die Box und streichelte das Pferd, während er es fütterte. Über die Schulter schaute er zu Ben.

»Weißt du, dass diese Woche August ist?«

»Das hab ich nicht vergessen.« Ben lächelte. »Ich glaube nicht, dass ich Anfang August gesagt habe, oder?«

»Nein. Du hast gesagt, du wolltest sehen, wie ich mich mache. Und – mache ich mich besser?«

Ben spuckte seinen Strohhalm aus. »Ja. Wir fangen morgen an. Jetzt mache ich ein Nickerchen. Ich habe nicht viel geschlafen. Vergangene Nacht sind wir alle ziemlich herumgehetzt worden.«

Peter schaute ihm nach. Er strahlte vor Glück. Morgen würde er mit der Hohen Schule anfangen. Er würde erproben dürfen, ob ein Pferd jeder kleinen Bewegung von ihm folgte. Es musste das großartigste Gefühl der Welt sein, ein Pferd durch diese schwierigen Übungen zu führen.

Er streckte die Arme aus. Er sah Präsident an, ging zu ihm und tätschelte ihn freundlich.

»Herrje, es ist bestimmt schrecklich, in seiner Haut zu stecken«, sagte er sich. »Zu stolz für einen Freund.« Vorsichtig, damit er nicht in Reichweite seiner Hufe geriet, ging er seitlich an die Box heran und gab ihm ein Stück Zucker. Präsident fraß es. Peter fand, dass er überrascht aussah. Es war sicher lange her, dass jemand ihm besondere Aufmerksamkeit geschenkt hatte. Aber schließlich wusste Präsident auch nicht, dass Peter am nächsten Morgen mit dem Dressurreiten anfangen würde, und wunderte sich gewiss, was es wohl zu feiern gab.

Weil Peter sie anfangs nicht bei seinen Reitstunden dabeihaben wollte und sie dann immer mit anderem beschäftigt gewesen war, hatte Santa ihn noch nie bei seinem Unterricht gesehen. Doch in Exeter war sie zufällig da. Seit Ted Kenet ihr seine Meinung über Arbeit gesagt hatte, stand sie um halb acht auf und machte vor dem Frühstück ihre Übungen. Ein Wecker holte sie aus dem Schlaf. Er hatte nutzlos in einer Schublade im Wohnwagen gelegen und Gus hatte gesagt, sie könne ihn ausleihen und ins Zelt mitnehmen. An diesem Morgen klingelte er wie gewöhnlich. Santa gähnte und streckte sich, dann stand sie auf. Sie goss Wasser in ihre Schüssel. Sich zu waschen gehörte zu den wenigen Dingen beim Zelten, die sie nicht mochte. Selbst Mitte August hasste sie kaltes Wasser. Sie schauderte, als es über sie floss. Nach dem Waschen bürstete und flocht sie ihr Haar. Sie zog ihr Übungstrikot an und dann hörte sie ein Plätschern auf dem Segeltuch. Sie ging zum Zelteingang und schaute hinaus. Es regnete. Nicht nur ein paar Tropfen, sondern ein richtig schwerer, lang anhaltender Wolkenbruch. Es war viel zu nass, um draußen zu üben. Sie nahm den Regenmantel und zog ihre Gummistiefel an. Dann ging sie hinüber zum großen Zelt. Um diese Uhrzeit würde sie bestimmt ein freies Fleckchen finden. Inzwischen fühlte sie sich dem Zirkus so verbunden, dass sie den Regen verwünschte, denn heute war Abbau. Wenn es so weiterging, würden die Männer es schwer haben.

Das Wetter hatte die meisten von früher Arbeit abgehalten. Niemand war in Sicht außer Ben, der an einem der Hauptmasten lehnte und wie üblich einen Strohhalm im Mund hatte, und Peter auf einem Pferd. Santa entschied sich für einen Platz am Haupteingang. Sie zog Regenmantel und Gummistiefel aus und wollte beides auf einen Sitz im Zelt legen. Dann blieb sie stehen und sah wie gebannt Peter zu.

»Jetzt wechseln, Peter.« Ben sprach deutlich trotz des Strohhalms. »Er hat genug gekantert … Halt ihn an … So ist es gut. Jetzt weiter … Rechts im Kreis herum … So ist es richtig. Jetzt noch einmal … Wiederhol es so lange, bis er sich elegant bewegt und du ihn gut im Griff hast … Halt … Er muss auf den ersten Schenkeldruck losgehen. Denk daran, Pferde sind wie Kinder. Nicht mehr Befehle als nötig, aber wenn du einen gibst, sorg dafür, dass er sofort befolgt wird … So ist es schön, sauber … Nicht zu schnell … Wenn er zu schnell läuft, bewegen sich seine Hüften nicht sehr elegant.«

Im Schatten des Eingangs war Santa nicht zu sehen. Und Ben und Peter waren so in ihre Arbeit vertieft, dass sie sowieso niemanden bemerkt hätten. Santa war mehr als verblüfft. Wenn sie überhaupt über Peters Reitstunden nachgedacht hatte, dann hatte sie sich vorgestellt, wie er ruhig auf einem Pferd saß, das langsam durch die Manege ging. Doch dieses Galoppieren war aufregend. Außerdem saß Peter selbst für sie, die nichts davon verstand, hervorragend im Sattel. Er sah aus, als wäre er ein Teil des Pferdes. Und er wirkte so ruhig und zuversichtlich, während er Bens Anweisungen befolgte. Das sah man einfach! Warum hatte er ihr nicht gesagt, wie gut er geworden war? Kein Wunder, dass er Pferdepfleger werden wollte.

Sie ging zum Eingang zurück und begann mit ihren Übungen. Diesmal strengte sie sich besonders an. Wenn Peter so toll reiten konnte, war es höchste Zeit, dass auch sie etwas gut machte. Sie setzte sich und fasste ihre Zehen. Sie drückte die Knie durch. Sie beugte sich vor. Heute würde sie die Stirn auf die Knie hinunterbringen. Peter sollte nicht der Einzige sein, dem etwas gelang.

Während sie übte, fiel ihr ein, welcher Tag heute war. Samstag! Um Himmels willen, morgen würden sie in Torquay sein! Dann waren es nur noch drei Tage bis zu Gus' Geburtstag. Sie musste Peter nach seinem Unterricht abfangen. Über das Feuerwerk hatte niemand mehr ein Wort verloren. Vielleicht konnten sie heute Morgen versuchen, die Fahrerhandschuhe zu besorgen. Exeter war eine große Stadt, genau richtig, um so etwas zu kaufen.

Sie fand Peter bei den Boxen. Er fütterte Soda und unterhielt sich mit Ben.

»Hallo«, sagte er. »Was machst du denn hier?«

»Es regnet. Ich konnte meine Übungen nicht im Freien machen.« Sie ging zu Peter und flüsterte, obwohl sie wusste, dass es unhöflich war, aber es ging wirklich nicht anders. »Meinst du, wir könnten heute die Handschuhe besorgen? Nächsten Mittwoch ist der Geburtstag.«

Peter hasste es, wenn sie flüsterte. Das sah ja aus, als würden sie über Ben reden.

»Flüster mir doch nichts ins Ohr«, knurrte er. »Es kitzelt. Warum sprichst du nicht laut? Das ist nichts, was Ben nicht hören darf.«

Santa ärgerte sich. Sie hatten alle ihre Pläne für Gus' Geburtstag geheim gehalten. Peter war zu dumm. Er konnte sich doch denken, warum sie flüsterte. Nun gut, dem würde sie es zeigen. Sie hob die Stimme, so dass sie nicht zu überhören war.

»Ich habe gesagt, dass Gus nächsten Mittwoch Geburtstag hat. Sollen wir heute die Handschuhe besorgen?«

Ben spuckte seinen Strohhalm aus. »Gus hat nächste Woche Geburtstag?«

»Ja.« Peter hielt es plötzlich für eine gute Idee, Ben um Rat zu bitten. Ben wusste immer alles Mögliche. »Wir haben die anderen gefragt, was wir machen sollen. Wir hatten vor, Leute zu Tee und Kuchen einzuladen. Und wir wollten ihm neue Autohandschuhe schenken.«

Ben bückte sich nach einem neuen Strohhalm. »Wenn ihr die Kinder gefragt habt, wollen sie bestimmt ein Kostümfest oder so etwas veranstalten.«

Santa sah Peter an. »Ich wollte, wir hätten ihn früher gefragt.«

Peter gab Soda noch eine Karotte. »Sie sagen, wir sollten erst picknicken, und danach wollen sie ihm ein Konzert geben. Santa und ich natürlich nicht, weil wir kein Instrument spielen, so wie sie. Und dann ging es immer um ein Feuerwerk. Aber wenn wir Feuerwerksartikel kaufen, haben wir nicht mehr genug für die Handschuhe.«

Ben kaute nachdenklich auf seinem Halm. »Hört nicht zu sehr auf die anderen«, sagte er schließlich. »Sie stecken immer voller Pläne. Aus den meisten wird nichts. Aus diesem übrigens auch nicht. Warum? Nun, Gus würde nie zu einem Picknick gehen, selbst wenn er hingekarrt würde. Und ein Feuerwerk ist auch unmöglich. Erstens ist das gesetzlich verboten. Schließlich kann man nicht einfach so mitten in der Stadt Raketen loslassen. Zweitens würde Mr Cob es nicht erlauben. Weil es die Tiere verstören würde. Daran hätten sie denken müssen.«

»Eigentlich haben sie gar nicht mehr davon gesprochen«, gab Santa zu.

»Werden sie auch nicht mehr.« Ben gab Tapioka einen freundlichen Klaps. »Wahrscheinlich haben sie zu Hause davon erzählt. Und gleich die Antwort bekommen, dass es verrückt wäre.«

»Aber was fangen wir mit den Kuchen an, wenn wir kein Picknick machen?«, fragte Santa. »Mrs Schmidt backt einen richtigen Geburtstagskuchen, jedenfalls hat sie dafür eingekauft, und Mrs Moulin macht kleine Törtchen.«

»Dann esst sie doch einfach.«

»Wo?«

»Draußen oder drinnen. Je nachdem, wie das Wetter ist.«

»Ob Gus das mag?«, fragte Peter.

»Also« – Ben saugte an seinem Strohhalm –, »natürlich macht man sich nicht mehr so viel aus Geburtstagen, wenn man älter wird. Besonders wenn man so einen Beruf hat wie Gus. Da sträubt man sich gegen das Älterwerden. Allerdings, in meinem Alter spielt das keine Rolle mehr. Mein Geburtstag ist um Weihnachten herum. Da geben sie jetzt meist ein kleines Essen für mich, und Mr Cob bringt einen Trinkspruch aus. ›Auf Mr Willis‹, sagt er dann. ›Und auf dass er mit hundert immer noch bei uns ist.‹ Dann trinken alle Artisten und meine Jungs auf mich. ›Auf Mr Willis‹ sagen sie. Als würde ich immer so genannt. Ich kann mir vorstellen, dass Gus wahrscheinlich ganz gern Kuchen und so mag. Bis jetzt hat man nicht viel Theater um ihn gemacht. Ein bisschen was wird ihm nicht schaden.«

Es war schönes Wetter am Mittwoch, als sie in Torquay ankamen. Peter sagte zu Santa, als er zum Reitunterricht ging: »Es ist schön, Santa.«

Santa kam heraus, um ihre Übungen zu machen. Die Schmidt-Zwillinge liefen auf sie zu. »Es ist schönes Wetter, Santa. Ein wunderbarer Tag.«

Fifi schaute aus dem Fenster ihres Wohnwagens, als die Schmidts vorbeigingen. »Guten Morgen, Hans. Guten Morgen, Fritzi. Es ist schönes Wetter.«

Beim Frühstück gaben sie Gus die Handschuhe. Sie legten das Päckchen neben seinen Teller. Gus griff danach. »Was ist das?«

In diesem Moment stellten sich Hans und Fritzi vor seinen Wohnwagen und sangen.

»Das ist für dich, Gus«, sagte Santa vorsichtig. »Zu deinem Geburtstag. Du musst zuhören.«

Und Gus hörte zu. Er stand auf den Stufen des Wohnwagens und hörte sich das Lied bis zum Ende an. Hans und Fritzi sangen schön. Als sie fertig waren, grinste Gus. »Toll, dass ihr ein Lied für mich gemacht habt. Sehr schön, danke. Nun, mein Frühstück wird kalt. Bis später.« Er kam wieder herein, setzte sich und machte sein Päckchen auf. »Lustig, diese Ausländer«, sagte er, als er die Schnur durchschnitt. »Singen zu meinem Geburtstag!« Aber er schien sich zu freuen.

Über die Handschuhe war er verblüfft. »Krautwickel und Käse, schaut euch das an! Na, das wird eine Umstellung am nächsten Sonntagmorgen.« Er grinste Peter zu. »Ich werde das Auto waschen müssen, damit der Rahmen auch stimmt.« Dann drehte er das Geschenk um. »Woher hattet ihr das Geld? Ich dachte, ihr hättet nichts.«

Peter hatte diese Frage erwartet. »Ich habe es verdient. Ich kann dir nicht sagen, womit. Aber es ist in Ordnung.«

Gus nickte. »Gut.« Er betrachtete die Handschuhe. »Sehr schick. Nun, wie wäre es mit Schinken und Eiern?«

Das Fest war ein großer Erfolg. Sowie Gus von dem Kuchen hörte, lud er die Eltern Moulin, Schmidt und Petoff sowie die Kinder ein. Die Erwachsenen saßen auf Stühlen und hatten Teller auf den Knien. Die Kinder saßen auf dem Boden. Gus mochte sogar das Konzert. Er murrte zwar über die verhuschten Bewegungen der Petoffs und zu Hans sagte er, dass er bei der Arbeit zu ernst aussehe. Peter und Santa fürchteten, Olga, Sascha und Hans würden sich über die Kritik ärgern, weil sie ihre Darbietungen doch extra für Gus eingeübt hatten. Doch niemand machte der Tadel etwas aus, er war vielmehr Anlass für eine angeregte Diskussion über den Handstand. Das Fest endete damit, dass Gus, Maxim Petoff, Mr Schmidt, Mr Moulin, Hans, Fritzi, Fifi, Olga und Sascha gleichzeitig einen Handstand nach dem anderen machten.

Sie waren ganz überrascht, als Lucille auf die Uhr schaute und sagte, sie müsse sich schminken gehen.

»Das ist das Dumme an einem guten Fest«, sagte Gus. »Es geht so schnell vorbei.«

Santa grub ihren Ellbogen in Peters Rippen. Peter puffte sie zurück. Ein schöneres Kompliment konnte man sich kaum vorstellen.

## 16

# *Gus' Urteil*

Schwimmen war nicht so einfach, wie Syd gehofft hatte, selbst nachdem Peter und Santa wochenlang auf der Kiste geübt hatten. In Torquay und Bournemouth mühten sie sich jeden Tag ab, wobei Syd, bis zur Brust im Wasser, zuerst neben Santa und dann neben Peter herging, ihnen eine Hand unters Kinn hielt und sagte: »Eins, zwei. Eins, zwei.« Dann, in Portsmouth, schaffte Peter ganze sechs Züge, doch er hatte zu große Sorgen, um sich darüber zu freuen.

Am Donnerstagabend war Kanada in Bournemouth in eine Box gebracht und mit einem der Bereiter nach Southampton geschickt worden, von wo aus er nach Amerika verschifft wurde. Am frühen Freitagmorgen hatte Peter Lorenzo aufgesucht, um nach ihm zu sehen und ihm ein paar Karotten zu bringen. Lorenzo wirkte recht munter. Ebenso am Samstagmorgen. Am Sonntag wartete Peter in den Ställen auf Lorenzo, der vom Bahnhof hergefahren wurde. Dem Pferd ging es immer noch gut. Am Montagmorgen hatte Peter nur Zeit, ihm nach seinem Reitunterricht einen Klaps und ein Stück Zucker zu geben, weil die Schule wieder begonnen hatte. Nach dem Nachmittagsunterricht wollte er wieder zu ihm, doch Syd wartete schon auf Peter und Santa, um sie zum Schwimmen abzuholen.

»Wir müssen uns beeilen«, sagte er. »Wir sind nicht so nah am Wasser und ich muss Punkt halb sechs wieder hier sein.«

Sobald sie zurück waren, machte sich Peter mit ein paar Zuckerstücken schleunigst auf den Weg zu den Stallungen. Mr Cob, Ben und zwei Pferdeknechte standen um Lorenzos Box herum. Lorenzo sah schlecht aus. Er wirkte matt und unglücklich. Er war gründlich gestriegelt worden, doch sein Fell glänzte nicht.

»Ich habe ihm Kleiebrei gegeben statt Hafer«, sagte Ben. »Er hat ihn nicht aufgefressen. Eigentlich fehlt ihm nichts, aber er trauert.«

Mr Cob schüttelte den Kopf. »Sieht aus, als hättest du Recht gehabt, Ben. Ich hätte ihn und Kanada nicht trennen sollen. Aber es kommt mir sonderbar vor. Zuerst ging es ihm doch noch gut.«

»Das stimmt nicht ganz«, widersprach Ben. »Mir kam er nicht vor wie sonst.«

Mr Cob schüttelte wieder den Kopf. »Weil du Ärger erwartet hast. Außer dir hat niemand was bemerkt. Maxim hat ihn in der Manege beobachtet. Er hat gesagt: ›Lorenzo scheint in Ordnung zu sein.‹«

»Das war, weil er bei dieser Nummer nicht hinter Kanada ging, der kam doch hinter ihm. Außerdem hat er in den letzten zwei Jahren den Walzer mit Läufer getanzt. Bei den Auftritten in der Manege hatte sich für ihn nichts verändert.«

»Aber wenn ihm Kanada so fehlt, warum hat er dann nicht

schon am Freitag angefangen zu trauern? Das ist es, was ich nicht verstehe.«

Ben kaute nachdenklich an seinem Strohhalm. »Ich sehe es so, Mr Cob. Sie brachten Kanada und Lorenzo hierher, als sie gerade zwei Jahre alt waren. Sie gaben sie mir zum Trainieren. Weil sie gleichzeitig gekommen waren, standen sie im Stall nebeneinander. Als sie für die Zirkusarbeit bereit waren, nahmen wir sie mit auf Tournee. Wieder standen sie nebeneinander. Also, Sie wissen, wie es ist, ein Pferd denkt nicht voraus wie Sie und ich. Aber es hat seine Erinnerung. Seit dem Abend in Bournemouth, als Kanada weggebracht wurde, war Lorenzo verstört, aber er wollte nicht glauben, dass Kanada auch am nächsten Tag nicht wiederkommen würde. Doch als wir gestern die Stallungen aufbauten, gab es keine Box für Kanada. Lorenzo steht jetzt neben Pfeffer und das gefällt ihm nicht.«

»Nun, er wird sich daran gewöhnen müssen.« Mr Cob drehte sich um. »Mit der Zeit. Und er hat Läufer neben sich. Den kennt er ja.«

Ben spuckte seinen Strohhalm aus und schaute Mr Cob nach, der um eine Biegung verschwand. Dann wandte er sich an die Pferdepfleger.

»Legt ihm das Zaumzeug an.«

Er schüttelte den Kopf und sagte zu Peter: »Er trauert. Pferde haben die gleichen Augen wie du und ich. Lorenzo war durcheinander, seit Kanada fort ist. Jetzt ist er völlig fertig. Er hat gemerkt, dass Kanadas Box nicht aufgebaut worden ist. Es gibt bestimmt Ärger. Du wirst sehen!«

»Er hat immer noch dich.«

Ben gab Lorenzo einen zärtlichen Klaps. »Das hilft ihm gar nichts. Ich sag dir was Komisches, aber es ist die Wahrheit. Pferde machen sich nichts aus Menschen. Vielleicht hören sie auf eine Stimme oder wiehern, wenn jemand Bekanntes in die Stallungen kommt. Aber das ist die Gewohnheit. Wenn du das Pferd verkaufst und jemand anders das Training übernimmt, dann dauert es zwei oder drei Tage, und das Pferd hört auf eine andere Stimme und wiehert wie verrückt, wenn der neue Besitzer in den Stall kommt.«

So etwas wollte Peter nicht hören. Er stotterte vor Empörung. »Soda würde mich vermissen, wenn ich weg wäre. Das weiß ich.«

Ben sagte leise: »Das würde ich auch gern denken, Junge, von allen Pferden. Aber so ist es nicht, und Tatsachen zu akzeptieren hat noch niemandem geschadet.«

Lorenzo war ein kluges Pferd. Er war der beste Walzertänzer von allen Zirkuspferden. Er war schon immer impulsiv und reizbar gewesen, ganz anders als sein ruhiger Freund Kanada. Aus Gewohnheit passte er sich der Zirkusroutine an. Er wusste genau, um welche Zeit er gefüttert und getränkt wurde, wann genau man ihn für die Vorstellungen aufputzte, was man von ihm erwartete, wenn er in die Manege kam, und wann lange, ruhige Stunden für die Unterhaltung mit seinem Freund vor ihm lagen. Eine Veränderung in diesem Ablauf verstörte ihn nicht nur, sondern führte dazu, dass seine Reizbarkeit aus ihm hervorbrach. Seine Gefühle gingen mit ihm durch. Wenn auch nur eine Kleinigkeit anders war, dann stimmte für ihn alles nicht mehr. Sein langjähriger Freund war verschwunden. Da wollte er nicht mehr fressen.

Sich nicht mehr unterhalten. Und als er am Montagabend in die Manege kam, wurde ihm plötzlich klar, dass er nicht mehr arbeiten wollte.

Maxim erwartete nichts Schlimmes. Natürlich wusste er, dass Lorenzo nichts mehr zu sich nahm und seinen Freund vermisste, aber er hatte ihn nicht als junges Pferd gekannt, das zugeritten werden musste. Er wusste nicht, wie viel Temperament hinter seinem friedlichen Äußeren schlummerte.

Sofort war der Ärger da. Die Grauen galoppierten in die Manege. Maxim knallte mit der Peitsche und flüsterte ihnen etwas zu. Das war das Signal, anzuhalten und die Vorderbeine auf die Umrandung zu legen. Alle Pferde gehorchten außer Lorenzo. Er rührte sich nicht. Er stand an seinem Platz in der Manege zwischen Läufer und dem Anführer Zeus. Doch Zeus gehörte da eigentlich nicht hin. Als sie einen Kreis bildeten, hätte Kanada zwischen Lorenzo und Zeus stehen sollen. Seit Tagen hatte diese Veränderung Lorenzo nervös gemacht. Jetzt wurde ihm klar, dass er sie nicht ertrug.

Maxim knallte wieder mit der Peitsche. Freundlich kam er herüber und tätschelte Lorenzo am Kopf. »Hoch«, flüsterte er. Doch Lorenzo regte sich nicht. Maxim schwang die Peitsche so dicht neben ihm, dass er Lorenzo fast damit berührte. Lorenzo stand wie ein Fels. Es war schlechte Strategie, Ungehorsam zu erlauben, doch für diese Vorstellung ließ Maxim es durchgehen. Er konnte das Publikum nicht länger warten lassen. Das Orchester stimmte den Walzer »An der schönen blauen Donau« an. Die Pferde stellten sich paarweise auf. Wacholder und Ferdinand zuerst, Keks folgte mit Goldstück, Rotkehlchen mit Milchbrötchen. Dann hätten Kanada und

Zeus kommen sollen, aber weil Kanada weg war, wurde Zeus vor Beginn des Walzers aus der Manege geschickt, so dass jetzt die Stars unter den Walzertänzern, Läufer und Lorenzo, an der Reihe waren. Läufer stand in Position. Maxim knallte mit der Peitsche. Läufer machte den ersten Schritt. Lorenzo überkam eine Welle der Rebellion. Er würde nicht tanzen. Er würde gar nichts tun. Seine Welt stand kopf und er ertrug es nicht. Er wirbelte mit den Hinterhufen Sägespäne auf, sprang über die Umrandung und galoppierte durch den Artisteneingang zu seiner Box. Dort blieb er stehen und ließ den Kopf hängen. Der Kampfgeist hatte ihn verlassen. Der Gefühlsausbruch hatte ihm gutgetan. Aber jetzt war er vorbei und er war nur ein einsames Pferd, das seinen Freund vermisste.

Keinem Zirkuspferd konnte man ein solches Verhalten durchgehen lassen. Sobald das Publikum der ersten Vorstellung das Zelt verlassen hatte, wurden die Grauschimmel zurückgeholt. Sie mussten ihre ganze Nummer wiederholen, doch diesmal trug Lorenzo Alexis auf dem Rücken. Es war harte Arbeit. Es dauerte zehn Minuten, bis er die Vorderbeine auf den Manegenrand stellte, zwanzig Minuten, bis er ordentlich den Walzer tanzte, und noch mal eine Viertelstunde, bis er sich am Ende seiner Nummer verbeugte. Lange bevor sie fertig waren, strömte schon das Publikum für die nächste Vorstellung herein. Als Lorenzo schließlich seine Verbeugung machte, tätschelte ihn Maxim und gab ihm zwei Zuckerstücke. Der Trainer folgte ihm aus der Manege. Im Artisteneingang blieb er stehen und wischte sich den Schweiß von der Stirn. Er war zwischen den Vorstellungen weder zum Essen noch zum Ausruhen gekommen, doch er war zufrieden. Durch nichts als Geduld hatte er den Pferden in Erinnerung gebracht, dass er unbedingten Gehorsam verlangte.

Peter hatte natürlich gehört, wie schlecht sich Lorenzo benommen hatte. Er stand unter den Sitzen beim Artisteneingang und schaute sich die zweite Vorstellung an. Die erste Hälfte ging vorbei, ohne dass er viel mitbekam. Seine Gedanken galten nur Lorenzo. Hatte er seine Lektion gelernt? Würde er es diesmal richtig machen?

Die Pferdenummer kam nach der Pause. Peter widmete ihr ein stilles Gebet. »Bitte, lieber Gott, lass es ihn richtig machen, sonst muss er es noch mal alles wiederholen, und er ist jetzt schon so unglücklich.«

Aber Lorenzo machte es nicht richtig. Bei der Probe war sein Widerstand überwunden worden. Das gemeinsame Zureden von Maxim und Alexis hatte ihn zermürbt. Aber jetzt hatte er niemanden auf dem Rücken. Etwas stimmte nicht. Warum sollten Teile seines Lebens weitergehen, während andere alte Gewohnheiten verändert wurden? Er hatte immer neben Kanada gestanden. Warum jetzt nicht? Er hielt noch nicht einmal an seinem Platz in der Manege an und stellte erst recht nicht die Vorderhufe auf die Umrandung. Er wirbelte mit den Hinterbeinen Sägemehl auf, drängte sich zwischen Goldstück und Rotkehlchen hindurch, sprang über den Rand der Manege, und ohne auf irgendwen zu achten, galoppierte er zurück zu seiner Box.

Peter wagte nach der Vorstellung kaum zu den Tieren zu gehen. Was würde mit einem Pferd geschehen, das sich bei zwei Vorstellungen hintereinander so benahm? Er spähte unter den Sitzen hervor, um zu sehen, ob Gus in der Nähe war.

Die zweite Vorstellung durften sie während der Schulzeit nicht anschauen. Aber heute Abend hatte er es riskiert. Er musste ganz einfach wissen, wie es Lorenzo ging.

Gus war nicht in Sicht. Peter lief zu den Stallungen. Ein paar Besucher schlenderten herum. Mit monotoner Regelmäßigkeit ertönte die Stimme der Pferdepfleger: »In den Stallungen bitte nicht rauchen.« Zu Peters Überraschung standen die Grauschimmel in ihren Boxen. Er hatte geglaubt, sie wären schon wieder bei der Probe. Auch Lorenzo war in seiner Box. Er ließ den Kopf hängen. Niemand schaute nach ihm. Peter wusste, dass man ein ungehorsames Pferd nicht verwöhnen durfte, aber Lorenzo sah so traurig aus, dass er einfach zu ihm gehen musste. Er ging in die Box und gab ihm alle Leckerbissen, die er in den Taschen hatte: drei Karotten und fünf Zuckerstücke. Lorenzo fraß alles. Peter war froh, das Pferd hatte schließlich den ganzen Tag nicht viel gefressen. Auch wenn er ein Sünder war, würde es ihm besser gehen, wenn er etwas im Magen hatte. Gerade wollte er hinaus, da tauchte Ben vor ihm auf.

»Wenn ein Pferd den Gehorsam verweigert hat«, sagte er ruhig, »ist es dumm, es zu umschmeicheln.«

Peter tat Lorenzo so leid, dass er zornig wurde. »Irgendjemand muss es trotzdem tun. Du weißt doch, dass er geschlagen wird, bis er alles richtig macht.«

Ben bückte sich nach einem neuen Strohhalm und gab auch Peter einen. »Kein Pferd wird hier je geschlagen. Mr Cob wird zornig, wenn ein Pferdepfleger auch nur grob mit ihnen spricht. Ich habe gehört, wie er gedroht hat, einen meiner Jungs zu verprügeln, weil er gesehen hatte, wie der dem aufsässigen alten Präsident einen Schlag gab. Und wenn ein Pferd einen Schlag vertragen kann, dann Präsident.«

»Aber was werden sie mit Lorenzo machen? Ich wette, sie lassen ihn nicht in Ruhe. Und es ist ganz unfair, er will doch nur nicht arbeiten, weil er so traurig ist.«

Ben lächelte. »Du regst dich unnötig auf, mein Junge.« Er griff in seine Tasche und holte einen alten Umschlag heraus. »Schau dir das mal an. Es ist die Kopie eines Telegramms, das heute Abend abgeschickt worden ist.«

Peter nahm den Umschlag, auf dem stand:

*Jenson Jencir New York*
*wenn sie den anderen grauen noch wollen können sie ihn haben stop erwarte telegramm umgehend dann absendung freitag*
*cob*

Peter schaute auf. »Hat Mr Jenson Kanada gekauft?«

»Ja.«

Peter gab Ben den Umschlag zurück. »Wird er Lorenzo nehmen? Was meinst du?«

»Ja. Er wollte ihn von Anfang an.«

»Gibst du Lorenzo einen Brief mit, in dem steht, dass er neben Kanada untergebracht werden muss?«

Ben schob den Strohhalm in den anderen Mundwinkel. »Der Pferdepfleger, der mit ihm reist, wird es ausrichten.«

»Solltest du nicht trotzdem schreiben? Nur um sicher zu sein?«

Ben spuckte den Strohhalm aus. »Nicht an Mr Jenson. Er versteht mehr von Pferden als jeder andere in diesem Gewerbe. Mr Jenson braucht man gar nichts mitzuteilen. Er fühlt, was die Pferde brauchen. Er war einmal hier. Wollte, dass ich mit ihm fahre.«

»Was, nach Amerika?«

Ben nickte.

»Warum hast du es nicht gemacht?«

»Nun ja, ich dachte, dass kein Zirkus uns beide, mich und Mr Jenson, nötig hat. Verstehst du, hier werde ich gebraucht. Mr Cob, die Kenets und Maxim sind alle gute Reiter und verstehen viel von Pferden. Aber dann und wann kommt jemand, der ein bisschen mehr macht, als sie zu verstehen. Nun, Mr Jenson ist so einer und ich auch. Ich dachte mir, es wäre besser, wenn wir getrennt blieben.«

»Hättest du in Amerika viel Geld verdient?«

»Ja. Mächtig viel. Aber wozu? Hier habe ich einen Platz zum Schlafen, genug zu essen und kann ein bisschen was zur Seite legen für später, wenn ich zu alt zum Arbeiten bin. Was will man mehr. Ich arbeite mit den Pferden, und wenn es ihnen gut geht, dann geht's mir auch gut.« Er ließ den Blick über die Reihe glänzender Rücken schweifen. »Gott schütze sie. Gute Nacht.«

Er ging langsam davon und so leise, wie er gesprochen hatte. Peter hatte den Eindruck, das »Gute Nacht« habe den Pferden gegolten und nicht ihm.

Die Lichter wurden gedämpft, die Pferdepfleger gingen gähnend zu Bett. Peter verließ die Stallungen. Aus dem Kantinenzelt drangen Stimmen und Gelächter. Hier und da glühte eine Zigarette. Ein Löwe brummelte schläfrig. Peter lief so schnell wie möglich über den Platz. Gus würde wütend sein, aber das war egal angesichts der Gewissheit, dass Lorenzo zu Kanada kommen würde.

Peter hatte Glück. Gus war nicht zu Hause. Er saß noch bei den Kenets, mit denen er zu Abend gegessen hatte. Peter ging schleunigst ins Bett. Wenn Gus kam, würde er schlafen.

In Bognor lernte Peter schwimmen, in Brighton, eine Woche später, Santa. Gus kam in Brighton hinunter zum Strand, um den beiden zuzuschauen. Er ging nie schwimmen, weil er der Ansicht war, es schade seinen Augen. Also stand er auf der Promenade, wo er sie sehen konnte.

Peter sprang direkt ins Wasser und schwamm in ordentlichen, kräftigen Zügen. Santa zögerte ein bisschen. Sie machte schnelle, hektische Bewegungen. Aber sie schwamm, da bestand kein Zweifel.

Gus freute sich. »Das habt ihr gut gemacht.« Er zog zwei nagelneue Half-Crown-Münzen aus der Tasche. »Bitte sehr. Kauft euch etwas, das ihr haben wollt. Ihr könnt an den Strand gehen, wenn euch danach ist, aber bleibt im Flachen, bis ihr noch besser schwimmen könnt. So, ich muss zurück und mir ein bisschen Schminke ins Gesicht schmieren.«

Peter und Santa fuhren nicht mit Gus zurück. Sie sagten, sie wollten lieber zu Fuß gehen.

»Das war aber sehr nett von ihm«, sagte Peter.

Santa betrachtete bewundernd ihr Geldstück. »Ich glaube, mittlerweile mag er uns etwas mehr. Ich darf jetzt auch häufiger Frühstück machen.«

Peter wrang sein Badezeug aus. »Und mich bittet er, den Wagen zu waschen. Ich glaube, er findet uns ganz nützlich. Wenn er nur mal etwas sagen würde! Es bleibt uns nicht mehr so viel Zeit. Wir fahren nach Eastbourne und bleiben eine Woche. Dann Hastings, drei Tage, und Folkestone, drei Tage. Das macht zwei Wochen. Dann Canterbury und Maidstone. Drei Wochen. Und Dover und Deal. Ein Monat. Danach bleibt nur noch eine Woche. Whitstable und Margate. Stell dir nur vor, in fünf Wochen ist diese Tournee zu Ende.«

Selbst die Freude darüber, dass sie schwimmen konnten und ein Half-Crown-Stück zur Belohnung bekommen hatten, verblasste. Bedrückt gingen sie zum Zirkus zurück.

»Ich kann mir nicht vorstellen, dass er uns ins Sankt-Bernard-Heim für Knaben und ins Sankt-Winifred-Waisenhaus für Mädchen schickt«, sagte Santa optimistisch. »Er muss wissen, dass wir es dort nach allem, was wir hier erlebt haben, noch weniger aushalten würden.«

»Das hoffe ich auch.« Peter klang nicht sehr hoffnungsvoll. »Aber erinnere dich, er hat uns gesagt, wir wüssten ja gar nicht, ob sie schlimm sind, weil wir sie nie gesehen haben.«

»Sollen wir ihn fragen?«

Peter blieb stehen und schüttelte einen Stein aus seinem Schuh. »Lieber nicht. Wenn er sagen würde, wir müssen nach Sankt Winifred und Sankt Bernard, würde es uns die letzten fünf Wochen verderben.«

»Ich weiß. Aber wenn er sagen würde, dass wir mit ihm Richtung Winterquartier gehen können, dann wäre die übrige Zeit noch himmlischer, als sie so schon ist.«

Peter blieb stehen und hielt ihr sein Geldstück hin. »Soll das entscheiden, einverstanden? Bei Kopf fragen wir ihn, bei Zahl lassen wir's.«

»Ja, gute Idee.«

Er warf. Zahl.

Santa seufzte. »Eigentlich tut mir das leid. Ich habe wieder diesen Druck im Magen. Den bekomme ich immer, wenn ich daran denke, was mit uns wohl geschieht.«

Peter steckte die Münze in die Tasche. »Komm, wir kaufen uns ein Eis, dann geht's uns besser.«

»Prima.« Santa hüpfte vor Vergnügen. »Aber für mich kein Vanille, ich möchte Erdbeereis.«

Das Wetter blieb schön. An jedem Tag in Eastbourne, Hastings und Folkestone gingen Peter und Santa schwimmen. Als sie nach Canterbury kamen, ins Landesinnere, badeten sie natürlich nicht und hatten mehr Zeit für Spiele und ausgiebige Übungen auf der Plane für die Wassernummer. In Canterbury hörten sie zum ersten Mal, dass es bei den Petoffs Ärger gab. Fifi erwähnte es, als sie vom Nachmittagsunterricht nach Hause gingen.

»Gestern Abend war ein schrecklicher Lärm in eurem Wohnwagen, Olga. Wir sind davon aufgewacht. Maman hat heute Migräne. Sie sagt, es kommt davon, dass sie wegen des Lärms bei euch nicht schlafen konnte.«

Olga schlug ein Rad. »Es war schrecklich. Vater brüllte. Mutter schrie. Wir waren alle in einer fürchterlichen Stimmung. Es war schon hell, da ging es uns dann besser und wir konnten Tee trinken.«

»Tee zu trinken, wenn man in einer fürchterlichen Stimmung ist, ist albern«, sagte Fritzi streng.

Sascha hüpfte auf einem Bein. »Nicht bei uns. Tee macht, dass es uns gut geht.«

»Warum habt ihr so gestritten?«, fragte Peter.

Olga fasste ihn am Arm. Er versuchte freizukommen, doch sie hielt ihn fest und senkte bedeutungsvoll die Stimme. »Alexis hat gesagt, er würde davonlaufen.«

»Warum?«, fragte Santa.

Olga schaute sie vielsagend an. »Die Elgins haben an Weihnachten ein Engagement in Paris. Sie möchten Alexis mitnehmen. Alexis musste es Vater sagen. Da gab es den schrecklichen Streit.«

»Ich und Olga« – Sascha lief auf Peters andere Seite – »hatten das Gefühl, unsere Betten würden beben. Einen größeren Streit hat es bei uns noch nicht gegeben.«

Peter löste seinen Arm aus Olgas Griff. »Will dein Vater ihn nicht gehen lassen?«

»Auf keinen Fall! Alexis wird für die Pferde gebraucht.« Olga schlug wieder ein Rad. »An Weihnachten soll er mit auftreten.«

»Hat Mr Cob ihm einen Vertrag gegeben?«, fragte Fifi.

Olga schüttelte den Kopf. »Noch nicht. Aber das macht er noch.«

Fifi hob beide Hände zu einer großen Geste, die ihren völligen Unglauben an einen solchen Vertrag ausdrückte. Hans reagierte darauf, als hätte sie gesprochen.

»Fifi hat Recht. Solange der Vertrag nicht unterschrieben ist, kann man nie wissen. Es kann sein, dass die Elgins nach Paris gehen und Alexis hierbleibt, aber keine Arbeit hat.«

Olga machte einen Überschlag und schloss zu den anderen auf. »Trotzdem lässt mein Vater ihn nicht gehen. Er sagt, er muss mit den Pferden arbeiten. Wenn Sascha älter ist, wird es anders sein. Selbst wenn Alexis an Weihnachten keine Arbeit hat, wird mein Vater ihn das ganze nächste Jahr hindurch trainieren.«

»Wisst ihr«, erklärte Sascha Peter und Santa, »die Kenets haben nämlich nur einen Jahresvertrag mit Mr Cob. Vielleicht bleiben sie. Aber vielleicht können sie woanders mehr Geld verdienen. Wenn sie gehen, haben wir für die Dressurnummer nur meinen Vater und Paula. Das reicht nicht.«

Hans, Fritzi und Fifi nickten. Das war nicht genug. Hans sprach für sie alle: »Alexis kann nicht gehen.«

»Also, das ist doch ungerecht«, sagte Peter. »Ich hoffe, er läuft weg.«

Fritzi war entrüstet über so viel Dummheit. »Was redest du da? Wo soll er denn hin?«

»Ich weiß nicht«, sagte Peter stur. »Aber ich finde es ungerecht, dass er ein Angebot hat und es nicht annehmen kann. Er könnte zu seinem Vater zurückkommen, wenn die Kenets gehen.«

Fritzi klopfte ihm auf den Arm. »Wenn man nichts Vernünftiges zu sagen hat, hält man besser den Mund. Wie soll er denn trainieren, ohne Pferde?«

Darüber ließ sich nicht streiten, doch Peter hätte – nicht zum ersten Mal, seit er sie kannte – Fritzi am liebsten eine runtergehauen. Er konnte Santa ansehen, dass sie das Gleiche dachte.

Als sie am Donnerstagmorgen mit Gus nach Maidstone fuhren, erzählten sie ihm alles über Alexis und seine Sorgen. Es war kein guter Tag, um über Sorgen zu reden, denn die Landschaft war so hübsch. In den Hecken gab es Haselnüsse. Waldrebenranken sahen aus wie mit Schnee bedeckt. Die ersten Beeren reiften an den Büschen. Die ersten Blätter verfärbten sich schon. Peter schnupperte in die Luft. Das war einer dieser Oktobermorgen, an denen Soda die Jagd vermisste: »Wenn es frostig ist und man Laub riecht«, hatte Ben gesagt. Heute war es frostig. Und es roch nach gefallenem Laub. Peter nahm sich vor, Soda einen kleinen Extra-Leckerbissen zu bringen.

Santa begann mit der Geschichte von Alexis. Gus hatte schon Teile davon gehört, aber nicht, dass Maxim sich endgültig geweigert hatte, Alexis gehen zu lassen.

»Nun«, sagte er, »wie bei den meisten Streitigkeiten haben beide Seiten gute Argumente.«

Santa, die vorne saß, schaute nach hinten zu Peter. Beide waren mit dieser Antwort nicht zufrieden. Man musste doch Partei ergreifen.

Gus schwieg eine Zeit lang und verringerte das Tempo. »Das Gespräch über Alexis erinnert mich daran, dass ich mit euch beiden reden wollte. Nach diesen drei Tagen in Maidstone haben wir nur noch vierzehn Tage Tournee vor uns.« Er legte eine kurze Pause ein und Peter und Santa hielten den Atem an. »Am Anfang, als ihr zu mir kamt und euch so dämlich angestellt habt, hatte ich vor, euch nach der Tournee in diese Waisenhäuser zu schicken. Ich dachte, vielleicht würden ein oder zwei Jahre dort euch ein bisschen Mumm beibringen und Peter lehren, nicht immer zu widersprechen.«

»Und jetzt hast du das nicht mehr vor?« Santa wagte es kaum, die Frage zu stellen.

»Nein. Ihr habt euch ganz gut gemacht. Und ihr wollt nicht getrennt werden, also habe ich etwas anderes eingefädelt.«

Er hielt wieder inne. Sie näherten sich Maidstone. Er betrachtete aufmerksam die Straße vor sich und schaute nach den ersten grünen Sternen aus.

»Was hast du mit uns vor?«, fragte Peter.

»Achtet auf die Sterne, ihr zwei.« Gus fuhr nun sehr langsam wegen einer Schafherde. »Nun, ich habe diesem Pastor Stibbings geschrieben. Er hält viel von Mrs Ford. Ich will für euch zwei Zimmer in ihrem Haus mieten. Von dort aus geht ihr in die Schule. In der Nähe gibt es gute technische Fachschulen für eure weitere Ausbildung. Wir werden sehen, wie ihr euch entwickelt. Vielleicht können sie euch beide dann in Büros vermitteln.«

»Gus, du schickst uns doch nicht zurück zu Mrs Ford?« Santas Stimme klang heiser.

Gus war gekränkt. »Ihr seid vielleicht komische Kinder. Ich dachte, ihr freut euch. Schließlich ist das besser als die Waisenhäuser.«

Peter und Santa dirigierten Gus irgendwie zum Zirkusplatz. Es fiel ihnen nicht leicht. Alle grünen Sterne verschwammen. Beide hatten Tränen in den Augen.

Auf dem Platz machten sie sich noch nicht einmal die Mühe, den Kessel mit Wasser zu füllen. Sie rannten in verschiedene Richtungen davon. Santa legte sich hinter den Wagen auf die Erde. Sie wurde von ihren Schluchzern geschüttelt.

»Zu Mrs Ford zurück! Das halte ich nicht aus.«

Peter weinte zuerst nicht. Er stand in einer Ecke des Platzes, wo er sehen konnte, wie die Stallungen aufgebaut wurden.

Keine Pferde mehr. In ein Büro. Es konnte nicht wahr sein. Er schluckte. Dann liefen ihm die Tränen übers Gesicht.

17

# *Das Ende der Tournee*

Es ist immer sehr traurig, wenn etwas Schönes zu Ende geht, selbst wenn man danach nach Hause zurückkehrt oder zu einem anderen angenehmen Ziel aufbricht. Aber wenn man etwas vor sich hat, von dem man schon weiß, dass man es hassen wird, dann fällt es schwer, tapfer zu sein. Peter und Santa schafften es, in Gesellschaft der anderen einigermaßen fröhlich zu wirken. Wenn sie allein waren, versanken sie in tiefe Niedergeschlagenheit. Sie versuchten einander aufzuheitern.

»Bestimmt kannst du trotzdem Pferdepfleger werden«, sagte Santa.

Doch Peter wusste, dass die Hoffnung vergebens war. »Mit nicht mal sechs Monaten Erfahrung? Unwahrscheinlich. Wenn ich noch ein Jahr dabei wäre, hätte ich vielleicht eine Chance. Aber jetzt, bei Mrs Ford, bekomme ich vermutlich noch nicht einmal ein Pferd zu sehen!«

»Mir geht es genauso. Wenn ich noch länger von Ted unterrichtet würde, hätte ich vielleicht eine Ausbildung zur Turnlehrerin machen können. Das hätte mir nicht besonders gut gefallen, aber es wäre besser, als in ein Büro zu gehen.«

»Aber deine Übungen kannst du ja machen. Da bist du besser dran, reiten kann ich nicht ohne Pferd.«

Santa schüttelte den Kopf. »Ich bin noch nicht mal zwölf. Über drei Jahre bei Mrs Ford werden meinen ganzen Ehrgeiz ersticken. Wenn ich fünfzehn bin, werde ich wahrscheinlich den erstbesten Job annehmen.«

»Dann können wir von Glück sagen, wenn wir Bürojobs bekommen. Ich kann vielleicht als Botenjunge anfangen, aber weiter werde ich kaum kommen. Meine Rechtschreibung ist zu schlecht.«

»Meine auch.« Santa seufzte unglücklich. »Was für miese Aussichten!«

»Trotzdem müssen wir es versuchen«, sagte Peter bedrückt. »Gus gibt immerhin sein Erspartes für uns aus.«

»Ich weiß. Er sorgt dafür, dass wir einen guten Start haben. Das sagen alle.«

Peter schnitt eine Grimasse. »Ich könnte darauf verzichten. Immerhin wird das mit den technischen Fachschulen billig kommen. Ich glaube nämlich nicht, dass sie uns je aufnehmen. Es ist zu schade für ihn, dass er so dumme Verwandte wie uns hat.«

»Oh, wenn wir ihn doch fragen könnten, ob wir bei ihm bleiben dürfen«, sagte Santa. »Ich würde arbeiten bis zum Umfallen und er müsste sich um nichts mehr kümmern.«

»Du meine Güte, das würde er vielleicht hassen!«

»Ich weiß«, gab Santa zu. »Unser Pech, dass Gus nicht zu den Männern gehört, die sich gern umsorgen lassen.«

Während die Tage vergingen, fühlten sie sich immer elender. Alle anderen hatten anscheinend so viel Schönes vor. Die

Moulins reisten nach Paris. Sie würden mit ihren Pudeln in Theatern auftreten. Fifi sollte über Weihnachten mit ihnen arbeiten. Dann, wenn die Moulins und ihre Hunde im April zur Tournee zurückkamen, würde sie in Paris bleiben, um bei Mink zu lernen.

Die Schmidts fuhren nach Deutschland. Sie wollten ihre Verwandten besuchen, die »Fliegenden Mistrals«. Fritzi sollte weiteren Unterricht am Trapez bekommen. Hans würde bei dem Onkel bleiben, der die fünf Löwen, drei Panther, vier Bären und zwei Tiger hatte. Mit ihm sollte er arbeiten, wenn er fünfzehn war. Dann würden sie für die nächste wunderbare Tournee von sechs Monaten wieder nach England kommen.

Die Petoffs gingen mit ins Winterquartier, ebenso Ben, die Kenets und Gus. Sie beneidete Peter am meisten. Sie würden die neuen Pferde zureiten und neue Nummern für die Weihnachtsvorstellung ausarbeiten.

Alexis war als Einziger so unglücklich wie Peter und Santa. Wenn die Elgins nach Paris aufbrechen würden, reisten seine Hoffnungen mit ihnen. Sie hatten ihren Vertrag mit Mr Cob erfüllt. Von Paris aus wollten sie weiter nach Amerika. Alle seine Chancen, mit ihnen zu arbeiten, verblassten, je weiter sie fortzogen. Alexis fühlte sich wie Peter und Santa. Er musste an einen Ort, an den er nicht wollte, und wie sie konnte er nichts dagegen tun. Es hatte keinen Sinn, wenn er drohte wegzulaufen. Ohne Pass konnte er nicht mit den Elgins nach Frankreich. Und wie sollte er an einen Pass kommen, ohne dass sein Vater davon erfuhr?

Es ist erschreckend, wie schnell letzte Tage vergehen. Siebzehn Tage Tournee hatten noch vor ihnen gelegen, als

Gus ankündigte, was mit Peter und Santa geschehen werde. Doch irgendwie dauerte diese Zeit nicht so lange, wie siebzehn Tage dauern sollten. Nur ein einziger Tag schien vergangen, da waren sie schon in Dover. Dort war es zu nass und zu kalt, um zu schwimmen, außerdem wollten sie in der kurzen Zeit, die ihnen blieb, den Platz nicht verlassen. Vor allem Peter wollte das nicht. In jeder Sekunde, die er nicht in der Schule verbrachte, war er in den Stallungen. Auch als sie nach Whitstable kamen, war das Wetter schlecht, sogar sehr schlecht. Sie blieben nur drei Tage. Dann, am Donnerstag, fuhren sie nach Margate. Das war das Ende.

Die Aussicht auf ihr zukünftiges Leben bei Mrs Ford wurde dadurch noch schlimmer, dass sie gute Fortschritte in ihrem Training machten. Ted Kenet war von Santa wirklich überrascht. Am Freitag in Margate war nach dem Tee ihre letzte Übungsstunde.

»Vergiss nicht«, sagte er ziemlich undeutlich wegen des Bonbons in seinem Mund. »Gus hat schon Recht. Nichts geht über Bildung. Ich selbst hab nie viel abbekommen, aber ich weiß, dass es gut ist. Trotzdem ist es schade, dass du hier nicht weitermachen kannst. Du hast dich prächtig entwickelt. Wenn ich dich noch ein Jahr unterrichten könnte, würde ich eine geschickte kleine Akrobatin aus dir machen.«

Santa musste sich abwenden, damit er nicht sah, dass sie weinte. »Es ist schrecklich nett von dir gewesen, mich zu unterrichten.« Sie schluckte, während sie ihre Jacke anzog.

Ted sah sie überrascht an. »Bist du erkältet?«

»Nur ein bisschen.«

»Komm mit zu meinem Wohnwagen. Ich mach dir ein

Glas heißes Wasser mit Pfefferminze. Nichts ist besser gegen die Kälte.« Er schaute ihr ins Gesicht. Dann drückte er ihren Arm. »Oder für die Lebensgeister.«

Sie setzten sich an den Tisch in seinem Wohnwagen und tranken ihren Pfefferminztee. Ted erzählte ihr komische Geschichten vom Zirkus, bis er sie zum Lachen brachte. Etwas – entweder die komischen Geschichten oder die Minze – tat ihr jedenfalls gut. Als sie zu ihrem Wohnwagen zurückging, fühlte sie sich gestärkt.

Ben sagte nie etwas, das ihm Ärger einbringen würde. Er erklärte Peter nicht, wie schade er es fand, dass der Junge das Reiten aufgeben musste. Gus hatte entschieden, dass die Kinder an einem Ort bleiben und zur Schule gehen sollten. Peter war Gus' Neffe. Wenn Gus das also richtig fand, gab es nichts mehr zu sagen. Doch Peter wusste, dass Ben es bedauerte. Ben hatte sich über seine Fortschritte gefreut. Peter konnte jetzt sehr schwierige Übungen: den spanischen Schritt, alle möglichen Pirouetten, Piaffen. Und er lernte das Pferd zu lenken, ohne die Zügel zu benutzen.

Am Freitagmorgen nach dem Unterricht ging Ben mit Peter zu Soda, um ihn zu füttern.

»Morgen kann ich mich nicht um dich kümmern. Am Ende der Tournee gibt es immer viel zu tun. Manche Sachen kommen an einen Ort, manche an einen anderen.« Er hielt inne, während er sich nach einem Strohhalm bückte. »Streng dich an, dort, wo du sein wirst. Versuch es in diese technische Schule zu schaffen, weil es das ist, was Gus will; er zahlt das Orchester, also bestimmt er die Musik. Aber wenn du es nicht schaffst, lass es mich wissen. Dann rede ich mit Gus.

Vielleicht können wir etwas für dich finden.« Peters Augen leuchteten auf. Ben legte ihm die Hand auf den Arm. »Aber denk daran, du brauchst mir nicht zu schreiben, wenn du nicht ehrlich berichten kannst, dass du dich angestrengt hast. Weder in einem Stall noch sonst wo ist Platz für einen, der das nicht macht.«

Der Samstag in Margate entsprach ganz Santas und Peters Stimmung. Santa schlief wieder im Wohnwagen, weil es kühler wurde. In der Nacht wachten sie und Peter auf, weil etwas bisher Unbekanntes geschah: Der Wohnwagen schaukelte. Sie hörten den Wind draußen heulen. Am Morgen zogen tief hängende graue Wolken über den Himmel. Das Meer war schwarz und aufgewühlt. Hohe Wogen stürzten über den Strand, wobei sie Kiesel aufwühlten und überall verstreuten.

Jeder im Zirkus war besorgt. Obwohl es an diesem Tag viel zu tun gab, hatten sie Zeit, in Gruppen zusammenzustehen, den Himmel zu betrachten und das große Zelt zu beobachten. Den ganzen Morgen über verbreitete sich Klatsch aus der Stadt. Der Sturm hatte ein paar Ziegel von einem Kirchendach geschleudert. Strandkörbe waren zerschmettert worden und trieben hinaus aufs Meer. Eine alte Frau war einfach über eine Straße geblasen worden.

Um eins rief Mr Cob einen Rat zusammen, der aus dem Zeltmeister, Maxim, dem ältesten Kenet und Gus bestand. War der Sturm zu heftig? Sollten sie aus Sicherheitsgründen das große Zelt abbauen?

Es war das Ende der Saison. Große Zelte, wie sie in einem Zirkus benutzt werden, kosten viel Geld. Generell waren alle dafür, zusammenzupacken, doch Mr Cob machte sich Sorgen.

Nicht wegen der bereits verkauften Karten. Das war leicht zu regeln. Er konnte den Leuten ihr Geld zurückgeben. Doch er dachte an die Kinder, die sich seit Wochen auf den Zirkus gefreut hatten, und an die ärmeren Erwachsenen, die vielleicht gespart hatten, um zur Vorstellung kommen zu können.

»Ich will euch was sagen«, erklärte er. »Wir riskieren es. Wir machen die Nachmittagsvorstellung und sehen, ob es standhält. Dann versuchen wir es mit der ersten Abendvorstellung. Und wenn alles gut geht, riskieren wir die letzte. Mein guter Vater hat immer gesagt: ›Wir Schausteller sind dem Publikum verpflichtet.‹ Nun, das große Zelt abzubauen ist vielleicht das Sicherste, aber das widerspräche meiner Verpflichtung gegenüber dem Publikum. Stellt Wachen auf. Wenn das große Zelt reißt, treibt das Orchester die Zuschauer hinaus und wir packen zusammen.«

Der Sturm legte sich nicht. Wenn man ihn so heulen hörte, konnte man kaum glauben, dass ein Zelt ihm standhalten würde. Aber die ganze Nachmittagsvorstellung hindurch blieb es unversehrt. Es war voll bis auf den letzten Platz. Oohs und Aahs und brüllendes Gelächter stiegen auf. Nur die Leute vom Zirkus wussten, dass rund ums große Zelt Wachen auf die Kuppel starrten. Würde sie ihrem schlimmsten Feind trotzen – dem Sturm?

Die erste Abendvorstellung ging ohne Zwischenfälle vorüber. Die Menschen kämpften sich durch das Unwetter zur letzten Vorstellung.

»Ich dachte schon, es ist zu stürmisch für euch«, sagte ein Mann zu Mr Cob, als er mit seiner Frau und sechs aufgeregten Kindern zu den Plätzen eilte.

Mr Cob lächelte, als hätte er keine Sorge auf der Welt und wäre nicht der Zirkusdirektor, der die Kuppel nicht aus den Augen ließ. »Es ist ein bisschen windig, mein Herr«, stimmte er vergnügt zu, »aber solange es nicht schlimmer wird, hoffen wir, dass wir gut durch die Vorstellung kommen.«

Peter und Santa waren wegen des Sturms zu nervös, um stillzusitzen. Den Artisten und den Mitarbeitern ging es ebenso. Gewöhnlich gab es bei einer letzten Vorstellung viele Extraspäße, besonders lustig geschminkte Gesichter und Menschen, die sich am Artisteneingang sammelten, um noch »Auf Wiedersehen« und »Macht's gut« zu sagen. So wäre es auch an diesem Abend im Zirkus Cob gewesen. Viele Späße waren geplant. Viele traurige Abschiedsgrüße waren zu sagen. So viele Artisten zogen in andere Teile der Welt. Diese Künstler würden einander nie wiedersehen oder sie trafen sich vielleicht in Buenos Aires oder San Francisco, wenn es der Zufall wollte.

Doch heute, da der Wind heulte und an der Plane rüttelte, hatte niemand Zeit für Späße oder lange Verabschiedungen. Da hieß es: »Schnell, schnell! Kommen wir durch, bevor der Sturm uns umbläst?« Peter und Santa sahen einen Teil der Vorstellung vom Eingang aus, die übrige Zeit standen sie mit den Wachen draußen. Hier kam es ihnen weniger bedrohlich vor. Sie wurden nur vom Sturm herumgestoßen. Aber sie konnten nichts tun, als durch die Nacht zur Kuppel des großen Zelts zu schauen. Wenn ein Blitz sie träfe, würde die Leinwand reißen. Und wäre die Leinwand erst eingerissen, dann musste der schnellste Abbau aller Zeiten durchgeführt werden. Keine gerissene Leinwand hielt länger als ein paar

Minuten. Sowie der Sturm einen Weg hinein gefunden hatte, würde er sie in Fetzen reißen.

Alle Kinder liefen herum. Die Petoffs und die Schmidts würden einander im nächsten Sommer sehen, doch Fifi kam nicht zurück, Peter und Santa auch nicht. Sie machten wilde Pläne für künftige Treffen. Fifi sagte, sie würde im August nach England kommen, zu ihrer Familie. Peter und Santa erklärten, sie würden Gus überreden, sie in den Sommerferien aufzunehmen. Wenn das geschah, würden alle im nächsten Jahr wieder zusammen sein. Aber während sie planten, wussten sie, dass es nicht wahr werden würde. Diese sechs Monate, in denen sie alles gemeinsam getan hatten, waren vergangen. Es hatte keinen Sinn, sie wiederholen zu wollen.

Die Pause war vorbei. Peter fasste Santa am Arm. »Komm, wir schauen uns den Auftritt der Pferde an.«

Glitzernd und klirrend kamen die Pferde in die Manege. Maxim, der so gelassen wie immer aussah, gab seine Befehle. Er musste ein wenig lauter reden. Die Seitenwände flatterten und schlugen gegen die Stangen. Die Zeltstützen knarrten. Unter den Spannseilen heulte der Sturm. Die Braunen waren mit ihrem Auftritt fertig. Die Grauschimmel kamen herein. Sie standen in einem schönen Kreis, alle Vorderbeine waren auf dem Rand der Manege, alle Gesichter schauten mit belustigtem Gleichmut ins Publikum. Das Orchester spielte »An der schönen blauen Donau«. Wacholder und Ferdinand nahmen ihre Positionen ein. Da plötzlich rannte ein Mann zu Mr Cob. Der Direktor nickte. Er wandte sich zum Orchester und hob die Hand. Die Musiker hörten auf zu spielen. Die Pferdepfleger liefen herein und führten die Pferde hinaus. Mr Cob nahm seinen Zylinder ab. Er stand mitten in der Manege.

»Meine Herrschaften, hochverehrte Damen und Herren! Der Sturm hat die Leinwand unseres Zelts beschädigt. Wenn wir es aufgerichtet lassen, reißt er es in Fetzen. Ich muss Sie alle bitten, so schnell wie möglich hinauszugehen. Und bitte verzeihen Sie uns, dass wir Sie enttäuscht haben, aber selbst ein Zirkusmann kann das Wetter nicht beeinflussen. Ich danke Ihnen.«

Manche Zuschauer murrten, doch sie wurden von anderen, die wussten, was der Sturm mit einem Zelt anrichten kann, zum Schweigen gebracht. Das Orchester spielte eine muntere Melodie. Die Platzanweiser drängten die Menschen hinaus. »Bitte weitergehen, die Herrschaften!« Sie durften nicht sagen: »Bitte weitergehen, so schnell Sie können, sonst stürzt das Zelt über Ihnen zusammen«, denn das hätte zu einer Panik geführt.

Sowie die Vorstellung abgebrochen war, musste jeder an seine Aufgabe. Die Mädchen zogen die Körbe herbei, flogen umher und warfen die Sitzbezüge hinein. Santa, Fifi, Olga und Fritzi halfen. Sie hatten so oft dabei zugesehen, dass man ihnen nicht sagen musste, was sie tun sollten. Peter, Hans und Sascha halfen den Männern beim Abmontieren der Sitze.

Noch nie hatte es einen solchen Abbau gegeben. Krach! Peng! Bumm. »Weitergehen, bitte!« Wer einen Blick darauf verschwenden konnte, sah jetzt den Riss im Zelt. Ein Stück Leinwand war sauber abgetrennt. Es flatterte wie ein Banner im Wind.

Nun waren die Leute draußen, die Sitzbezüge verpackt, ein Teil der Sitze abmontiert, die Laster warteten schon in Position auf ihre Ladung. Die Waggons mit den großen Scheinwerfern waren bereitgestellt, falls das Zelt umstürzte und die elektrischen Leitungen darin rissen. Gus und Ted Kenet schufteten beim Verpacken ihres Materials. Vater und Sohn Frasconi rissen fast ihr Trampolin in Stücke, als sie es auseinandernehmen wollten. Jetzt wurden die Zeltmasten herausgezogen. Männer hoben draußen die Halterungen aus der Erde. Mit der üblichen Routine war es vorbei. In dieser Nacht war die schnellste Methode die beste. Dann stand plötzlich Mr Cob wieder in der Manege. Er hatte ein Megafon in der Hand.

»Alle hinaus! In der Kuppel sind bestimmt vierzig Risse. Wir müssen die Leinwand herunterholen.«

Es war keine Minute zu früh. Alle hölzernen Zeltstangen, die noch standen, brachen wie Zündhölzer. Der Sturm fegte durch die Kuppel, das ganze Zelt schwankte wie ein Schiff bei schwerem Seegang.

Alle rannten, die Männer trugen, so viel sie konnten. Der Zeltmeister gab seinen Befehl. Jetzt wurde die Leinwand nicht allmählich gesenkt. Mit einem Schlag donnerte sie herunter.

Da lag sie auf dem Boden, ein großer weißer Fleck in der Dunkelheit. Alle Scheinwerfer wurden darauf gerichtet. Jetzt sah man den Schaden. Beim Fallen war die Leinwand zusätzlich an Dutzenden Stellen von den restlichen Sitzen und Stützen durchbohrt und zerrissen worden. Das Werk des Sturms war grausam. Es lohnte sich nicht, auch nur einen Streifen dieses Zelts aufzubewahren. Sie hatten einen Haufen nutzloser Leinwandfetzen vor sich. Was einmal zweitausend Pfund wert gewesen war, konnte man jetzt nicht einmal mehr für zwei Cent verkaufen.

Mr Cobs Gesicht wurde beleuchtet, als er sich den Schaden besah. Alle mochten ihn. Jeder hätte gern gesagt, es tue ihm leid, doch keiner wagte es. Es gab Glück und Pech, und man nahm es, wie es kam. Mr Cob schätzte kein Mitleid.

»Los, Jungs, räumt weg, so viel ihr könnt.« Er wandte sich an den Zeltmeister. »Alle haben sich genau richtig verhalten. Sagen Sie ihnen meinen Dank.«

Peter und Santa waren mit den anderen gerannt, auch wenn sie nicht wussten, wohin. Draußen wurde alles verpackt. Die Laster standen bereit. Die Kinder wurden gegen die Seiten der Stallungen gedrückt und warteten nur, bis das große Zelt in sich zusammenfiel. Dann stiegen sie durch einen Zelteingang hinein.

Die Pferde wurden zum Bahnhof geritten. Ben beaufsichtigte die Arbeiten in der anderen Zelthälfte. Weil die Vorstellung abgebrochen worden war, funktionierte sein System nicht mehr. Die Bereiter waren noch nicht vom Bahnhof zurück, um die Dressurpferde zu holen. Die Grauschimmel hatte Ben schon wegbringen lassen, doch die Braunen warteten noch.

Peter und Santa betrachteten traurig die leeren Standplätze: die der Löwen, dann die Boxen für Präsident, Radscha, Kaiser, König, Regenbogen, Whisky, Wald, Zauberer, Krümel, Wünschdirwas, Zeus, Wacholder, Ferdinand, Keks, Goldstück, Rotkehlchen, Milchbrötchen und Läufer.

Durch den Sturm hörte Peter Bens Stimme: »Treibt sie

nicht an. Aber wenn ihr den anderen Jungs auf der Straße begegnet, schickt sie zurück, so schnell sie können. So ist es gut, Alexis, reite Carter. Er ist besser als Mike, wenn du so viele anführst.«

Es war selbst über diese kurze Entfernung schwer zu verstehen, weil Ben den Sturm gegen sich hatte. Man konnte kaum aufrecht stehen. Seit das große Zelt eingestürzt war, tobte der Sturm durch die Ställe. Und er trug etwas mit sich, das Peter und Santa im ersten Moment nicht bemerkten. Jemand hatte eine brennende Zigarette weggeworfen. Rot glühend wurde sie zum Eingang hereingefegt und vergrub sich im Stroh von Sodas Box.

Bei einem solchen Luftzug dauerte es keine Sekunde, bis das Stroh Feuer fing. Und keine Sekunde, bis Peter und Santa sahen, was geschah. Auch keine Sekunde, bis Soda durchging. Aber Peter fürchtete sich vor keinem Pferd, auch dann nicht, wenn es in Panik geraten war. Er rannte in die Box und band Soda los. Santa schrie um Hilfe, doch ihr Schrei ging im Sturmgeheul unter. Ben, der draußen die anderen Pferde mit ihren Reitern losschickte, hörte ihn nicht. Soda hinauszuführen war nicht einfach. Die Flammen flackerten aus dem Stroh. Peter wollte nicht an ihnen vorbei, doch ihm war klar, dass sie rasch auf die Box von Reis übergreifen könnten und dann auf die benachbarten Boxen. Es blieb keine Zeit, auf Hilfe zu warten. Mit seiner ganzen Kraft zog er Soda hinaus, wobei er möglichst beruhigend auf ihn einredete.

»Halt ihn am Geschirr fest«, sagte er zu Santa, »und führ ihn in die andere Zelthälfte. Sag Ben, was passiert ist.« Er zog seine Jacke aus.

»Was hast du vor?«, keuchte Santa.

»Das Feuer löschen natürlich.«

Das ganze Stroh in Sodas Box brannte oder qualmte jetzt. Santa sah, dass ein Junge allein niemals damit fertigwerden konnte. So groß ihre Angst vor Pferden auch war, sie zog Soda hinüber zur Box von Präsident und band ihn dort an. Als sie sich umdrehte, sah sie, wie Peter seine Jacke auf das flammende Stroh warf und das Feuer damit erstickte. Im nächsten Moment hatte auch sie ihre Jacke ausgezogen und tat es ihm nach.

Ben kam mit zwei Pferdepflegern in die andere Zelthälfte. Sie blieben stehen und schnupperten. Dann rannten sie los.

Ihre Eile war unnötig. Wie Peter ganz richtig erkannt hatte, bestand die Gefahr darin, dass das Stroh der anderen Boxen Feuer fangen könnte, denn in diese Richtung wehte der Sturm. Zuerst hatte Peter das Stroh neben Reis' Box gelöscht. Dann hatte Santa ihm geholfen, die restlichen Flammen zu ersticken. Als Ben und die Pferdepfleger erschienen, war das Feuer aus. Peter und Santa hielten ihre angesengten Jacken und traten alle qualmenden Stellen aus.

Schnell erzählten sie Ben, was geschehen war.

»Seid ihr verletzt?«, fragte er. Peter hatte eine kleine Blase am Daumen. »Geh in den Wohnwagen. Leg ein paar Teeblätter drauf. Die lindern den Schmerz.« Er beruhigte Soda und gab ihm einen Klaps. »Glück gehabt, alter Knabe. Wenn immer Leute da wären, die einen kühlen Kopf behalten, wäre vieles einfacher.«

An diesem Abend gab es in Gus' Wohnwagen beinah ein Fest. Ted Kenet kam vorbei, Ben, dann erschienen Maxim, Alexis und viel später die Moulins und die Schmidts. Santa hatte viel zu tun. Sie briet Schinken und Eier für alle. Jeder sagte, sie sei eine gute Köchin.

Dann klopfte es plötzlich an der Tür.

»Markknochen und Soße, wer ist das?«, sagte Gus. »Ich dachte, die anderen schlafen schon.«

Ted Kenet, der am nächsten saß, machte auf. Es war Mr Cob. »Ich habe Schinken und Eier gerochen«, sagte er. »Darf ich hereinkommen?«

Sofort wurde ein Platz für ihn gefunden. Santa kam vom Herd herüber. »Wie viele Eier, Mr Cob?«

»Drei, Santa.« Er sah sie an. Dann betrachtete er Peter. »Was machen Sie noch gleich mit diesen Kindern, Gus? Wie ich höre, haben die zwei uns vor schlimmem Ärger in den Stallungen gerettet.«

Gus erklärte seinen Plan mit Mrs Ford und den technischen Fachschulen.

Mr Cob nickte. »Das ist schön. Aber es gibt die verschiedensten Ausbildungen, Gus. Nach dem, was heute geschehen ist, glaube ich, dass sie während der Tournee viel gelernt haben. Sollten die beiden nicht bei uns bleiben?«

Gus schüttelte den Kopf. »Ich würde sie ja behalten, aber hier haben sie keine Zukunft. Man muss an die Zukunft denken.«

»Wer sagt, sie haben keine Zukunft?« Ted lutschte sein Bonbon. »Ich glaube, bis sie alt genug zum Auftreten ist, habe ich aus Santa eine Akrobatin gemacht, die besser ist als jeder

der tanzenden Schmetterlinge. Sie hat ein natürliches Talent« – er blinzelte Santa zu –, »wenn sie trainiert.«

Ben beugte sich über den Tisch, aber nicht zu Mr Cob, sondern zu Maxim. »Wenn ich diesen Jungen behalten kann, Maxim, kannst du deinen ziehen lassen. Dann sind alle zufrieden. Peter entwickelt sich gut. Er ist dafür geboren. Hat eine natürliche Begabung. Dein Alexis ist verärgert. Wenn man ein Pferd am Maul reißt, bockt es nur, das gilt auch für ihn. Peter wird nächstes Jahr um Weihnachten vierzehn. Wenn du ihn dann gebrauchen kannst, habe ich ihn so weit.«

Mr Cob wandte sich an Gus. »Mir würde das gefallen, Gus. Ich schulde den Kindern etwas. Sie können mit Ihnen ins Quartier und in die nahe Schule. Dann kann Santa bei Ted trainieren und später mit den Mädchen zusammen, und Peter kann unter Ben weitermachen. Das ist doch eine gute Möglichkeit.«

»Es ist eine gute Möglichkeit.« Maxim sah Alexis an. »Und du möchtest mit den Elgins gehen?«

Alexis brauchte nicht zu antworten, sein Gesichtsausdruck sprach Bände.

Maxim wandte sich an Ben. »Hat Peter wirklich Talent?«

Ben nickte. »Das habe ich ernst gemeint. Bei Pferden und Reitern irre ich mich nie.«

Alle sahen Gus an. Gus sah Peter und Santa an. »Lammkeule und Rum! Starrt mich nicht an, als müsste ich was tun. Da ist euer Angebot, Kinder. Nehmt ihr es an?«

Und wie! Peter schaute Santa an. Vor ihnen lagen wunderbare Jahre. Lange Stunden Arbeit in der Manege für Peter. Lange Stunden Training für Santa. Sommer, die sie auf Tournee verbringen würden. Wohnwagen in einer langen Reihe auf staubigen Straßen. Sie sahen grüne Sterne, die den Weg wiesen. Sie sahen bunte Plakate – *Der Zirkus kommt!* Sie waren so glücklich, dass es wehtat.

»Sie brauchen nicht zu antworten«, sagte Mr Cob. »Natürlich bleiben sie bei uns. Sie gehören dazu.«